トギオ

太朗想史郎

宝島社
文庫

宝島社

CONTENTS

トギオ

第一部

山村

結局、僕よりも白《しろ》のほうが長生きした。僕が死んで一世紀近く経ったのに、白はそのことをずっと気にしている。

「わしの首んとこ見い」と白は客人に言って顎《あご》を上げた。「ねじけた痕《あと》があるじゃろお。産婆にやられた。けどお死ねんかった。首がちいっと曲がっただけじゃった」

「声もそのときに、でしょうか」

白は苦笑し、傾けたままの首を横に振った。客人のそれよりは一回り大きなオリガミに目を落とし、幾重にも折り合わされているそれを開いたり閉じたりして軽く手で弄《もてあそ》びながら、こりゃあ重宝するのお、と言い、それからゆっくりと客人に向き直る。

オリガミが白の言語を音声に変換して、流した。

「死ねんかったわしゃあ、しょうがなあちゅうことでしぶしぶ育てられえことおなったんじゃが、三つんときごういらんなくなって、やっぱし間引かれえことおなってのお」

白は山に捨てられた。歩いて帰ることはできたが、両親によくよく言い聞かされていたので、途方に暮れ泣き続けるしかなかった。それでも泣きながら、足は自然と里へ向かった。躊躇《ためら》いながら萱《かや》刈り場まで降り、すすきに身を隠すようにしてしゃがみ込んだ。

そこで僕は白を見つけた。

萱刈り場に特別な用事があったわけではない。ただ学校から直接帰宅しても、草取りをやらされることがわかりきっていたため、遠回りしただけだった。家族に怪しまれぬ程度に時間を潰《つぶ》して帰ろうと思っていた。

刈られる前の刈り場は日光を受けたすすきが黄金色に輝き、そんな中で白は膝《ひざ》を抱えたまま、黄金の靄《もや》に抱かれるようにして横たわり、まるで転がった達磨《だるま》のようになっていた。何をしているのかと訊《たず》ねても、答えなかった。名前も言わなかった。時々、げひっ、くひっ、と喉《のど》を鳴らし、懇願するような眼で僕を見上げていた。

仕方ないので僕は白を背負い、持ち帰ることにした。背に乗った白は驚くほど軽かった。立ち上がろうとしたら、勢い余って蛙《かえる》の死体のように引っ繰り返りそうになったくらいだ。それでも坂道を下っているうちにじっとりと汗がにじみ、膝が細かく震え始めた。

途中で遇《あ》ったのは田之上《たのうえ》のジジイだけだった。ジジイは背中の幼子を見ると、釜田《かまた》んちの次男坊だろう、と言った。

「そうなんか」

僕は振り向いて白に訊《き》いたが、やはりげひげひと喉を鳴らすばかりだった。こっちがここまで親切にしてやってるのに、まだ一言も口を利いてない。礼はどうした、とは言わないが、幾ら人見知りでも返事くらいはできるだろう。何だか腹が立ってきた。捨てて帰ろうか。そう思っているとジジイが教えてくれた。

「泣きすぎてえ、喉お潰したんじゃろお」

それから自分専用のオリガミを持つまで、白は声を発することがなかった。つまり僕は白の声を一度も聞くことなく死んだのだ。

ついでに、ジジイに名前も訊いてみた。

「知っとるん」

「知らんなあ」

だから後で僕が白と名づけた。一年前に逃げたまま帰ってこない犬の名だった。

家に着くと、僕は一旦《いったん》白を蔵に隠した。流石《さすが》に、子供を拾った、とは言い出し辛かった。僕も、白が萱刈り場にいた意味を一応は把握していたのだ。

結局切り出したのは夕飯を食べているときだった。果たして父は烈火の如《ごと》く怒り、膳を引っ繰り返し、汁物が飛び散った。母は父よりは落ち着いていたが、父を止めようとはしなかった。勿論《もちろん》大ババと小ババも、だ。彼女らの興味は映りの悪いテレビしかない。だから、騒がしさに眉《まゆ》を顰《ひそ》めながら音量を上げるだけだった。

父は肩を怒らせ、突っかけを履くのも煩《わずら》わしそうにしながら僕を引き摺《ず》って外に出て、正面の蔵に入った。明かりで中を照らしながら低く唸《うな》った。

「何処《どこ》お、隠したあ」

僕は使われなくなった耕耘機《こううんき》の裏を指差した。父が僕の手首を強く握ったまま、つかつかと歩いて行く。白は丸まった縄の上にぺしゃんこのずだ袋を乗せて枕にして、すやすやと幸せそうに眠っていた。父が両肩を摑《つか》んで強く揺すっても全く起きる気配はなかった。埃《ほこり》臭い蔵の中で、白は安心しきっていた。

このまま捨てられたら白は二度と目を覚まさないだろう。僕は白を不憫《ふびん》に思い、父に縋《すが》りついた。父も実際に幼子の寝顔を目にして、少し気が咎《とが》めたようだった。

「こがあな子お捨てるたあ、釜田は悪魔じゃあ」

父はそう言った。本心ではなく、押しつけられた忌々しさから出た言葉だろう。そして父は悪魔にはなれなかった。

白は拾われてから四日間高熱を出し続けた。母が半分死を望みながら看病を続け、甲斐《かい》あって五日目に熱は引いた。しかし、邪《よこしま》な気持ちがあったからかどうかは知らないが、回復すると同時に白は聴力を失っていた。

白が高熱で魘《うな》されている間に決めた白という名前を僕が身振りを交えて伝えると、白は大層喜んだ。何を言っているかなんぞ、おそらくわかっていない。ただ、家族として受け入れられ、生きる場所を確保したことだけは理解したのだろう。それから僕は前の家族に未練はないのかと訊ねた。勿論意思を受け取る手段も伝える手段も持ち合わせていない白は、頰《ほお》を歪《ゆが》めて唇を尖《とが》らせ、もどかしそうに首を振ることしかできなかった。

だから僕が白に対して最初に行ったのは、文字を教えることだった。絵を描き、口を大げさに開けて発音し、ひらがなとカタカナを一文字ずつ、丁寧に教えた。それだけではない。並行して、箸《はし》の持ち方や用の足し方、庭や畑の草取りについても細かく躾《しつ》け、学校で受けている酷《ひど》い仕打ちの分だけ余計意地になって、あらん限りの愛情を白に注いだ。

僕は白を拾ったことにより、学校で苛《いじ》められるようになっていた。稔《みのる》は隣の集落の人間で、特に親しい関係ではなかったから、釜田という苗字を田之上のジジイから聞かされても、拾った幼子が稔の弟だとは想像だに及ばなかった。一瞬でも脳裏を過《よぎ》れば、僕は白を見殺しにしていたはずだ。それが当てつけになることを理解できないほど無神経ではない。しかし結果的には白を拾い、当てつけてしまったことになる。

クラスメイトのほとんどは僕と同じ見方をし、稔に同情的だった。何処の家も貧しく、決断を迫られた経験があるからだ。或《ある》いは今までにはなくても、潜在的にそのような状況を孕《はら》んでいるのだろう。特に、兄嫁が死んだおかげで自分は口減らしされずに済んだと日頃から吹聴している林蔵《りんぞう》は、元々僕とそりが合わなかったこともあり、率先して僕を苛めた。一例を挙げれば、僕が大ババから渡された粗末な握り飯を隠し、探している僕に施しを与える、などである。

「拾えや」

と林蔵は自分の卵焼きを僕の足元に投げた。

「いらんわ」

「嘘《うそ》こけ。拾うの好きじゃろお」

「好きじゃない」

「拾うのはあ、他人様の子おだけかい」

こうやって挑発し、頭に血が昇って殴りかかった僕を林蔵は仲間と一緒になって捕らえ、気が済むまでいたぶるのだ。先に僕が手を出したから正当防衛成立、というのが奴の理屈だ。しょうもない。

他のクラスメイトは遠巻きに眺めているだけである。稔も同じだ。ただ一つ、僕が教室の隅で丸くなり屈辱に耐えている間、他の者が憫笑《びんしょう》を浮かべているのに対し、稔だけが奥歯を嚙《か》み締め、恨めしげに睨《にら》みつけている点のみ違っていた。彼は気が立っているときに僕を二、三発殴ることはあったが、普段は誰かに危害を加えることもなく、おとなしかった。

先生が苛めの現場にかち合うことも度々あった。そのほとんどが、目撃するとばつの悪そうな顔をし、それからようやく教師の仮面を被《かぶ》り直して僕と奴らを引き離した。そして通り一遍の事情を聞くと喧嘩《けんか》両成敗となるのである。両成敗といっても、奴らの、健《けん》君が先に殴りかかってきたのです、と、僕の、林蔵君たちがからかうからです、という主張を聞くだけ聞くと、これが村の現状と浅からず関わっていることから面倒になることを恐れて、とりあえず教師の面目を保つために両者に口頭注意を与える、それだけだ。つまり、教師は何らの抑止にもなりはしなかった。

それでも彼らは、去年東暁《とうぎょう》から赴任してきた国語の池田《いけだ》よりは随分とましだった。池田と違って少なくとも僕をこれ以上不愉快にすることはないからだ。彼らならば、たわわに実った稲田に僕が突き落とされ、折った稲を弁償しろと囃《はや》し立てられている現場に通りかかっても、池田のように義憤を覚え、林蔵たちに説教し始めるような暴挙に出ることはない。

「いいか、お前ら。健はな、大切な幼い命を救ったんだ。咎められるようなことは何もやっちゃいない」

池田は林蔵たちに一通りの注意を与えると、あろうことか今度は命の大切さについて説き始めた。曰《いわ》く、世界の紛争地域や貧困地域では生きたくても生きられない人たちがいる。曰く、そういった場所で治安維持に駆り出されている兵士の中にも命を落とす人がいる。曰く、東暁では馘《くび》になった志願兵が再就職できず、年間何百人も自殺している。曰く、俺《おれ》が前にいた学校でも母子家庭の母親が志願兵で、研修の時点で馘になってから就職できず、オリガミを捨てて夜逃げした。無宿者だ。東暁では、七合目以上に居を構える億万長者が五十万を超える一方、こういった無宿者はその十倍いる。五百万人。信じられるか。彼らも病気やらなんやらでたくさん死んでるんだ。歪んでるだろ。そういった世界に対して我々のできることは限られているが、せめて身の回りの人間くらいは慈しもうではないか。大方そのような筋だった。

とどのつまり、隣人を愛せよ、という綺麗《きれい》事を、世界情勢や社会問題を絡めて大仰に説いたわけである。しかも東暁仕込みの美しい言葉で。僕でさえ鼻に付いたのだから、林蔵たちが不愉快にならないわけがない。あまつさえ池田は僕と林蔵を無理矢理握手させたのだった。

「これで仲直りな」

虫唾《むしず》が走った。池田に掴まれた手首や林蔵の手を握った手のひらを一旦臭い堆肥《たいひ》に突っ込んで汚してから、一刻も早く消毒したかった。正面を見れば、林蔵も唇をぶすっと丸めながら瞼《まぶた》を重そうにし、あからさまに不愉快を主張している。

池田が満足していなくなると、林蔵は僕の肩を強く押して、消えろ、と言った。

白を拾った影響は家庭にも確実に現れていた。毎年近所に手伝ってもらっていた稲刈りを、今年は軒並み断られ、おかげで僕は学校を休む羽目になってしまったのだ。苛めに屈したと思われるのは癪《しゃく》だったが、実際のところ白を拾ったことによって学校を休むのだから間接的にはそういうことになる。

霧雨の降る日に午前中から行う稲刈りは、想像以上に難儀だった。腰を屈《かが》め続け、刈った稲束《いなづか》を藁《わら》で縛るという単純作業は退屈この上なく、腰は辛いわ藁で指を切るわで、小ババの言う労働の喜びなんぞ一つもなかった。しかし白の性には合っていたようだ。作業着が濡《ぬ》れて気持ち悪くても、なかなか上手に藁を結べなくても黙って作業を続け、その健気《けなげ》さがババどもの心を打った。他方、僕は如何《いか》にさぼるかで必死だった。

「昼飯の支度に帰ってもええかあ」

「帰らんでええ。みいさんがおるけえねえ。格別せんのに、さぼることばっか思いよる」

逃げることに失敗した僕はますますげんなりし、ババどもの目を盗んでは畔《くろ》に腰を下ろして休んでいた。だが、うまいこと目を盗めているというのは僕の思い込みに過ぎなかった。大ババはまるで背中にも目が付いているかのように目敏《めざと》かった。

「そねえに大儀じゃなかろう。白を見い」

それでも僕が大儀そうに腰をさすってはちょくちょくと休んでいると、とうとう小ババの堪忍袋の緒が切れた。

「仕事が大儀なら、どっか余所《よそ》お行きゃあええ。うちと違って、ご近所が手伝ってくれるけえ」

「蔵の機械を使えば早えのに」

「油はなんもかも高うてよう買えん。しゃあらくだあ言わんと、はあ手え動かしんしゃい」

小ババに叱《しか》られて仕方なく稲刈りを再開すると、てくてくと白が歩み寄ってきて、手を顔の前に垂直に差し出して、ごめんね、という仕草をした。前髪を可愛らしく額に張りつけたその顔は、再び捨てられることを本気で恐れていた。その後は僕も、稲架《はぜ》に稲をかけて干すまで黙って作業した。

二日後、学校に顔を見せると、クラスメイトはいずれも意外そうな顔をし、林蔵一派は僕を笑いものにした。稔の仏頂面だけが変わらなかった。

手荒な歓迎に身体《からだ》が慣れぬまま、その日は放課後を迎えた。こういう日は面倒になる前にさっさと荷物を纏《まと》めてずらかるに限る。そう思って昇降口で靴を履き替えていると、いきなり背後から物怖《ものお》じした声で話しかけられた。

「あのう、蓮沼《はすぬま》健さんですよね」

振り返ると、香里《かおり》は母親からのお下がりのような時代遅れの丸眼鏡をし、左右に編まれた髪の右側を手で弄びながら小首を傾《かし》げた。襟元がぶかぶかの制服のブラウスと膝丈丁度のスカートが余計彼女を野暮ったく見せていた。

僕がそうだと言うと、香里は自己紹介をして僕を体育倉庫の裏手へ引っ張っていった。

「用件は」

彼女に摑まれていた手首を振り解《ほど》いて、僕は最低限の言葉を発した。白と稔の姉が僕をここまで連れてきてまで訊きたいことなんぞ、白のことに違いないと僕は決めつけていて、それについて話すつもりは一切なかった。

「二日間、お休みされたと聞きましたが」

彼女は池田と同じくらい綺麗な発音をしていた。この発音とおどおどした口調が輪をかけて僕を苛立《いら》たせた。

「稲刈りしとっただけじゃあ。なして」

「いや、休んでると聞いてちょっと気になって。そう、稲刈りしてただけなのね」

彼女は本気で僕の登校拒否を心配していたようだった。何度も確認し、僕は辛抱強くそうだと答え続けた。それが数分続いて、ようやく彼女の気は晴れた。

「そいだけか」

と言って僕は、どうせ、と思いながら香里に背を向けた。しかし意外なことに、もう彼女は引き止めなかった。結局香里の口から白の名が出てくることはなく、僕は拍子抜けしたまま立ち去ることとなった。角を曲がるとき、ちらっと香里のほうを見ると、彼女はにこっと笑って軽く会釈した。

帰り道でこの最後の笑顔を思い出すたびに、僕は苛々した。まるで出来の悪い弟にでも向けるかのような顔だ。白とは姉弟だから、僕の姉気取りというわけだ。気に食わない。何もかも気に食わない。あの丸眼鏡も、左右の三つ編みも、怯《おび》えたような眼も、低い鼻も、こけた頰も、とがった顎も、似合わない制服も、気取った口調も、何もかもだ。

犯してやろうか、と思った。あの制服を引き裂いて、けつを捲《まく》って、ぶち込んでやれば、笑っていられないはずだ。お前は僕の姉ではないし、もはや白とも何も関係ないと気づくだろう。

怒りと妄想で僕には周りが見えてなかった。もう何十年も舗装工事の行われていない道路は、ところどころアスファルトが捲《めく》れ上がり、僕はそれに躓《つまず》きながら、本来ならば最も警戒しなければならない下校中だというのに、てんで無防備に歩いていた。

いきなり背後から誰かに摑まれ、空の用水路の畔に投げ落とされた。肘と膝を擦《す》り剝《む》き、振り向いたところに林蔵がいた。手に握られていた物で僕は全てを察した。

逃げようとしたが、その場に倒され、和弘《かずひろ》と牧夫《まきお》に全身を押さえつけられた。もがいたがまるで動かなかった。林蔵はにんまりと笑い、楽しそうに鋏《はさみ》で僕の制服を切り刻み始めた。叫べば叫ぶほど、奴は嬉《うれ》しそうにした。道を通る生徒はいたはずだが、当然助けてくれる者はなく、無視だった。丈が短くて窮屈な一張羅が解体され、僕は裸になった。

「痛めつけるようなこたあ、しねえ」

林蔵が隣の翼《つばさ》に目配せをすると、翼は若干顔を引きつらせてオリガミを取り出し、猥褻《わいせつ》画像を僕に突きつけた。それから軍手をはめた手で僕の股間《こかん》をしごき、勃起《ぼっき》させた。林蔵と和弘と牧夫は、立ちよった、と言い合い、爆笑した。その間も翼は無言でしごき続けていた。

僕は泣きながら、やめてくれと懇願した。しかしそれは林蔵を喜ばせるだけだった。林蔵は頃合いを見計らって翼に目配せし、オリガミの画像を黒光りした筋肉を全身に纏った笑顔の男に切り替えた。

僕はその男で行った。

べとべとの軍手を翼が汚らわしそうに外し、僕の腹に投げ捨てた。身体を押さえていた和弘と牧夫が悲鳴を上げて飛びのいた。

「何しよる」

「きしゃなあ」

林蔵たちは笑い合い、翼を小突きながらその場を去った。

僕は涙を拭《ふ》き、家まで堂々と歩いて帰った。恥ずかしくて堪《たま》らなかったが、走ったり背中を丸めて股間を隠したりすれば、負けだ。尤《もっと》も、この時点で勝ちの目なんてあるはずもなく、僕は通りすがりの人間に白い目で見られ、笑われ、顔を顰《しか》められ、ただこの散々の仕打ちに黙って耐えるだけだったのだが。

帰宅し、口を開けて僕の裸体を見つめる大ババと小ババを無視して、箪笥《たんす》から服を漁る。

「服、どがあした」

「なくした」

辛うじてそれだけ言い、僕は蔵に閉じ籠り、一人で存分に泣いた。耕耘機を蹴《け》り、棚にある物を手当たり次第床に叩《たた》きつけ、滅茶苦茶《めちゃくちゃ》に当たり散らした。畜生と叫びながら涙を搾り出しては暴れまわり、壁に立てかけられた棚を倒して耕耘機にぶつけたところからようやく、少しずつ冷静さを取り戻していった。いや、狂っていったのかもしれない。兎《と》に角僕は、父に叱られぬよう散らかした物を片づけながら、林蔵たちに復讐する算段を練っていった。殺すということ、人が死ぬということを、現実として考えられているわけではなかったが、そうなっても致し方なしというところまで追い詰められていた。何故《なぜ》ならいよいよ奴らが挑発することなく、つまり僕が殴りかかってきたことを理由としないで、進んで手を出してくるようになってきたからだ。夕飯を食べて落ち着いてから、林蔵が、痛めつけるようなことはしない、と言った意味に気づいたが、そんなものは関係なかった。あれと暴力にどれだけの違いがある。僕を屈服させるための拷問には変わりない。やらなければやられる。虐《しいた》げられ続けるそれだけだ。しかし行儀よく正面から向かっても圧倒的な戦力差に潰されるだけだろう。となると奇襲だ。テロだ。もうどうなっても知るもんか。奴らの作った、奴らに都合のいい不文律なんぞぶち壊してやる、と思った。糞食《くそく》らえだ。怒りで震えながら、僕は心の中で、ぶっ殺す、と何度も反芻《はんすう》した。

　とはいっても、そんなに都合よく機会が巡ってくるはずもなく、相変わらず僕は苛められ続け、屈辱に耐える日々だった。変わったことと言えば、着るものが制服からジャージになったことくらいだ。あの日隠れずに帰ったことで僕の受けた仕打ちは村中に知れ渡っていたため、ジャージで登校しても先生は咎めなかった。ボンクラ教師には林蔵たちを追及することなんか到底できないが、それくらいの配慮はできるというわけだ。しかしこれからが寒さ本番という時期に制服をなくしたのは大きく、皆より早く学校指定の紺の外套《がいとう》を出して、それを緑のジャージの上に着込むという姿は恰好《かっこう》の標的となった。

週に一度の貴重な日曜日も、本来ならば唯一落ち着ける日であるはずなのに、しばしば別の煩わしさに追われる羽目になっていた。池田にしてみれば、それが僕を助ける最良の策だと思っていたのだろう。しかし僕にはお節介以外の何物でもなかった。ずっと断っていたのだが、とうとう彼の臆《おく》することのない使命感に根負けして、僕は一度だけ集会に参加することにした。彼の車に乗り、不規則な縦揺れに耐えながらアスファルトの剝《は》がれた道を行き、幾つかトンネルを過ぎたところにある寂れた小さな町で、このときの集会は催されていた。

池田は入り口で名前を告げ、しおりを二部貰《もら》い、そのうちの一部を僕に渡した。僕は集会所に入る扉の所でそのしおりに眼を落とし、早速げんなりした。世界平和と輝かしい未来のための講演会、と題されたその集会は会長の宮本佐和子《みやもとさわこ》の挨拶から始まり、会歌の斉唱、戦争をテーマにした映画の上映、休憩を挟んで家族愛をテーマにした短編自主製作映画の上映、監督の挨拶、識者の講演、会長作の詩の詠唱、物販、と想像するだけで気絶ものの催しが盛り沢山で、僕の考えるべきことは怪しまれず用を足しに席を立つ方法だけであった。

五百席ほどある会場の、左端の後ろから三番目という控えめな席を陣取ると、池田は早速、音符と歌詞の書かれたしおりの背表紙を僕に示し、歌の素晴らしさについて講釈を並べ始めた。

「一緒に歌ってみるか」

言いたいことを一通り言ってから、池田が勧めてきた。

冗談じゃない。僕はかぶりを振った。

「そうか、そうだよな。歌は恥ずかしいか」

違うけれど、肩をすくめてごまかす。平等の世界に鳴り響く宇宙の鐘だとか、寡黙に鍬《くわ》を振るう者が称《たた》えられるだとか、国が滅びたときこそ我々の魂は永久に結ばれるだとか、を歌って聞かされたとき、僕の中では恥ずかしさよりはおぞましさのほうが数倍勝っていた。

大体七割の入りで会場の照明は落ちた。厳粛な挨拶が終わり、耳を腐らせるような全員による大合唱が終わった時点で、既《すで》に僕は滅多打ち状態だった。

しかし、意外なことに、ここから閉会まではあっという間だった。今まで僕の触れてきた娯楽といえば、批判を恐れて毒にも薬にもならない文脈を垂れ流すテレビしかなく、ここまで真正面から毒気に中《あ》てられる経験は新鮮だった。映画はいずれも絵に描いたように出来た子供が主人公で、これが絵に描いたような不幸に直面し、絵に描いたような健気さで乗り越えると、絵に描いたような過激な結果が訪れるというもので、映像の隅から隅までが彼らの主張のために存在し、一分の隙《すき》もなかった。この後駄目を押すように、識者の講演が自主製作映画の主張を補足し、他人の作った戦争映画を好き勝手に解釈して、元々そっち寄りの文脈を更に引き寄せていた。その結果湧《わ》き起こった観衆の拍手は抑えようにも抑えきれぬ興奮が入り混じっていて僕のみぞおちの辺りをざわつかせ、夢見心地と呼ぶにはあまりにも不安定な気分のまま、時間は過ぎていったのだった。

酔いの醒《さ》めぬまま席を立つと、池田に手を引かれて物販している場所へ向かい、会長の著作を買い与えられた。僕は溜め息をついた。

「なんだ、退屈だったか」

「いやあ」

スリリングだった、と答えると褒《ほ》め言葉と受け取られそうだったので、適当に茶を濁した。会場を出て、ひんやりとした冷気と突き刺すような陽光に触れる。背中から腰の辺りにどっと疲れが圧《の》し掛かってきたが、気持ちの上ではまだまだ元気だった。

「これからどうする。もう帰るか」

池田が眩《まぶ》しそうに目を細めながら言った。今から帰っても夕飯時には間に合わないが、夜はゆっくりできる。白と遊んでやれる。しかしまっすぐ帰る気にはなれなかった。このまま中毒状態でいることが恐ろしかったのだ。無警戒だったら間違いなく洗脳されていた。もしかしたら今も少しは洗脳されているのかもしれない。と、正直に池田に伝えると、池田は、それは村でも同じだ、と反論した。

「だから俺はこうやって、集会に参加して中和している」

まさに目から鱗《うろこ》だった。つまり村では、僕が白を拾ったこと自体が新しい娯楽ということだ。

僕は少しだけ池田を見直した。纏わりつく蠅《はえ》から教えられることもある。叩き潰すのは利用できるだけ利用した後でも遅くない。僕はさりげなく家庭の現状を池田に伝えて同情を誘い、書店で本を幾つか買ってもらってから、その後でもう一本映画に付き合わせた。書店でも映画館でも、相手に現金での支払いかと訊ねられ、不自然なくらい気張った調子で、はい、と答える池田の姿が印象的だった。

映画は、劇場版沖合戦隊クラゲリラが副題を、海洋汚染に銃弾、と銘打って上映されていたもので、僕がしつこく、観たい、と主張すると、池田はしぶしぶ了解した。白が好きなのだ。クラゲリラは民間の製作なのに、村に入るテレビでも毎週放映されている。怪人が無法を働き、クラゲリラが退治する、といったところが毎回の大まかな筋で、白はそのクラゲリラが如何なる奇襲作戦によって怪人部隊を殲滅《せんめつ》するか、にのめり込んでいた。

「お前、変わってるよな。こんな子供向けの映画を観たいなんて」

「弟に紙芝居、作ってやるけえ」

と僕は照れ隠しに答えたが、僕自身も充分に観たい気持ちはあった。

クラゲリラがどれだけ卑怯《ひきょう》な攻撃をしても、攻撃の鮮やかさが強調され、怪人がどれだけ鮮やかに人間側の道理を外れ、或いはどれだけ鮮やかにクラゲリラ組織の作った規則を破っても、その鮮やかさは掻《か》き消され、卑怯さだけが取り沙汰《ざた》される製作者側の悪意が好きなのだ。世の中は勝者がルールを作り、そのルールに基づいて公平性が確保される、という若干押しつけがましい主張は、勝てば官軍、と開き直っているようにも、そんな世を批判しているようにも受け取れる。池田は前者のように解釈しているからあまりいい顔をせず、僕も前者のように解釈しているから、これが中和してくれるだろうと思った。

映画は素晴らしい出来だった。テレビシリーズと同様、子供を楽しませつつ全編を通じて、勝てば官軍、の主張を貫いていた。幸福な生活を送る人間はますます優雅になり、深海に追いやられて苦しい生活を強いられる怪人は、海底火山で慎《つつ》ましい生活を送りながらも生活ごみが海を汚染していると非難され、ぶち切れてますます海を汚し、射殺されていた。同時に、集会場でまっさらに洗われて形成された僕の純真も、クラゲリラによって退治され、正常な心を取り戻した。いや、むしろ、心の針は以前よりもこちら側に振れていた。

帰り道、僕は笑いを嚙み殺すので必死だった。早く帰って、白に紙芝居を作って伝えたかった。そして、奇襲の算段を練りたかった。今ならば、機会がないと半分諦《あきら》めていた自分を変えられそうな気がする。機会なんぞこじ開けてしまえばいいのだ。池田は車が止まるたびに、頰を引きつらせている僕を気味悪そうに見つめていた。連れてきたことを後悔していたのかもしれない。

当然林蔵への復讐は妄想だけで終わったが、この日を境に起こった僕の中の小さな変化は、周囲にも少なからず影響を与えていた。急に小難しい本を読み漁り、休日になると池田に頼んで山一つ越えたところにある図書館に連れて行ってもらう長男を、両親は洗脳されたのではないかと訝《いぶか》り、心配していた。

あり得ない。僕は正常だ。何度そう言っても両親は聞いてくれなかった。彼らによると、洗脳されている人間は皆、そう言うらしい。池田も僕を心配していた。しかし彼はその気持ちを時々表情に覗《のぞ》かせるだけで何も言わず、自分を頼ってくることに対しては素直に喜んだ。図書館で借りた本は、盗まれたり落書きされたりせぬよう一順目は自宅で読んだけれど、二順目からは学校に持っていき授業中や休み時間の暇潰しとして利用していたため、結局本が図書館に返却されることはなかった。弁償したのは全て池田だ。池田は限られた給料で団体の活動もしているにもかかわらず、やはり何も言わずに本代を捻出《ねんしゅつ》したのだった。

苛めの質も変わった。端的に指摘すれば、嘲笑《ちょうしょう》から苛立ちに、だ。幾ら挑発やからかいを繰り返しても、僕が無視を決め込んで本にのめり込んでいたから、林蔵たちはとうとう痺《しび》れを切らして、自らに課した自分勝手なルールすら破るようになっていた。その超法規的措置はこれまでよりも一層暴力的だった。もはや大義名分も糞もない。理由は、過去の挑発に乗ったときに覗かせた凶暴性で充分というわけだった。

その制裁は授業中だろうと容赦なかった。先生が板書すると四方から蹴りが飛んできたし、椅子《いす》ごと引っ繰り返されたこともあった。そのとき教師は出来事について察しが付いているにもかかわらず、僕を責めるのだ。結構我慢したほうだと思う。糞を投げるゴリラを相手にしても仕方ないと考えることにした。でもやはり駄目だった。平面図形の章に入った数学の授業で、林蔵がわざわざ祖母から借りて持ってきた針のついたコンパスを、僕の真後ろに座る気弱なミツルのものと無理矢理交換し、彼に僕の首筋を刺すよう命じたときに、僕の堪忍袋の緒は切れた。振り向いてミツルを一発殴り、間髪入れずに林蔵へ飛びかかった。後で冷静になれば、それが奴らの狙《ねら》いであり、喜ばせるだけだったのだとわかるが、そこまでの余裕は僕にはなかった。

果たしてクラスは一気に盛り上がり、牧夫と翼が必死になって押さえつける僕を、和弘は爆笑し、林蔵はにやにやしながら眺めていた。

よく覚えてないが、喧噪《けんそう》の中を教師が割って入ったのは、だいぶ時間が経ってからだったと思う。学校に指導されている通りの正しい手順に従ってからでないと仲裁に入れないからだ。そんなもので解決できることは限られているし、教師の介入が要求されるのは大方、その範囲外の出来事であるというのに。

だから結局、仲裁の甲斐なく、僕はぼこぼこにされていた。ぼこぼこにされた上に停学を命じられたが、ミツルも林蔵も牧夫もお咎めなしだった。ぼこぼこにされた僕が母親とともにミツルや林蔵の家を謝りに回ったし、そこでもなお、罵声《ばせい》を浴びせられ続けた。

「こんあ阿呆《あほ》なこたあ、ない」

「しゃあない、しゃあない」

帰り道もまだ僕は頭に来ていたが、母はどこまでも卑屈だった。白を育てると決めたときから、ある程度は覚悟していたのだろう。しかしながら、これほど酷い仕打ちを我が子が受けるとは思ってなかったのか、始終溜《た》め息をつき、どがあしょうね、と呟《つぶや》いていた。

日はすっかり落ち、西の空に消し残した炭火のような赤が辛うじて浮かんでいるだけだったが、犬を連れた散歩中の二人の主婦がまだ、狭い農道の脇に寄って立ち話をしていた。紐《ひも》で繋《つな》がれた互いの犬はじゃれ合い、黒い犬が茶色い犬を追いかけ回して肛門《こうもん》に鼻を押しつけている。僕と母が通り過ぎたとき、二人の主婦は話をぴたりと止《や》め、警戒心と不快感と嘲《あざけ》りとその他《ほか》、えも形容しがたい感情の入り混じった眼で僕たちを追った。背中で、またね、という声を聞き、僕がそっと振り返ると黒い犬はまだ肛門に未練があるのか、紐をぴんと張って茶色い犬に近づこうともがいていた。

それからしばらく、僕と母は無言で歩いた。その間母が何を考えていたか、大方の予想は付いている。すれ違った名も知らぬ主婦から向けられた視線のことだ。僕が暴れたことがもう広まっているのだろう。稲刈りを断られたときはまだ、忙しさが理由だったが、もはやそのような気遣いはなくなる。

俯《うつむ》きがちに歩いていたその母が、ふと視線を上げると、先に人影が浮かんでいた。よたよたと田之上のジジイがこちらに向かってくる。こんな遅くに一人で徘徊《はいかい》とは、家族の者はどうしているのだろうか。僕は心配したが、ジジイはそれ以上に、僕の顔を見て心配した。

「あれまあ、その顔どがあしたあ」

「どうもない」

と強がったことでジジイは一切を把握した。だから怪我《けが》については訊かず、白は豆にしとるかのお、と笑い、僕の肩に手を置いた。ただ最後にどうしても堪《こら》えきれなかったのか、ふっと力を抜いた顔になって、呟いた。

「ええことしちょるもんが責められとお、らちもなあ世にい、なったもんじゃあ」

母が田之上のジジイを家まで送ることになったので、僕は一人で帰宅した。白が心配そうに出迎え、僕は、どうもない、とだけ言った。白はきょとんとしていた。

停学中は、畑仕事があるわけでもなく、家に閉じ籠って本を読み耽《ふけ》った。池田は毎日というわけにはいかなかったが、結構頻繁にやってきては、集会の帰りに寄ったのだと言い訳しながら、本をくれた。初めのうちは、著者の成功自慢のような埒《らち》もないものを買ってきていたが、最近になってようやく学者の書いたものを持ってくるようになり、だいぶ僕の暇潰しに貢献するようになった。それでもやはり持ってくるものの半分は埒もない学者の書いたもので、自説自慢が僕をうんざりさせていたのだった。あるときそのことを池田に伝えると、お前は賢いが馬鹿《ばか》だ、と言われた。

「そんなに賢《さか》しらをするのが好きか」

賢しらをしたつもりは毛頭なく、ただ感想を言っただけだったので、心外だった。賢しらをしているのはむしろ、集会で演説を打《ぶ》っている連中だ。今思えば、あの薄っぺらい理屈に感動すら覚えていた自分が恥ずかしい。

読書に飽きれば、弟と遊んでやることもあった。概《おおむ》ね、クラゲリラの絵をせがまれて描いたり、庭でボール遊びをしたり相撲《すもう》を取ったりだ。とはいっても絵を描けば白の気に入った絵だけを破り捨て、ボール遊びをすれば力の限りぶつけ、相撲にかこつけて白をぶん回し、くすぐり地獄の刑に処し、悉《ことごと》く泣かしていた。これだけのことをしてもなお、白が僕に懐いていたのは兄の愛情によるところとしか言いようがない。しかしそれも弟が家にいればの話で、落ち着きのない白は外でふらふらしていることがしばしばだった。

白は精神的には僕よりもずっと強く、自分が村中から嫌われていることを自覚していたにもかかわらず微塵《みじん》も気に病むことなく同年代の友達を作って遊び回っていた。当然、友達も白の出自なんぞ気に掛けない。水を差すのは決まって、親や兄弟だ。彼らが白と遊ぶことを禁じ、善からぬことを吹き込み、けしかけるのだ。こうして白は昨日までは友達だった者に口の利けないことや耳の聞こえないことを蔑《さげす》まれ、暴力を振るわれるわけだが、そんなことは白にとってはへっちゃらで、更に遠出して、新しい友達を作る。その性根の明るさと行動力には敬服させられるばかりだった。

そんな白が泣いて帰ってきたことがあった。勿論、まだ幼いし、元気が有り余っているのでよく泣くが、よく泣く分辛いことはすぐにけろりと忘れてしまうはずなのに、そのときは帰宅して夕飯を食べている最中もずっとめそめそしていた。就寝前、しつこく問い詰めてようやく情報を引き出すことに成功し、僕は激怒した。

次の日、僕は早起きし、白を連れて翼を待ち伏せした。白を垣根の陰に隠して、深緑色の有機エネルギーパネルを屋根に搭載した屋敷から、自転車に乗って出てきた翼を横から自転車ごとなぎ倒し、肘やら膝やらを擦りながら相手の髪を掴んで頭を地面に押さえつけ、もう一本の腕でひたすら殴り続けた。翼は手を顔の前にかざして泣き喚《わめ》いていたが、僕の気分が高揚することは全くなかった。兎に角怒り狂っていたのだ。

やがてぐったりとし始めたので僕は殴ることをやめ、翼の鞄《かばん》を漁った。

「どうすりゃええ。やり方あ、皆目わからん」

このときはオリガミが持ち主の生体反応によってしか起動しないことを知らなかったので、僕は必死にいじくり回し、全く起動しないオリガミに癇癪《かんしゃく》を起こして地面に叩きつけた。申し訳程度の傷ができたが、中身のデータに支障ないことは一目瞭然《りょうぜん》で、僕はますます腹を立てて、こいつを凶器にして翼の顔面をぐしゃぐちゃにした。僕の恥ずべきデータが白を泣かせ、悲しませるのであれば、それを破壊した上で白に勇ましさを徹底的に見せつけなければならない。そう思いながら翼を殴っていた。

翼がぴくりとも動かなくなり、少々やりすぎたかと思って白を眺め遣《や》ると、案の定白は怯えていた。安心させようと笑いかけ、手を振る。愛想笑いが返ってきた。

結局これが学校にばれ、母の切実な涙のおかげで辛うじて村を追い出されることだけは免れたが、僕の停学は長引き、学校に一度も通うことなく冬休みを迎えることとなった。だから翼の持っている、僕が行かされたときの画像がどうなったのかはわからない。とりあえず退院してからは一度も見せびらかしてないようだった。

年の瀬も正月も普段と変わらず、門前雀羅《じゃくら》を張る有様だった。それは家の中も同じで、いつも騒がしい父が出稼ぎに行って留守のため、めでたいはずの正月がまるで通夜のように静まり返っていた。正月を迎える随分前から、暮らしはもう犯罪者さながらだったのだ。初田打ちのときも何処よりも早起きし、近所の目を盗んで密やかに行ったくらい、気を遣っていた。

　僕には何も言わなかったが、そうせざるを得ないくらい家計は逼迫《ひっぱく》していたのだろう。春までには関係を修復しなければならないのだから、兎に角時間がない。母も大ババも小ババも、呼ばれもしない行事に参加して、人々の嫌がる雑用を振ってくれるよう頼み込んだ。それでも芳しい成果は得られなかったようで、いつも肩を落として帰ってきていた。僕は厄介を起こすということで、学校があろうと休みだろうと、行事に参加させられることはなかった。

　停学明けの学校は、打ち所が悪ければ死んでいたと翼が吹聴して回ってくれたおかげで、かなり快適に様変わりしていた。誰だって死にたくない。和弘も牧夫も、そのような危険を冒してまで僕を苛めたくはないということだ。違うのは稔と林蔵だけだった。

　稔は相変わらず気が向いたときに僕を殴り、それ以外は苦虫を嚙み潰したような顔で無視を決め込んでいた。むしろ、停学前よりも僕に対する態度が厳しくなっているように感じる。尤も、彼は始終不機嫌にしているから、僕の勘違いかもしれないが。

他方、林蔵は市民権を勝ち取った僕への不愉快さをあからさまにしていた。誰彼構わず当たり散らし、特に僕にへつらうような笑みを見せる人間には容赦なかった。そういった場面を目撃された奴は、流石にぼこぼこにされることはなかったけれど、二、三発腹を可愛がられた揚句、けつの毛一本残らないくらい有り金をふんだくられていた。しかし今まで僕が受けてきた仕打ちを考えてみてほしい。そんなことで憂さ晴らしができるなら、結構ではないか。存分にやってくれ。

進路希望表が配られてからは、いよいよ僕に構う者はいなくなった。一枚の紙切れがここまで空気をがらりと変えるものだとは思ってもなかったので、配布されたときの教室の神妙さは僕の笑いを誘い、堪えるので必死だった。進学か就職か、家業を継ぐのか、一年後に迫った現実がクラスメイトを陰鬱《いんうつ》な顔つきにしていた。それでも進学や就職組はまだ気持ちに余裕があり、周囲と憂悶《ゆうもん》の思いを分かち合い紛らせていたが、土地に縛られる者はそれすらできず、一様にただじっとこれから希望進路が書かれる表の空欄を睨んでいた。彼らがこのことについて口を開けるようになったのは、放課後になってからだった。

「こがあな狭い山間で百姓やって、なんぼう儲《もう》かる」

「さあ、こまいこたあわからん」

「算用。算用じゃ。算用してみんけえねえ」

　下校のとき、前を歩いている三人の話を僕は何とはなしに聞いていた。三人はそれから、山を越えた先にある、一流商社や料亭と契約を結ぶ大農場がうちの土地まで手を伸ばしてはくれまいかと愚痴《ぐち》をこぼし、ひとしきり羨《うらや》むと仕舞いには、木出しや土工はなんぼうかのお、とまで言い出した。野良仕事から逃げるような奴に日雇いが務まるか。奴らは駄目だ、何もわかっちゃいない。僕も仕事の苦労なんぞてんで理解してなかったが、聞きながら三人を完全に見下していた。

　尤も、見下すだけ見下して、肝心の自分についてはさっぱりだった。しかしそれも仕方なかったのだと思っていただきたい。我が家は将来の見通しなんぞ、てんでついてなかったのだから、三人の言うことの一切が他人《ひと》事に過ぎなかったのだ。来年よりも、まずは今年の春を乗り越えねばならない。土を打つことくらいは、労働をこよなく愛するババどもの老体に鞭《むち》打ってもらわねばならぬが、家族で協力すればどうにかなる。問題は水だ。今年は田を諦め、畑に専念するのが賢明だろう。しかしたとえ作物を育てることができても、今のままでは売る場所がない。農協を締め出され、去年はまるで賄賂《わいろ》でも貰うかのような後ろめたさで一軒一軒を手売りして回ってようやく、施しのような額の現金を得られたが、今年は更に厳しくなるはずだ。このままではせっかく拾った白を手放さざるを得ない状況となる。それは絶対に嫌だ。中退して日雇いに出ることも考えたが、それで家族全員を賄《まかな》えるとは、流石の僕も思っちゃいない。

選択肢は限られている。その中で最も容易なのが考えることをやめて、日がな一日、暮らしが立ち行かなくなるのを何もせずに待つことである。僕はそれを選んだ。いざとなれば大人がどうにかしてくれる、という甘えが多分にあった。

だが、その大人が当てにならないということがすぐに判明した。出稼ぎに出たはずの父からの仕送りが、待てども来ないのだ。どうやら連絡すら付かないらしい。都市部は好景気に沸いているという話だから職にありつけないということはなさそうだが、不慮の事故に遭ったとか、向こうに新しい女ができたとか、賭《か》け事や薬に溺《おぼ》れているとか、思いつく限りの可能性があり、理由は考えるだけ無駄だろう。差し迫った危機は底を突きそうな貯金であり、食料であり、春までをどうにか生き抜くことであった。

早急に母が働きに出ることとなったが、近所に働き口があるはずもなく、たとえあったとしても雇ってもらえるとは到底思えないので、少なくとも集落の外、できれば村の外に職を求めねばならなかった。それには車が必要なのにとうに売り払っていて、二進《にっち》も三進《さっち》も行かないため、二月も一週目を過ぎると爪《つめ》に火を灯すような生活を強いられたが、どうにか家庭が荒れずにいられたのは白のおかげだった。母もババどもも相変わらず陰気極まりなかったが、家族全員が白を愛し、白を守るためだけに結束していた。

母は手段を選ばなかった。本を届けに来た池田に色目を使い、夕飯に交ざるよう勧め、玄関先では背中に凭《もた》れて甘え、週末になれば集会に連れて行けとねだり、まもなく夜に家を留守にすることが多くなった。白は母のいない夜を大層寂しがったが、その対価として母はしっかりと職と足を手に入れたわけだ。藻類の加工工場でベルトコンベアを流れる藻の仕分けを行うことになった母は、夜を池田と過ごして、まだ皆が眠りに就いている早朝に直接職場へ送ってもらい、白が寝ついてから少しの間だけ帰宅して着替えと軽い掃除を済ませると再び、人目を忍んで池田の家へ通うという心身ともにすり減らす生活を送るようになったのだった。

母にとっては地獄だっただろうが、僕にしてみれば、池田がごく自然な振る舞いで夕飯に交ざっていた状況よりは随分ましだと思っていた。池田に猫撫《な》で声で話しかけ、視線を絡ませ、うなじから生々しい何かを立ち上らせる母親を直視するのは耐え難《がた》いものだったのだ。主食は甘藷《かんしょ》、唯一のおかずは大根を醤油《しょうゆ》で煮たもの、という粗末な食事に、何らの遠慮もせず加わる池田の図々しさも不愉快だった。とはいっても今でも、どん底から一段上がっただけに過ぎず、母と池田がいなくなれば今度は小ババが、野良作業をしないみいさんの白い肌と綺麗な指がようやく役に立った、と食卓で悪態をつき、返す刀で大ババが、そんなことは言うものではない、と言い返して諍《いさか》いが始まり、それがテレビの大音量と混じって部屋中に響くという、耳が腐るような日々に置き換わっただけだった。とどのつまり、目が腐るか耳が腐るかの違いしかなかったのだ。

荒《すさ》んだ暮らしは学校生活にも影響を与えた。これまでも学校では浮いた存在だったけれど、ますます人が寄りつかなくなった。廊下を歩くにしても、睨み散らして発散する相手を物色しているわけではなく、ただやり場のない苛立ちを胸に溜め込んでいるだけなのに、周囲はとばっちりを避けるかのように道を譲り、受ける扱いは林蔵同然だった。全くもって心外だ。幾ら機嫌が悪いからといっても、肩と肩とが触れただけで殴りかかるほど社会不適合者ではない。むしろ無難な共同生活を送る術《すべ》は誰よりも心得ているつもりだ。基本は慎ましくしていればいい。そして、より快適な学校生活を送りたければ、皆の予想の範囲内で羽目を外すのだ。ただ、飽くまで想定内であることが大切で、間違っても捨て子を拾うような真似《まね》をしてはいけない。僕はわかっているのだ。これだけ自分の行動に懲りていて、何故更に注目を浴びようと考える。

だから下校中、いきなり香里が背後から駆け寄ってきて馴《な》れ馴れしく隣に並んできたときも、僕は張り倒してやりたい衝動を抑えることができた。つまり僕は簡単に彼女を張り倒すことができるし、そうしたほうが精神的にはずっと楽だったけれど、敢えてそうしなかったということだ。これは僕の良心以外の何物でもない。なのに香里は、こちらがおとなしくしているのに付け込んで、ずけずけと話しかけてきたのだった。

「久しぶりですね。なんか、前に会ったときよりも元気そう」

数ヶ月前と現在と、どちらが精神的に健全か自分自身ではわからないが、彼女の言葉で僕は少しホッとし、それが癪に障《さわ》った。聞こえよがしに舌打ちをして、これ見よがしに眉間《みけん》に皺《しわ》を寄せる。それでも彼女は全く気にする素振りを見せなかった。

「わたし、帰り道こっちじゃないんですよ」

確か方向は真逆のはずだ。訝る僕に、彼女は優しく笑いかけた。

久しぶりに会った香里は丸眼鏡を外し、髪を無造作に下ろし、寸法の合わない制服をコートが隠していて、まるで別人だった。体育倉庫裏ではおどおどして暗い印象が強かったのに、今は艶《つや》のある黒髪が陽光に当たって控えめな茶色が浮き立ち、すっかり垢《あか》抜けている。率直にいえば美人で、笑顔は僕の好みだった。

「この前みたいに、用件はって訊いてくださいよ」

外見が好みである分だけ、彼女の存在は僕の不愉快な気分を増大させた。おどおどしているほうが、まだ好感を持てる。今の彼女は最低だ。媚《こ》びた笑顔が池田を色で落とした母親を連想させた。

「あのさ」

「何じゃあ」

僕が睨むと仮面が一瞬剝がれ、素顔を見せた。ある種の感情が煽《あお》られ、背筋を駆け上る。が、一応平静を装って、僕は彼女が口を開くのを待つ。

「次夫《つぎお》ちゃん、じゃなくて白君はどうしてるかな」

「知らん」

「あのさ」

「厭《いや》じゃあ」

香里を白に逢《あ》わせてやる気はさらさらなかった。捨てたのは親だから子に罪はない、なんていう理屈は通らない。罪悪感なんか抱かせてやるものか。一生輪郭の朧《おぼろ》な気持ちを持て余していればいいのだ。僕は歩く速さを上げて、これで打ち切りだ、ということを暗に示したが、彼女は、お願い、と言って追ってきた。

「あなたが白君を拾った場所に案内してほしいの」

「一人で行け」

「違うの。白君がいた正確な場所が知りたいんです」

それから僕は無視して歩き続け、彼女はまるで刷り込まれたひよこのように、後をついてきた。一発殴ってやろうかと本気で思った。わからせるにはそれが一番だ。何度も迷って、気持ちの上では拳《こぶし》を振り上げるすんでのところまで行ったが、このまま帰ってもいつものようにババどものいがみ合いとテレビの大音量に参らされることは火を見るより明らかなので、これで香里が引き下がってくれるならばと思い、結局一緒に萱刈り場へ行くことを選んだ。

香里は僕の歩きが遅くなったことで察し、再び馴れ馴れしく並んできた。こういうときは黙っているべきではない、と僕は思い、ずっと気になっていたことを訊いてみた。

「どがあしてそねえな喋《しゃべ》り方しよる」

「こうしたほうが賢く見えるから。ただそれだけです」

僕はどういう意味かとしつこく訊き、彼女はなかなか核心に触れたがらなかった。

しかし萱刈り場に到着する直前で、ようやく僕は全てを理解した。つまり彼女がこう言ったのだ。

「高く売れるってことです」

卒業と同時に、彼女は人馬喰《じんばくろう》を通して料理屋に、酌婦《しやくふ》として売られることが決まっていた。そのとき訛《なま》りは、香里のような容姿の人間には邪魔なので、言葉遣いを修正しろと言われたらしい。訛りがあっても構わないけれど客層が限定されるのだと彼女は笑った。

彼女の悲壮な告白とは裏腹に、僕の頭の中は一面が桃色だった。すなわち、もう一丁前に毛が生え揃《そろ》い色気づいていたため、僕の関心は、香里は水揚げ済みか、という一点にのみ絞られていたのだ。冷めたことを言えば実に下らないが、事実如何《いかん》によって見る目が百八十度変わるほど、その下らないことは重要な位置を占めていた。

上り坂の舗装が途切れ、少し歩くと見えてくる萱刈り場は、白を拾ったときとはすっかり様変わりし、吹き曝《さら》しの丸禿《は》げ状態だった。そこに先客があった。

稔は北風が吹き荒《すさ》ぶ中、こちらに背を向けて仁王立ちしていた。まず香里が背中の正体に気づき、弟の名を呼んだ。厭な予感がしたが、当然僕が止める間はなかった。振り向いて彼が並んでいる僕らを見て、何を思うか。こちらからすれば無関係であっても、向こうからすれば一目瞭然だろう。

果たして稔は香里の隣にいる僕の存在を認めると、満面朱を濺《そそ》いで突進してきた。巨体を揺らす稔に誤解を解く暇はない。僕は尻尾《しっぽ》を巻いて逃げるしかなかった。振り返った瞬間に見下ろした村は薄茶と灰色が混ざり合い、水で延ばしたような空の陰気さを際立たせていた。山の稜線《りょうせん》からひょっこり出ている黄色く塗られたばかりの送電の中継基地だけが能天気に浮いていた。

襟首を摑まれると同時にその景色が上下にぶれ、僕は地面に叩きつけられた。馬乗りにされまいと、僕は仰向けになったまま稔の身体に靴の裏を向けたが、彼は構わずに飛びかかってきた。一発の蹴りでは稔を止められず、体重が乗った稔の拳が僕の頬骨の辺りに当たる。それから僕たちは揉《も》みくちゃになり、揉みくちゃになりながら僕は何発か殴られ、稔の胴体に抱きつきながら体勢を入れ替えようともがいた。

そのとき香里は、やめて、と言いながら稔を止めに入っていたが必死さが全然足りてなかった。いきなり始まった殴り合いにすっかり恐れをなしていたのだ。だから肩に置いた手を振り払われただけで棒立ちになってしまったのだった。

「はあ言え」

口の中を切りながら僕は辛うじてそれだけ叫んだ。しかし香里には通じなかった。彼女は何故弟が殴りかかってきたのか、全くわかってなかったのだ。ひたすら涙声で、喧嘩をやめて、と繰り返し、おろおろしているしかなかった。

僕は、どうして彼女がここに僕と来た経緯や僕とは無関係であることを主張しないのかと怒り心頭に発し、もう拳を防ぐことなんか二の次にして何度も、言えや、と怒鳴りつけ、ますます彼女をうろたえさせた。その様子に僕はますます憤り、次第に助けを求めることが頭から抜け落ちて、ただ香里を罵倒し続けるようになった。敵だ。今稔に殴られているのは勿論、土が口の中に入るのも砂利で身体中を擦り剝《む》くのも、母が池田の情人《じょうじん》なのも生活が惨めなのも、全て彼女のせいだ。自暴自棄になった僕は抵抗することをやめ、号泣した。いきなり幼子に返った僕に稔は一瞬動揺を見せたけれど、それでも手加減しながら更に何発か僕を殴った。

稔が離れても、僕は仰向けのまましばらく泣き続け、香里に思いつく限りの罵詈《ばり》雑言を浴びせた。それでようやく彼女は殴り合いの理由を知ったのだ。彼女は笑い、稔を叱り、僕に謝罪した。そんな宥《なだ》めるような謝罪では到底僕の気は晴れなかったが、泣いている自分が酷く恥ずかしくなり、怒りは失せた。僕は立ち上がり、汚れた手で涙を拭《ぬぐ》い、服や髪の毛に付いた土を払った。

「そこいらで拾った」

と僕は白を拾った辺りを指差した。ここで素直に教えたら、殴られ損であるような気がしたが、教えてやることにした。

「そう。ありがとう」

香里はゆっくりとその場所に歩み寄り、しみじみと何かを噛み締めるように礼を言った。稔も香里の後に続いた。

拾ったときの白の様子を訊いてきたので、僕は正直に答えた。背の高いすすきに隠れるようにして蹲《うずくま》っていたこと、そのときにはもう泣きすぎて喉を潰していたこと、中身が空洞なのではないかと思わせるほどの背負ったときの軽さ、それからうちで育てられるようになった経緯を、淡々と語った。

「白君はわたしたちのこと、どう思ってるのかな」

「知るか」

たとえ知っていても言う気はない。香里は恨みつらみを聞いて、心を軽くしたいだけなのだ。そこまで親切にしてやる義理はない。まずもって、余計なことを喋ることで今以上の関わりをこの姉弟と持つかもしれない、そのことが厭だった。彼らは白を捨て、僕が拾って育てている。関係はそれだけで充分だ。

だから晴れてお役御免となった僕は感傷に浸っている彼らを放って帰ろうと思ったが、稔の背中を見ているとどうにも抑えがたい感情が湧き上がり、気づいたら手のひら大の石ころを右手に握り、忍び足で近づき、右手を掲げ、稔の脳天に振り下ろしていた。腕に確かな手ごたえを感じた瞬間、稔の膝が崩れ落ち、大木が切り倒されるようにうつぶせに倒れた。

振り返ったときの香里の蒼白《そうはく》な顔を思い浮かべ、僕は笑いながら坂を駆け下りた。夕飯は口内が沁《し》みてほとんど食べられなかったけれど思い出してはにやにやし、ようやく現実に立ち返ったのは布団の中だった。今思えば全く噴飯ものの暢気《のんき》さだ。とどめを刺さなければ報復は目に見えているし、あれで死んだのならば証人も始末しておかなくてはならない。正直なところ石で殴るとき、やり返されても知るか、といった半ば破れかぶれな気持ちはなくもなかったが、それ以上の面倒の起こる可能性は微塵も頭になかった。例えば僕が警察に捕まって家族が村を追い出されるとか、それでも残り続けて家に火を放たれるとか、だ。

だから次の日、稔が学校を休んだときは一日中気が気ではなかったし、その次の日に彼が学校に来たときは恐怖よりも安堵《あんど》のほうが大きかった。尤も、安堵した次の瞬間には恐怖がやってきていたのだが。

稔が入ってきて、教室の空気は一変して張り詰めた。現れた稔は頭に包帯を巻き、皆の注目を集める中、相変わらずの顰めっ面で僕のほうへつかつかと歩み寄ってきた。

僕は席を立つことすらできなかった。

　しかし稔は目を離せずにいる僕の脇を通り過ぎ、おとなしく自分の席に着いた。そして机の上に鞄を置き、ぎこちない手つきで開けた。拳が両方とも、まるで手袋を着けているかのように大きい。その色は林檎《りんご》のように赤かった。

　ぱんぱんに腫《は》れた両手に気づいたのは僕だけではなく、教室の稔から離れたところでざわつき、それが波のように広がっていった。だけど誰も稔に近づこうとしない。いつもならばそんなものを見つけたら嬉々として訊いてくる、あの林蔵ですらだ。ただ教科書を机の中に仕舞っているだけなのに、それだけの雰囲気を稔は纏っていた。元々愛想のよい人間ではなかったが、そういうことではなく、一日欠席しただけでまるで別人のようになっていた。その近寄りがたさは苛められないように虚勢を張る僕や、玩具《がんぐ》を探すために練り歩く林蔵のものと一見似通っているように感じられるかもしれないが、内側に秘められた温度差は核爆弾と炬燵《こたつ》くらいあるように思えた。

　その正体は放課後になって判明した。

「面あ貸せ」

　と稔から誘ってきたために僕は大いに面食らい、迫力に圧倒されて従わされた。とはいっても怯えた割には人気《ひとけ》のない場所に連れて行かれたわけではなく、階段の踊り場の角に押しつけられただけだった。それでもやはり怖いものは怖い。
「何じゃあ」
と僕は精一杯凄《すご》んだ。しかし情けないことに、その声音はあからさまに怖がってい
た。稔はそんな僕を憐《あわ》れむことも鼻で笑うこともなく、恫喝《どうかつ》した。
「香里が言ったこたあ、全て忘れろお」
「何い言っとるのかあ、さっぱりわからん」
「ええから忘れろお」
しつこく忘れろと言われて思い出した。酌婦として売られる、あの件だ。しかし僕
にはさして恥ずべきことのようには思えなかった。彼らの親の仕事は知らないが、生
活が苦しければ娘を働きにやることも当然あろう。たとえそれが正規のルートでなく、
人馬喰を通じてであっても、仕事をしている振りをして実際は池田にべったり寄りか
かりっぱなしのうちの母とは格段の差だ。
「つまらん」
とだけ言って、僕は行く手を阻む稔の腕を払って踊り場の角から抜け出した。心の
底からそう思った。口減らしの方法としては子を捨てるより、売り払うほうがいいに
決まっている。ならば、何故白を捨てたことを恥じない。踊り場から僕の背中に向か

って稔が何かを喚いていたが、全く耳に入らなかった。殴りたければ殴れ。今だろうと、拳が完治してからだろうと知るものか。

全く、どれだけ姉ちゃんが好きなんだ、と呆《あき》れつつも、踊り場での形相がちらつき、僕は教室に戻って帰り支度をしながら、内心では震え上がっていた。たかが他人様に誇れない香里の就職先を知っているというだけのことでこれほどうろたえるのだから、もし万一、僕が香里を犯して、それを稔に知られたとしたら、その怒りは如何程だろう。実際誤解を受けて、ぼこぼこに殴られたばかりだ。僕は思い浮かべた情景を振り払い、決して過ちは犯すまいと心に決めた。

だから稔が教室に入ってきたときには、心を読まれたのではないかとありもしないことが頭を過り、彼を見つめたまま凍りついたのだった。稔はできるならば僕の顔なんぞ見たくないはずで、まさか追ってくるとは思わなかった。とどめを刺すことを除けば、もうあれ以上の用事はないはずだ。いよいよ殺されるのかと僕が泣きそうになっていると、稔はぼそりと独り言のように言った。

「あいつが来よった」

何を言っているのか、さっぱりだった。僕と稔との間に、あいつ、で通じ合えるような共通認識は皆無である。何故なら稔は、白の存在を認めてないからだ。

「香里の品定めに来よった」

　と稔は苦々しく吐き捨てた。

「人馬喰かあ」

「目が釣り上がって狐《きつね》のような男じゃったあ」

「なせてそねえなこと言いよる」

　稔が僕に対してそのような報告をする意味がわからなかった。香里がどうなろうと、僕の知ったことではない。まずもって、忘れろ、と言ったばかりではないか。

「行かんで済むかもしれん。おぼこじゃよう売れんらしい」

「それは何じゃあ。やれ、言うとんのかあ」

「違う」

　と稔は怒鳴った。教室に響き、きーんとした余韻が残る。窓の外から微《かす》かに聞こえてくる囃し立てるような声が際立った。

　僕には稔が何を伝えようとしているのか、皆目見当が付かなかった。売るためにけしかけているのかと思えば、強く否定する。無性にむしゃくしゃして、ところ構わず当たり散らしたい衝動に駆られた僕は、もう勘弁してくれ、とだけ言って教室を出た。本心から出た言葉だ。香里や稔に、振り回されている場合ではない。

僕が何を思おうが、おそらく香里は礼儀作法の指導という名目で集落の偉いさんにやられて、売られる。そして白を捨てて香里を売った結果、稔が土地を引き継ぐ。そうやって二束三文にもならない土地を守っていけばよい。僕は白を守る。

昇降口と校門との間にある、職員用の駐車場で林蔵と牧夫と和弘が三角に広がってオリガミを投げ回し合っていた。真ん中で翼が、返してくれ、と懇願しながら右往左往している。目も当てられない状況だ。林蔵が昇降口から出てきた僕にちらりと視線を送ったが、構わず翼をからかい続けた。

僕は歩いてその中に入り、頭上に飛んできたオリガミを手で払い落とした。翼が小銭を恵んでもらったもの乞《ご》いのように腰を屈めながら小走りで寄って、オリガミを拾い上げる。当然林蔵は気に食わない。遊びの邪魔すんな、と僕に詰め寄った。しかし見れば牧夫と和弘は及び腰であったため、諦めて、興醒めしたように僕の肩を突くだけだった。

「行くぞ」

林蔵の後を三人がついていく。僕は翼を呼び止めた。

「ちょっと、ええかあ」

四人が振り返り、翼は不安げに頰を歪ませると、すぐさま林蔵にすがるような目を向けた。林蔵が翼の前に立ちはだかる。

「あんだけぼこっといて、よう言えるなあ」

「あがいなこたあ、しねえ」

「阿呆。誰が信じるか。なあ、翼」

林蔵が顎をしゃくって促し、四人はどろどろと校門へ流れていく。最後尾の翼は何度も振り返り、しきりに僕を気にしていた。

「ええから来いやあ」

と僕は投げやりに言った。期待はこれっぽっちも抱いてない。しかし翼は立ち止まり、僕の顔と林蔵の背中を交互に見比べた。それから躊躇い、つっかえた言葉を押し出すように言った。

「厭じゃ」

翼は林蔵たちのほうへと駆けて行く。そうだろうとは思っていた。やつらとつるんでいても利益があるわけでもないのに、全く臆病者にはほとほと呆れる。

「ぼこらん言っとろう。じらあこねんと来いや」

僕はかなり小さくなっている翼の背中に呼びかけた。しかし翼はもう振り返らなかった。

その翼は、持久走大会でようやく捕まえられた。学校を放り出され、糞寒い中を体操着で村中を走らされ、見世物にされる、あれだ。速ければしょうもない行事に張り切るなと嘲り笑われ、ちんたら走れば公衆の面前で教師に急《せ》かされ、注目を浴びる。しかも下から三番に入る英雄には惜しみない拍手が送られ、見下されるのだからたまったものではない。要は、ここには入りたくないだろう、とせっつかれているような、劣っているけれど懸命に生きている感動的な人間を学年全体で観賞するような、趣味の悪い行事だ。

ぱん、という乾いた合図によって、僕を含めた家畜の集団が一斉に追い出された。皆がぺたぺたと地面を蹴り鳴らし、足裏にびりびりと響かせる。乾燥した空気が喉にへばりついて、肺をからからに干上がらせ、呼吸が苦しくなり、太ももがだるくなり、まもなく脇腹が痛くなってきたところで、僕は心臓が弾け飛びそうになる前に、早々に走ることをやめた。周囲が一瞥《いちべつ》をくれ、僕を追い抜いていく。ご苦労なこった、と思った。

その中に翼がいたのだった。歩き始めてからだいぶ経っていて、人はまばらだった。僕はすぐに追いつき、翼の肩を摑んで無理矢理止めた。一旦止めてしまえばこっちのものだ。顎を上げ、辛うじて足を動かしていた翼に、再び前へと向かわせる気力があるわけない。果たして翼は肩で息をしながら僕を恨めしげに見ていたが、肩から手を放しても逃げようとはしなかった。

「オリガミの画像、消したかあ」

翼は頷《うなず》いた。無言のまま、ポケットからオリガミを取り出して中のデータを開いて見せた。確かめても、村の他愛のない景色ばかりで僕どころか、人物の映ったものが一つもない。それでも僕は信用できなかった。ここに保存されてないだけかもしれない。よくは知らないが、情報洋の中に保存されていたり、もしかしたらばらまかれていたりする可能性もある。

「ないって」

翼は息も切れ切れに言った。僕は最後尾の教師に見つからぬよう今にも倒れ込みそうな翼の手を引いて、僕の生まれるずっと前に役場として使われていた廃墟《はいきょ》の裏手に連れて行き、何故そう言いきれるのかと訊ねると、浅瀬《アサセ》や棚《タナ》では持っているだけで逮捕される類《たぐい》のデータだし、深海《シンカイ》にはアクセス権限がないのだという説明だった。しかし不法アクセスして隠し持っていることだってあり得る。

「こがあな玩具一つで何ができる」

僕にとっては最新機器だが、つまりそういうことらしい。翼は手に馴染む程度の大きさに折り畳まれているオリガミを五回ほど開き、一枚の紙のように薄っぺらくした。翼の胸と腹を隠すくらいの大きさでは、深海どころか棚にアクセスすることすらできないのだという。それを聞いて、僕はようやく安心した。

翼はオリガミを紙飛行機のように折り、上空へ優しく飛ばした。廃墟の陰から勢いよく飛び出し冬空に舞い上がった飛行機はゆっくりと旋回する。翼は飛行機を指差し、僕のほうを向いてにたっと笑った。掲げた腕を振り回すと飛行機が指示通りに動き出し、僕は思わず歓声を上げた。

「こりゃあ凄え」

翼が送電基地を指差せば飛行機はすうっとそちらに流れていき、手首を返せば戻ってくる。しばらくの間僕は見惚《みほ》れていた。ど田舎《いなか》の空をかくかくと機械的に動き回る様子は美しいし、何より、皆が苦しんでいる最中にこうしてのんびりと見上げているというのが爽快《そうかい》だった。僕は次第にうずうずしてきて、自分でも操ってみたくなった。

翼が優越感に満ちた口調で言った。

「無理じゃあ。ありゃあ持ち主にしか動かせんけえ」

「いちいちむかつくやつじゃあ。絶対に殴ったこと謝らんけえのう」

「いらんわ」

翼はオリガミを呼び寄せ、元の形に折り戻した。何通りの折り方があるのかと僕はふと思ったが、訊かなかった。

僕たちは持久走大会の終わる時間まで、廃墟の壁を背凭れにしてその場に座って暇を潰すことにした。こうやって二人きりで話すのは初めてだった。

「お前え、学者んなりてえんかあ」

翼は、うちの経済状況ではなれるはずもないことをわかっているのに訊いてきた。からかっているのかと思ったが、どうやらそうではないようだ。彼は僕の読んでいた本を悉く覚えていて、結局動機づけの要因なんぞあるもんか、と興奮気味に同意を求めてきた。つまり彼も僕と同じ本を読んだことがあり、彼は学者を夢見ているのだ。

その点に関しては僕も翼と同意見だった。責任や達成感なんてものをぶら下げただけで経営者が意のままに操れるような環境が本当に存在するなんて、考えられない。村は市場とやらに組み込まれる術を持たず、衛生要因のみが高い山に阻まれて空気中に淀《よど》んでいる。翼は学者になってそういう状況から脱する方法を見つけるのだと息巻いた。しかし僕は違う。そんな夢みたいな場所があるとは、端《はな》から信じちゃいない。与太話が好きなだけだ。経営学にしても経済学にしても、そこから何かを得られるなんて、それこそクラゲリラさながらのファンタジーだ。木まで行って、木を登って、実をもいで、木を下りて、帰ってくるまでの労力が林檎の価値なのだったら、うちはもう少し潤っている。手間暇かけた虫食い林檎より、片手間の毒林檎のほうが高く売れるのが現実だ。同じ虫食い林檎だって、植わっている木が山を越えただけで、その価値は何倍にも跳ね上がる。

そんなのとっくにわかりきったことのはずなのに翼は、部屋でしこしこ電力取引所かアイタイかを指先一つで決めている両親の背中を見て何を思い、奮起してしまったのか。

「村あ変えてえんなら学者じゃのうて政治家になればええ」

僕は後ろの廃墟を指差しながら言った。

「阿呆。こがあなとこのもんがなれるかあ」

「アイタイか市場か知らんが、カネは持っとろう」

「アイタイじゃあ。今は葉緑体の加工工場に売っとる。でもそねえな稼ぎなんざたかが知れとるわ」

村一番の金持ちに言われても嫌味にしか聞こえない。しかし翼は今日食う物にすら困っている僕に対して、何処までも無邪気だった。あろうことか、母が身を粉にして働いている工場について、真っ赤な思想に染まった組合が力を持っているからなかなか働かないと、笑い始めたのだ。緩慢な労働で電力を浪費し、自社のみでは賄いきれなくなっているから買ってくれているのだ、と。

翼にとっては単なるお得意様に過ぎなくても、僕にとって母の仕事は生命線である。それをここまでこけにされて、腹が立たないことはなかったが、怒りよりも惨めさのほうが勝っていた。情けないことにこのときはまだ固定観念にがちがちに縛られていて、貧困による卑屈さに打ち勝つだけの精神を持ち合わせてはいなかったのだ。

黙り込んだ僕を聞き入っているのだと勘違いした翼は、ますます得意になって工場を罵《ののし》った。僕は堪らなくなって立ち上がり、その場を離れる。翼が、戻るのか、と言って後を追ってきた。

廃墟の角を曲がったところでいきなり林蔵に出食わした。あまりに唐突だったので一瞬固まったがすぐさま状況を把握すると、僕は林蔵の腰に組み付いてそのまま押し倒した。人影はない。復讐を果たすのは今をおいて他にはなかった。僕は抱きついたまま上に乗り、頭を林蔵の鼻っ柱にぶつけた。血が噴き出して、顔に広がる。

爽快だった。林蔵は痛みに顔を歪め、怯えた眼差しを向けている。勿論、たった一発の頭突きで許してやる気はない。やつの首は手の届くところにある。

歯を食いしばって両手を絞っていくと、林蔵が、ぐげっ、と息を漏らし、翼が涙声で叫んだ。

「やめろお。死んじもう」

殺しは面倒だ。稔との一件で、そのことについて散々考えを巡らせた。僕は両手を首から離し、どうすべきかと思いながら林蔵の折れた鼻の辺りに手のひらを押しつけた。痛い痛い、と林蔵が必死に泣きながら訴える。当たり前だ、と思い、林蔵が泣けば泣くほど僕の感情はしらじらとしていった。

不意に、目だ、と考えついた。見せしめのためには、残る傷を作っておかなければならない。白は耳が聞こえないから、こいつには目を失ってもらうのが適当だ。片目を失っても、もう一つあれば生活に不自由はなかろう。

僕が右目に指を入れようとすると、林蔵は手で払いながら固く瞑《つむ》って抵抗した。そのまま瞼の上から殴り続けても目的は達成されていただろうが、僕の頭からその選択肢はすっぽり抜け落ちていて、ひたすら抉《こ》じ開けることに固執した。この判断の誤りが林蔵を助けた。

どれくらい膠着《こうちゃく》状態が続いていたのかはわからないが、いきなり僕は池田に、林蔵から引き剝がされた。翼が呼んだのだ。背後から羽交い締めにされた僕は、その勢いのまま地べたに放り投げられた。鬼のような形相で池田が見下ろしている。母の情夫のくせに。

僕は土を払って立ち上がり、池田を睨みつけた。普段は腰の引けたような正論しか並べられない池田だが、このときは完全にたがが外れ、見開いた目玉の視線が僕の鼻やら口やら眉やらを不規則に動き回っていた。時々僕の視線とかち合うと池田の眼の色が変わり、湧き上がってくる凶暴な衝動を感じることができた。

人格を繋ぎ止めていた最後の一本が千切れ、池田は目一杯に僕を殴りつけた。力だったら稔のほうが上だったが、僕はこれまで食らったことのない質の痛みに前後不覚になってその場に倒れ込んだ。ぼやけた視界の中で池田が、後悔を抱えながら冷静さを取り戻していく。そして焦点が定まったところで、池田はゆっくりと口を開いた。

「喧嘩は結構。でも、治らない傷を作ろうとする人間は軍人以下だ」

つまり、国民国家観の崩壊とともに確立された紛争地域における一般国民の命の価値、というやつだ。僕の感情に、反省よりもおぞましさが先立った。こいつは説教ではない。喉に絡んだ痰《たん》だ。吐き出さずにはいられないというだけの。吐き出した先に、偶然僕がいた。

林蔵は僕に殴られたことを学校に言わなかったし、池田も不問に付したため、僕は停学にならなかった。ただ持久走大会を抜け出した罰として、全校集会で朝礼台に上っての絶叫謝罪と、一週間放課後の掃除を命じられただけだった。翼が昇降口と自転車置き場の掃き掃除、僕が便所掃除だ。この区別は村でのあれと比べれば、構ってもらえるだけ御の字なわけであるが、全校集会は堪らない。とどのつまり何をしようと、牧羊犬の思惑通りに固まって動かねば、見せしめに遭い、さらし者にされ、笑われるようになっているのだ。

翼が朝礼台の上で学年と組と氏名と罪状と謝罪の言葉を叫んでいる間、僕は風紀委員の隣でしおらしくしていた。普通に話しても声が行き届くくらいの人数しかいないというのに、列の後方からは、聞こえません、と野次が飛び、そのたびに翼は喉を潰して同じ言葉を繰り返す。僕は、当然面《おもて》には出せないが、聞いているだけでげっそりしてきた。翼でこれか。

数分の絶叫の末ようやく許してもらえた翼の後でも客は飽きるどころかますます活気づいて、僕が謝っている間も絶えず野次が飛んできた。翼のときよりも容赦ない。僕が叫べば叫ぶほど一部では盛り上がり、大半の顔には冷笑が浮かぶ。声がしゃがれると黙っていた者もどっと沸いた。

時間切れとなって教師が止めに入り、ようやく僕は解放された。授業が始まる直前まで叫ばされたことになる。その日一日、声なんか出るはずもない。しかしこういう日を選んで教師は授業で僕を指名し、ちくちくうっぷんを晴らすと同時にクラスメイトのガス抜きを行うのだ。で、放課後には便所掃除が待っている。やるべきことを全て終えるとへとへとだったが、疲れていようがいまいが時間は平等に流れる。まだ日は高く、帰っても何らかの畑仕事をやらされることは目に見えていた。この上、小ババに小言を吐かれるなんてうんざりだ。

僕は川原で時間を潰すことにした。学校の近くだったら、下校途中の男女が等間隔で座り込んで愛を語らっているだろうと思って、わざわざ少し上流の草が伸びきったところまで歩いた。にもかかわらず、そこに香里がいた。遭わないように萱刈り場を避けたのに。

草むらでこちらに背を向けて佇《たたず》んでいる香里は幽霊の趣があった。僕はそのまま立ち去ろうと思った。しかし香里は気配を察したのか、振り向き、目敏く僕を見つけた。泣いていた。涙は出てなかったし、目も赤くなかったけれど、泣いていることはわかった。まるで世界が今日終わってしまうかのような、絶望的な空気だ。無論、世界はまだ終わらない。絶望的なまでに変わらず続いていく。

香里が近づいてきた。僕はうっとうしく思った。

「帰れ」

しゃがれた声に香里は喜んだ。僕はほっとし、すぐさま嫌悪した。

「今日は大変だったね」

「はあ帰れえ」

もう辺りは薄暗くなり始めている。躓いて転んだら、向こうの家族に何を言われるかわかったものではない。尤も、僕が帰れば済む話なのだが、何故か動く気にならなかった。

香里は帰りたくないのだと表情を暗くした。聞けば、今日が水揚げの日なのだという。ヨシバという六十手前の男にやられるらしい。稔は知らない。知ったら暴れるからだ。

そういうことを早く経験できるのは嬉しいのではないのか。しかも慣れた人間が相手ならば痛くなくしてくれるかもしれないではないか。そう僕が訊ねると、彼女は心底厭そうに顔を歪ませた。

「考えたくもない。不潔」

何を今更、と出かかった言葉を呑《の》み込む。声を出したくないという気持ちもあったが、それよりもぼろぼろと涙を流し始めた彼女を見てしらけてしまったからだ。彼女はしゃくり上げながら、半ば喚くような形で感情を吐露した。

おぼこだろうと枯れていようと、女というやつは詮《せん》無いことを兎に角喋る。こちらの言うことなんぞ聞いちゃいないし、聞く必要もないのだろう。ありもしない問題解決の糸口を見つけるなんぞ生まれたときから諦めていて、それよりは共有したり、攻撃や防御をしたり、敵味方を探ったりすることを純粋に楽しんでいるようだ。だから彼女に対して何らの感情も抱いてない僕ではそういった遊戯に参加できないので、我慢してかかしに徹することにしたのだった。すると香里が調子に乗ってとんでもないことを言い出した。

「わたしも健君のお姉さんになっちゃおうかな」

僕の手がとっさに出て、香里は尻餅《しりもち》をついた。見上げながら香里が、ごめんなさい、と呟く。後悔したような、怯えたような、へつらったような、邪念が掻《か》き立てられて何とも堪らない眼をしていた。

僕は香里の股に身体を入れて、押し倒した。スカートを捲り上げ、毛糸の下着に手をかける。悲鳴が上がり、余計そそられた。

どうせやられるんじゃねえか、とがなり、頬を二、三発引っ叩《ばた》くと香里は身を強張らせておとなしくなった。僕は高ぶる気持ちを抑えきれず、乱暴に彼女の腰を持ち上げ、下着を下ろした。靴に引っ掛かって苛立ちながらどうにか片足を抜き、尻を捲って両足を空へやった。股を根元から開いてまじまじと見つめると、彼女は恥ずかしがった。

想像していたよりも近い場所にあったので、ふと思い出すことがあり、僕は衝動的に肛門に顔をうずめてみた。違う、と彼女が叫び、足をばたつかせる。僕はそのままの体勢で脇腹をつねり、彼女を黙らせた。

目一杯鼻から息を吸い込むと、香ばしい酸味がつんと突き抜けた。自分でも驚いたのだが、全然不快ではない。糠床《ぬかどこ》に少し似ていると思った。

踏ん切りがつかずしばらくの間そのまま嗅《か》いでいた。ずっとそうしていると、ふと客観視できるようになり、笑えてきた。なんだ、この滑稽《こっけい》な姿は。何故《なにゆえ》香里はけつを捲り、僕はそこに顔をつけている。これは人間としてどうなのだろう。そう思って顔を上げると、香里も同じように感じていたのか、互いに苦笑いをし合った。

結局、ちゃんとして、と注意されてからは、人並みの手順でことを行った。香里は最中には随分と大げさに泣き喚いていたくせに、無事終えると手のひらを返したように冷めた態度で下着を穿《は》き、身だしなみを整え始めた。僕はむしろ、終えてからのほうがうろたえてしまったというのに。

この日は帰宅してからのことも妙にはっきりと覚えている。小ババは早朝の畑打ちに大ババが遅れてきたことを責め、大ババは小ババの分の布団も上げていたのだと反論していた。誰も聞いてないくせに頭が痛くなるような音量のテレビから放送されたのは、東暁の地下に新たな商業区画が生まれたこと、その一方で七合目以上の高級住宅街でまたもや特殊塗料による落書きが発生したこと、住民管理の必要性、医療保険を廃止に追い込んだ資本主義医療に対する抗議デモ、暮らしの裏で生じた鼠《ねずみ》などの害獣の大量繁殖、風害地区でシートが飛ばされて凍え死んだ無宿者、の順番だ。ずっと興奮状態だったつけが夜にどっと来たため、床に就くのは珍しく僕が一番早く、そのことで白に心配をかけた。

それから僕と香里は会うようになったが、度々というわけにはいかなかった。まさか仲良く並んで登下校なんかできないし、放課後や休日は野良仕事に追われて一日を潰してしまうからだ。ババどもも毎日畑だけを打っているわけにもいかず、当然それだけでは間に合わない。だから打った先から雑草が伸びてしまい、平日に二人で打ちかけても休日には草がいっぱいになっていて削ってからでないと、とてもじゃないが打てそうにないことになっている。

ババどもと一緒に畑へ行くと必ず言い訳から聞かされた。

「わしらあだけじゃあ、なかなかはかどらん」

「せめてみいさんが手伝うてくれたらなあ。みいさんが」

母は土日だけ一日中家にいるが、ずっと死んだように眠っている。昼飯の支度すらしない。飯と便所以外は眠り続け、日曜日の夜にむっくり起きると、髪を直して池田のもとへ出かける。

「わしらあも出とうて出とるんじゃあなあ。みいさんが働かんけえ、仕方あなあ」

「こがあな年寄りにい、こがあな難儀なことお、できるもんかいな」

あまりに文句を垂れながら鍬を振るうので僕は、除草剤を使えばいい、と進言してやった。しかしババどもは耳を貸さない。

「薬なんぞ使うたら、野菜が売れんようになる」

「もともと売れんのにい、むきになる必要が何処にあろう」

料亭に卸すことも、ましてや海外に輸出するなんて夢のまた夢なのに、この家族はいつまで幻想を抱き続けるのか。わかりやすい場所に、そういった高級野菜を作っている大農場があって、何処の酔狂が山を越えてまでして来よう。

「薬使うたら、余計売れんわ」

確かにその通りだ。潔癖症のご時世、農薬塗《まみ》れの野菜なんぞ誰も買わない。しかし家族で消費する分はそれで構わないではないか。農家なんかとっとと辞めて、翼のところのように電気を売れば豊かになれる。今は何処も彼処《かしこ》も電力不足だ。余っているのは東暁だけだと聞いている。

しかしババどもは農家に固執する。今は電気が足りなくてもすぐに余る時代が来る、と言うのだ。そのときもう一度農業を始めようと思ってももう遅い、と。

僕はそんな先のことを考えていられない。兎に角、今現在、鍬を放り捨てて香里のところへ行きたいからだ。爆発寸前だった。一度味を占めてしまうと我慢できなくなるものなのだと、僕は自分自身のことではないかのように驚いた。

結局僕は毎週毎週欲望に搔き立てられてババどもに喧嘩を吹っかけ、大儀ならば出て行け、と言わせることに成功していた。中毒患者さながらに渇望し川原へ足を運ぶと、香里はいつも日向《ひなた》の地べたに腰を下ろし、水面を眺めていた。おそらく僕の来ない平日も、こうしているのだろう。そう思えるくらい、その場所は香里のものになっていた。

会うや早速やって、気が向けばその後で話をした。概ね彼女が近況を報告し、僕がやった後の気だるさの中でおざなりの応答をする、というやりとりだった。その中で彼女はよく友人と比較し、友人は雇用の申し入れが都会の商工会なのに、自分は人馬喰だと笑った。

　時々彼女は僕に話を振ることもあった。僕は正直に近況を答えた。とはいっても白のことを意識的に避ければ、それは例えば、用水路の掃除に我が家だけ参加できなかったから今年は田んぼに水を張れそうにない、といった目を覆いたくなるような事情しかない。目も覆いたくなるような事情からは同情しか生まれず、だから僕もお義理で同情を返してやり、その結果傷の舐《な》め合いという関係が僕たちの間に築かれたのだった。

　甘美な傷の舐め合いによって、陳腐なことを言うのならば、僕たちは盲目になっていった。学校ですれ違うことがあっても過剰にそっけなくしたり、言葉を交わせばいいのに敢えて一瞬目を合わせるだけにしたりする秘密ごっこに酔い痴《し》れ、完全に油断しきっていた。だから勘の鋭い誰かに気づかれ、それが稔に伝わるのは時間の問題だった。

　その日は登校すると教室に入る前から、異様な雰囲気が廊下に漏れ溢《あふ》れていた。漠然とした厭な予感を覚えながら教室に入ると、その正体はすぐさま明らかになる。一歩踏み入れた途端、そこにいる誰もが固唾《かたず》を呑み、僕は棒立ちになった。稔が自宅から持ってきた猟銃の銃口をこちらに向け、構えたからだ。それが冗談ではないことは一目瞭然だった。憎しみに満ちた目が照準を定め、冷静な指が少しずつ引き金を絞っていく。全身に突如として恐怖が駆け巡り、僕は腰を抜かした。恐ろしすぎて声も出なかった。

教室の何処かで、洒落《しゃれ》にならんわ、という声が聞こえた。林蔵の声だ。他のやつは僕と同様、声なんか出せるはずもなかった。しかしその林蔵すら、銃口を向けられてまで意見することはしなかった。

職員室から呼ばれた教師が数人駆けつけ、今まさに銃を撃たんとする稔に叫んだ。

「やめえ」

稔は目玉だけで廊下に立つ教師たちを確認し、無視した。僕はもうだいぶ前から恐怖のあまり眩暈《めまい》がしていて、視界が真っ白になりかけていた。そんな状態でも辛うじて気絶せずにいられたのは、意地があったからだ。ここで泡吹いたまま気絶して小便漏らすなんて恥を晒《さら》したら、またあの砂を噛むような日々に逆戻りである。それだけは避けねばならなかった。

夢の世界に逃げることの叶《かな》わぬ僕が恐怖で気が狂わないために何ができたかといえ

ば、ひたすら喋って稔を説得することくらいだった。もういよいよ銃弾が放たれると思われたそのとき、唐突に口から言葉が溢れ出し、止まらなくなった。ただその内容が酷い。

僕は嘘の言い訳に終始した。お前の姉は大人にやられるのを嫌い、僕を誘惑した。だから僕は人助けだと思って抱いてやった。それから後も誘ってきたのは全部向こうだ。僕は全然悪くない。概ねそんなところだ。しかし稔は眉一つ動かさない。最後の足掻《あが》きとして言い訳の合間に馬鹿だの糞だのといった単純な悪口を挟むようになり、それが次第に涙の懇願へと変わっていくと嘘はますます現実と懸け離れていった。

轟音《ごうおん》が僕の声を消し飛ばした。

壁に穴が開き、僕は助かった。後で稔に聞いた話では、一応僕には狙いを定めてなかったのだが、間違って死んでも構わないと思っていたそうだ。つまり僕も稔も、先のことなんざまるで考えちゃいない、ということに関しては似た者同士なのだろう。行動を起こしてから、殺しが如何に面倒を引き起こすかを知る。

息子が銃をぶっ放したにもかかわらず、稔の両親は僕の家に謝罪に来なかった。白のいる場所になんか近寄りたくないという気持ちは理解できなくもないが、あまりにも無礼なのではないか。ババどもは憤慨し、僕もそう思った。銃の管理については完全に父親の責任だ。

しかし僕たちは警察には届けなかった。騒動は村中が嫌がる。これ以上肩身の狭い思いをするほうへ自らを導くことはない、というのが家族全員の判断だった。警察に届けなければ、その思いの肩代わりを稔の家族がしてくれる。

この一件があってから、僕の足は川原から遠のいた。たった一度だけすれ違ったときに香里と話す機会があったけれど、彼女は卑屈な態度で謝るばかりで、まるで会話にならなかった。だから停学中の稔の様子を香里から聞くことはなかった。

もう香里が卒業するまで、会うことも話すこともやることもないのだろうと思った。彼女は卒業後に料理屋に勤め、僕はその一年後に卒業し、村に残ってカネどころか食い物にすらなる見込みのない畑を耕し続ける。稔も違う畑で同じようなことをする。其処彼処《そこ》で同じようなことをして、共倒れだ。翼だけが電気を売って生き残るが、供給過多になれば食えない電気を持て余すしかない。外部から差し伸べられる手はいつまで経っても望めないだろう。工場だの農場だの牧場だのには狭すぎるからだ。廉価だろうと高価だろうと、効率は欠かせない。規模の経済というやつだ。

とはいっても、僕は悲観しているわけでも恨んでいるわけでもない。誰だって当たり前のように子が捨てられる山村の存在なんて知りたくない。僕だって知りたくなかった。外の人間ならばなおさらだろう。知らなくても困ることは全くないし、他に目を向ければ魅力的な場所は幾らでもある。悪いのは土地に縛られ、こんなところで敢えて経済活動をしようという僕たちのほうだ。

しかしそのような腐った諦念《ていねん》は、腐った出来事によって吹き飛ばされた。

卒業式まであと数日という日の夜に、母からの電話があった。直接出たのは小ババだったが、着替えを池田の家まで届けてほしいという横着な頼みに対して使いに出されたのは僕だった。

玄関を出ると僕は身をすくめ、外套の前を止めた。暖かくなってきていても、夜はぐっと冷え込む。喉に張りつく乾燥した冷気にむせながら、僕は自転車をこぎ、使いを引き受けたことを後悔した。当然であるが、こんな寒い夜に出かける者があるはずもなく、誰ともすれ違わない。見られないのは幸いだが、情けなくもなった。僕はこんな仕打ちを受けた揚句、不愉快な思いをしなくてはならないのか。

呼び鈴を鳴らして、池田が戸を開けた。気が滅入る。訊いてもないのに、母は風呂だ、と言った。僕が来ると知っていて風呂に入るとは、どういう神経をしているのか。僕は着替えを池田に渡し、上がれという誘いを固辞した。母が顔を合わせにくいということならば、そうするべきだろう。

　まんまと不愉快な思いをさせられたことに腹が立ち、僕は帰り道に自転車を全速で走らせた。早く帰って布団に潜ってしまおう。そうしないと駄目だ。この破壊衝動は白を泣かせたくらいでは抑えきれない。

　帰り道の半分を過ぎた頃、ふと微かな声が耳に入ってきて、背筋がひやりとした。幽霊の類なんぞ信じちゃいないが、左右に田畑が広がるばかりの一本道で声が聞こえてくればぞっとする。僕は自転車の速度を緩めて聞き耳を立てた。声は捨てられた荒れ地を隔てた先の農道から聞こえてくるようだった。街灯がないから姿は見えないが、二人は言い争っていた。

　ぐるりと道を回って、そちらへ行ってみることにした。こんな夜更けにこんな場所で、何を争っているのか、僕は興味を抱いたのだ。一旦離れて自転車の通れる畔道《あぜみち》を渡ると、言い争いは暴力に発展していた。僕は少し離れたところに自転車を止めて、忍び足で少しだけ近づいて様子を窺《うかが》う。一人が一方的に倒れて蹲っている者を足蹴《あしげ》にしていた。横たわっているほうは蹴られながら必死に頼み事をしている。代わりに働くから、と聞き取れた。

　借金の取り立てかと思ったら、倒れているほうは稔だった。稔が人馬喰に、姉を連れて行かないでくれと泣きながら頼み込んでいる。でかい図体を縮こまらせている稔を見ればもっと爽快な気持ちになるものと思っていたが、実際にはドン引きだった。なんなんだ、あれは。あれが萱刈り場で僕をタコ殴りにして、猟銃までぶっ放した稔か。

人馬喰はしゃくり上げるだけになっても稔に容赦なく蹴りを加え続けた。周りが静かな分、肉がぶつかって弾け飛ぶ音は鮮明に響き、僕の耳に生々しく残った。このまま蹴られ続ければ死ぬことは明白だった。

このとき何を思ったのか全く覚えちゃいないが、気づいたら僕は自転車を力の限りこいで、人馬喰に突っ込んでいた。衝撃で身体が投げ出され、畔にしこたま打ちつけられた。振り返った先で人馬喰は倒れた自転車と重なり合って呻《うめ》いている。僕は稔に叫んだ。

「しごうしたれえ」

稔はむっくりと起き上がり、人馬喰に歩み寄っていく。右手には石が握られていた。

黒く縁取られた影が膝を突き、高らかに掲げた右腕を振り下ろす。僕が稔に対して行ったような無意識の手加減はなかった。空気が破裂するような悲鳴が聞こえ、自転車がカタカタと揺れた。稔は自転車ごと破壊せんと、同じ動作を繰り返した。

僕はひたすらに石を振り下ろす稔に見入っていた。つい数十分前に抱いていた不愉快さは何処かに吹っ飛び、気分が高揚していた。繋ぎ止めていた鎖を引きちぎり、自由になった稔の軽やかな動きに心奪われ、自然と涙が溢れてきた。

人馬喰は死んだ。

稔は死体の傍らで膝を突き、肩を激しく上下に動かしていた。荒い呼吸が規則正しく聞こえてくる。僕は堪えきれない笑い声をくつくつ漏らしながら、稔に歩み寄った。呆然《ぼうぜん》としていた。闇の中で辛うじて確認できる稔の瞳は、まるで電池切れした玩具のように焦点が定まってなかった。死体は顔がぐしゃぐしゃに潰れていた。

稔の魅せた芸術の残骸《ざんがい》だ。大した意味はない。

僕は稔の腕を摑んだ。

「行こう」

稔は不安げに僕を見上げる。何処へ。知るか、と僕は笑いかけた。兎に角、もうここにはいられない。豚箱にぶち込まれたいのならば別だが。

僕は死体を除《の》けて自転車を起き上がらせた。壊れてはいないが、動かすと車輪やチェーンやペダルがきしむ。苦笑し、粗大ごみを蹴り倒した。

僕は黒と薄墨色の境界の稜線を見遣り、早くもこれからの展望について考えを巡らせていた。夜明けまでに山を越えられるという見通しは流石に甘いだろうか。でも関係ない。のんびり行こう。どうせ死体を見つけても、警察に知らせる前に相談だ。集まった者どもはここで繰り広げられた芸術を知ることなく、おぞましい、と顔を顰めるのだろう。その頃には、新しい土地で新しい生活が始まっている。

客人は僕の知らないことまでよく調べ上げていた。例えば僕と稔が村を出た後の釜田家のことだ。それについては、僕たちがいなくなってまもなく、池田に連れられて村を逃げ出した白も知らなかったようで、客人が一家の顚末《てんまつ》を聞かせると沈痛な表情になり、少し顔を伏せた。それに呼応するように、部屋の明かりが弱くなっていく。

人殺しの家の汚名を被り、香里の就職はご破算となった。一家は、村人に目撃されれば目が腐ると聞こえよがしに陰口を叩かれ、口を利こうとすれば石を投げられ、作物を育てようにも水を使わせてもらえず、家から一歩も出られない生活を送らざるを得なくなった。それでも僅《わず》かな蓄えを取り崩しながらどうにか生き延びていた。が、それも数ヶ月と保《も》たず、五月に入るととうとう底を突いた。ということで両親は痩《や》せ細った肉体に鞭打って東奔西走し、甲斐あって性欲塗れの男しかいないような船に娘っ子を放り入れると、出帆を見届けてから、安心して首を括《くく》ったのだった。

「香里さんは一年間の船上生活の後、港の料理屋でしばらくの間、酌婦をしていたと聞きました」

しかしそれから先はわからないのだと客人は言った。当然だろう。昔の話だ。むしろよくここまで調べたものだ。香里の人生なんか調べたところで、僕にはてんで無関係だというのに。

それにしても理解できないのは、香里と稔の両親だ。何故死ぬ必要がある。死ぬくらいならば、僕たちのように何もかも捨てて逃げ出してしまえばよかったのだ。離れたところで未練の残るような村ではないし、しがみつかなければならないような土地でもない。まずもって命を捨ててまでして土地を守っても、継いでくれる跡取りはもういないではないか。長女は船の上、長男は逃亡、次男については自ら諦めた。そして自殺した事実は長い時を経てようやく、諦められた白に伝わったわけだ。

「やはり実の両親の自殺というのは哀しいものですか」

白は、違う、と首を振った。オリガミが白の思考を代弁する。

「哀しいんは自殺じゃあなあて、知らんかったあことじゃあ」

現在の白であれば調べられるはずだし、調べれば容易に知ることができたはずだった。しかし白はそんなことをしようとは考えつきもしなかった。何故ならばこの部屋に籠るようになってからはずっと、僕のことで頭がいっぱいだったからだ。

白はこの部屋で僕と寄り添い、特に僕が村を逃げ出してからの記憶を引っ張り出しては、もう何十年も物思いに耽っていた。

歩いている間、僕たちにあまり会話はなかった。稔が罪悪感から逃れるように、姉と弟を犠牲にしてまで土地を継ぎたくなんかなかった、とぶつくさ呟いていたけれど、僕は何も相槌《あいづち》を打たなかった。そのとき一瞬白の顔がよぎり、少しだけ決心が鈍った。

舗装された道が途切れ、いよいよ本格的に山中に潜り込んだところで朝日を拝んだ。腹が減り、足の裏の肉刺《まめ》が潰れて歩みの遅れもあったが、追っ手はない。ただ、捕まる前に遭難しそうだった。僕たちは徐々に疲弊し、気分が落ち込んでいった。

食べられそうな草を食べ、水溜まりの水をすすり、僕たちは幾日か山中で過ごした。山にはずっと昔に捨てられた廃墟集落が多く点在していたため凍え死ぬことはなかったけれど、夜冷えと隙間風は酷い頭痛と咳《せき》と関節痛を引き起こした。

一日歩き続ければ普通は山を越えられる。だからもうとっくに町に着いてもおかしくなかった。なのに未だにその兆しすら感じられない。完全に迷子になってしまったのだ。このままでは時間の問題だ、そう思うと情けなくなった。

ある午後、小さなこぶ山の頂上に立って、いきなり視界が開けた。曇り空の下に町が見え、その奥は鈍い灰色の輝きを放っている。まさか海まで歩いたとは、と驚き、安堵し、元気が出てきた。希望の海へ進め。僕たちは笑い合い、浮ついた精神状態で山を下った。

僕たちは海辺にある漁師の物置に鍵《かぎ》を壊して侵入し、とりあえずの寝床とした。錆《さ》びた空き缶で作られた灯油ランプを湿気たマッチで点《とも》し、明かりを採る。僕はそこで力尽き、数日の間一歩も外に出ずに、自分の外套だけでなく稔の分も奪って包まり、がちがちと歯を鳴らしながら横たわっていた。食料は専ら残飯だが、稔が持ってきた。こいで貸し借りチャラじゃあ、と彼は言った。

稔の世話もあって、僕はどうにか死なずに回復した。外はまるで僕を祝福するかのような青空で、暖かな日差しが降り注いでいる。じっと縮こまらせていた身体をその空に向かって伸ばしてやり、まずは稔に町を案内させた。とはいっても、寂れた魚市場にひっそりと佇《たたず》むポリバケツや、市場と通りを挟んで向かいにある定食屋の裏手だ。ごみ出し場にも連れて行かれた。つまり僕はここに来てからそういう物ばかりを食わされてきたということだ。よく腹を壊さなかったと我ながら感心する。

町を観察しているうちに、仕事のありそうな場所には人がいないことがわかってきた。勿論魚市場が昼に閑散となるのは当然であるが、商店街らしきところも店が全て閉まっている。たまにすれ違うのも、屈強なガタイを作業着で包んだ目つきの鋭い、如何にも堅気ではない風貌の男で、とてもじゃないが声をかけられる雰囲気ではなかった。そして、人がいないのは、何もそういった場所に限らないことも夕暮れまでに知った。耳を澄ませば民家には人の気配があるし、町の外れにある工場の煙突からは時代遅れの煙がもくもくと上がっているのに、何故か道では見つからないのだ。日暮れ間近にようやく一人見つけた下校途中の子供に話を聞くと、働く大人たちは皆、夜のうちに出かける支度をするのだと言った。

結局この日は残飯で我慢し、暗くなるとともに眠りに就いた。

次の日、僕たちは日が昇る前の薄明るいときに起きて外に出てみた。すると驚いた。目の前の通りを男の集団が一方向にぞろぞろと歩いている。そのうちの半分くらいは会社ごとに区別された作業着を着ていて、半分は私服だった。僕たちはこの流れを追うことにした。

道脇では看板を掲げた薄汚い男や女が呼び込みをしていた。無気力そうな集団のほとんどはそれらを無視する。作業着を着た男たちは海沿いを真っ直ぐ歩いていき、私服の男たちは途中の路地を曲がり、猫の額ほどしかない公園でせき止められた。公園の中では疲れ切った男たちが綺麗に整列し、その列が公園から溢れて無秩序な塊となり前の通りを塞《ふさ》いでいる。僕と稔もその塊に紛れ込んだ。

僕たちのいるところと反対側の公園の出入り口から制服を着た女が現れ、開いた両手を掲げて言った。

「十人です」

列の先頭から十人が用意されたワゴン車に乗り込み、車は出た。しばらくすると、別の制服を着た人間が現れ、同じように人足を確保する。そのようなことが何度か繰り返されて、僕たちを含めて数人だけが残された。隅の花壇に腰を下ろして所在なく見渡すと、残された輩《やから》は捌《は》けていった者よりも一層草臥《くたび》れて見えた。

亡霊のように海沿いを歩いていた連中と同類の、作業着を着た男が気だるそうにやってきて、人数を数え始めた。数えていた指が僕と稔を示したところで男は怪訝そうな表情を浮かべたが、どうやら勘定には入れてくれたようだった。数え終えると男は全員を呼び集め、車に乗るよう促した。

「お前ら、初めてか」

と最後に僕らが乗ろうとしたときに訊ねられた。稔と顔を見合わせてから代表して僕が、そうだ、と答えた。男はにやにやと笑い、意味深に頷きながら僕たちを交互に見比べ、それから次の言葉を待っている僕たちに対して、早く乗れ、と尻を叩いた。

車は五分程で町外れの港に着いた。歩くたびにぼろぼろと崩れる不安定な桟橋ではカーキ色の作業着を着た男たちが船から荷揚げしている。声をかけ合いながら滑車で吊り上げたり、トレーラーに岩のような貨物を数人で肩を使いながら押し込んだりしている現場には活気が溢れ、僕は思わず見入った。

「そっちじゃねえ」

一緒に車に乗ってきた、慣れた様子の買人足が僕に言った。振り返れば他の連中は港を離れ、隣の砂浜にぞろぞろと下り始めている。僕は慌てて彼らを追った。

水平線の手前に大型貨物船が停泊し、そこから幾つもの小型船が出ていた。その中には塗装すらされないで船体の木目が剝き出しになった、手漕《てこ》ぎ舟もある。目一杯積まれた荷物のせいで今にも沈みそうだった。あれがここに来るのだと誰かが教えてくれた。

買人足は砂浜に座って舟を待った。舟が近づくにつれて、ちらほらと立ち上がる者があり、腰の辺りまで海に入っていく。僕も釣られて立ち上がったが、近くにいた男に引き止められた。

海に入った者たちはやってきた舟を挟み、手で砂浜まで押してくる。漕いでいた者たちも次々と海に飛び降り、舟を押すのに加わった。

「さあ出番だ。坊やたち」

促されて立ち上がり、見よう見真似で着岸した舟から積み荷を運び出そうとしたが、想像していたよりもずっと難儀だった。皆、軽々と荷物を肩に乗せ、大きな物も二人がかりで持ち上げて砂浜を颯爽《さっそう》と駆けていくものだから、そんなものかと高を括っていたら、一番小さな積み荷さえなかなか持ち上がらないのだ。稔ですら、荷物を腹に抱えてよたよたしている始末であった。見かねた買人足の一人が僕の荷物を奪い、口汚く怒鳴り散らしてきてからは、背に腹は代えられぬということで稔と協力することにした。小さな包みを二人で運ぶざまを笑われ、励まされ、馴れ馴れしく声をかけられても、僕たちは次々にやってくる舟の積み荷を黙々とトレーラーまで運び続けた。

全てを運び終えると作業着の男が買人足を並ばせ、互いのオリガミを突き合わせて一人一人の日雇い賃を支払っていき、僕たちも列の最後尾で順番が来るのを待った。

「ああ、お前らか」

男は僕たちを認めるや、ポケットから封筒を出して手渡した。みすぼらしい服装からオリガミを持ってないことを推測したのだろう。おそらく僕たちのような子供が来たのは初めてではないのだ。封筒の中を覗くと雀《すずめ》の涙ほどしかなかったが、他の連中の半分も働けなかったのだから買い叩かれても仕方ない。むしろ僕はこのとき、オリガミを持ってない人間にもきちんと現金払いをする親切さに感心していた。しかし後になってわかったことだが、これは親切でも何でもなく、ただ、餓鬼《がき》の駄賃をケチって無鉄砲な厄介を起こされては堪らない、と考えただけだった。

僕がオリガミの得られる場所を訊ねると、男は辺りを見回し、買人足の一人を呼び止めた。

「ちゃあさん、こいつらこれ、持ってねえんだと」

ちゃあさんは僕たちを見て、嬉しそうに顔を綻《ほころ》ばせた。

「来いよ、案内しちゃる」

バスを乗り継ぎ、世話好きのちゃあさんが連れて行ってくれたのは、山を切り崩して無理矢理に場所を作ったような、電子ごみの解体場だった。プラスチックの山が崩れて道を埋め尽くし、煙がその下から立ち昇って漂い、異臭を放っている。訊けば、プラスチックが低温で燃えている、とのことだった。必要なのは金属なのでプラスチックは捨てられるのだが、野焼きすれば害を及ぼす。だからそのまま放置される。しかし、一緒に捨てられた化学物質が自然発火し燃え移ると、結局同じような害が発生してしまうのだと説明してくれた。

ちゃあさんは、木箱に腰を下ろし銜《くわ》え煙草で木槌を揮《ふる》っている白髭《しらひげ》の老人に、オリガミはあるか、と訊ねた。

「あるよ」

白髭は首を微かに振って、背後の電子ごみの山を示した。ちゃあさんは山を掻き分けて銀と緑の薄汚いオリガミと幾つかの部品を手に持ち、借りるぞ、と一言断りを入れてから、奥の小屋へ僕たちを招いた。

ちゃあさんは僕たちをガタガタ揺れる椅子に座らせ、勝手知ったる様子で工具を棚から下ろし、埃だらけの机の上でオリガミを分解し、部品を組み立て始めた。

ちゃあさんは内部の部品を新しい物に交換している間、暇を持て余している僕たちのために身の上話をしてくれた。音楽を志して十五で実家を飛び出したところから語り始めた。東暁で烏や雀蜂《スズメバチ》の巣を駆除したり鼠《ねずみ》を捕獲したりする仕事で食いつなぎながら歌手を夢見ていたのだが、ある日ごみ捨て場でオーディオ機器を拾い、いじっているうちに使いこなせるようになり、気づけば三十五のときには音響系のエンジニアに落ち着いていたらしい。オリガミについても、音質を上げようと違法改造を繰り返しているうちに仕組みを覚えたのだという。何処までも実践派なのだと、ちゃあさんは笑った。しかしここからがまずかった。一人で改造を楽しんでいればよかったものを、小遣い稼ぎを始めてしまったのだ。生半可な知識とノウハウを用いて深海の底に届くような飛ばしのオリガミを売買するようになり、案の定お縄を頂戴した。妻子に逃げられ、業界を干されたちゃあさんは、地方を転々としながら職を替え、最後に行き着いた港町で電子ごみの山を見つけた。当初は感動に打ち震えたのだと、ちゃあさんは熱弁した。これだけの部品があれば大概の問題は掻い潜《くぐ》ることができる。都市では間違いなく検閲に引っ掛かるが、ここで慎ましやかに使う分には特定されることはなかろう、と考えた。

「でもなあ、ここじゃあ需要がねえ」

こんな寂れた港町では、オリガミを本気で使いこなそうとする者なんぞいやしない。金銭のやり取り、相手との連絡、あとはテレビや音楽などの娯楽があれば充分という連中ばかりだ。だからたまに、僕たちのようなオリガミを持ってない人間が来ると嬉しくてしょうがないようだった。

ここまで聞けば、愚鈍な稔ですらある種のきな臭さを覚える。僕たちだって欲しい機能は他の連中と変わらない。深い情報にまでアクセスできる権限なんぞ恐ろしいだけである。

「絶対大丈夫だ。任せろよ」

ちゃあさんは組み立て終えたオリガミを自分のオリガミと接続し、データの書き換えを始めた。どれだけ完璧《かんぺき》に書き換えても前のデータが完全に消去されることはないため、更新するようにして書き換えるのが味噌《みそ》なのだと胸を張った。

しかし幾ら怪しくても、僕たちはオリガミを受け取るか断るかを選んでいられなかった。さっきの賃金の受け渡しを見ていれば、現ナマの使える場所なんかほとんどないことがわかる。つまりもし僕たちがこの飛ばしのオリガミの受け取りを拒否すれば、これから食べていくために、現ナマでの支払いを受けつけてくれる良心的な店を見つけなくてはならないのだ。果たしてそんな店があるのだろうか。たとえあったとしても、毎日は嫌がられるだろう。

余計な設定作業が終わると、いよいよ生体認証などの正規の導入作業となった。弥《いや》が上にも気分は高まる。いきなり名前を聞かれてうろたえた僕は、とっさに小池《こいけ》林蔵と答え、続いて稔が高遠《たかとお》牧夫、と答えた。入力するちゃあさんを眺め、早速後悔の念が湧き上がった。少なくともオリガミの中の世界では、これから林蔵として生きなくてはならないことになる。そして思い直す間もなく、稔が緑のオリガミに、遺伝情報と指紋情報と重心情報を入力し、僕は銀のオリガミに、遺伝情報と虹彩《こうさい》情報と暗号文を入力した。本当は三つとも稔とは異なる生体認証にしたかったのだが、髪の毛をオリガミに読み取らせる様子が恰好良かったので、遺伝情報だけは重なることとなったのだった。

使える状態になり、手渡される直前にちゃあさんは、何か入れてほしいソフトはあるのか、と訊いてきた。無料でやってやる、とのことだ。稔は首を振り、僕は少し考えてから思い出した。翼が操っていた紙飛行機。僕もあれをやってみたい。

稼いだカネのほとんどをちゃあさんに巻き上げられ、僕たちはひとまず物置に帰った。僕は疲れ切っていたため飯も食わずに眠りに就いたが、稔はすぐに出かけたようだった。体力だけはあるのだ。次の日も、僕は全身が痛くて動けなかったにもかかわらず、稔は日の出とともに同じ仕事場へ働きに行った。稔が意欲的に動き回っている間、僕は物置の前の浜辺でオリガミの飛行機を飛ばして呆けていた。

動けるようになると、あの職場だけは御免だと思い夜明け前から列に並んだ。道脇の呼び込みの勧誘に乗れば早起きすることなく職にありつけるようだったが、そこは無頼系の組織が属する組合にすら弾かれる阿漕《あこぎ》なところだと聞き、仕方なく並んだのだった。が、それをするにも様々な不文律があるらしく、何かと理由をつけられては押されて弾かれ、いつも寂れた港の荷役業務に行き着いていた。何故そこの口だけ毎度空いているのかといえば、勿論大変な力仕事ということもあるが、卸している荷物が密輸品だからという話だった。密輸しているのならば、あぶれ者を掻き集めて、積み下ろしをあれだけ急ぐのも頷ける。それでもあの規模で、しかも堂々と行って役人の目を盗めるとは到底思えなかったので、買人足の一人に訊いてみると、僅かばかりの袖《そで》の下で地方の役人は目を瞑ってくれるのだという返答だった。それが町全体で絞り出した、仕事を増やすための知恵なのだろう。

稔はすぐ仕事に慣れて一人前を貰えるようになったが、僕はいつまで経っても半人前だった。その少ない賃金ですら夜の麻雀で消える。仕事のできない僕は兎に角舐められ、標的にされていた。断ろうものなら唯一の働き口からも締め出され、電子ごみ置き場行きだ。

工場の人間は知らないが少なくとも港湾の人間は早朝の仕事を終えると一旦昼寝をし、日暮れ頃からのそのそと起き出して僕のようなカモから巻き上げ、夜が深くなればそのカネで酒や女を買って乱痴気騒ぎを起こすという生活を送っていた。せっかくのカネと自由を規則正しい生活につぎ込んで何が楽しいのか僕にはさっぱり理解できなかったが、僕のカネと自由は彼らの生活に否応なしに組み込まれていた。抜け出すためにはそれなりの対処が必要だった。それには強くなるのが一番の近道だった。数ヶ月で成果は現れた。端的に言えば、僕にはその才能があったのだ。麻雀も花札も、或いは他のゲームも、コツさえ摑めばまず負けなかった。それどころか、勝ち分を調整することすらできた。本業では相変わらずの半人前だったが、夜でその不足分は充分に補えた。カモに逃げられないように、時々わざと負けてやったくらいだ。こうして僕もどっぷりと港湾の生活に浸かり、行きつけの居酒屋もひいきの女もでき、カネと自由を自ら放棄していったのだった。

尤も、僕の場合は行動の制限を強いられた部分も多かった。馴染みではない居酒屋や売春宿にふらっと寄ると、子供だからという理由で絡まれることがしばしばあるからだ。店の人間は大概良心的で、絡んでくるのは歪んだ正義感に駆られた客のほうだった。教師や漁師や小売店主といった堅気の連中だ。居酒屋で目を付けられると訓辞を垂れられ、売春宿の廊下で鉢合わせになると激昂《げっこう》された。隣に僕とさほど年の変わらない女を従えて、警察に突き出すとは笑わせる。その警察や役人はむしろ僕を可愛がってくれた。僕と昔の自分を重ね合わせ、摘発する店や時間をそれとなく教えてくれることもあった。今の店を教えてくれたのも港湾で密輸の摘発を仕事にしている役人だった。

そのおかげで僕は重宝され、あからさまに手を抜いた仕事をしても文句を言われることはなかった。半人分のカネでその日がわかるのならば元は取れるということだ。とはいっても当然、直接教えるようなことはしない。袖の下を貰っているとはいえ、向こうも中央に点数稼ぎを行わなければならない事情があり、信頼関係を壊すわけにはいかないからだ。だからただ、僕はその日に仕事を休む。僕がいないと気づいた頃には仕事は動き出しているため、役人は一定の成果を得られるし、現場責任者が鈍ければしょっ引くこともできるというわけだ。

やがて豊富な人脈を買われた僕は、現場監督の秋兄《あきにい》に誘われて部屋に入るようになった。これで物置を出てからの木賃宿生活に終止符が打たれたわけだが、社員の秋兄に囲われたというだけで社員になったわけではないから、基本的には何ら変わるところはない。変化らしい変化といえば、毎朝公園に並ぶ必要がなくなったことと、賃金が秋兄の預かりとなって月払いになったことくらいだろう。あと、賃金が晴れて一人前で計算されるようになったことも大きかったが、月払いになったため僕が直接実感することはなかった。

賃金倍に釣られて百人部屋に入った当初は窮屈さに辟易《へきえき》したが、慣れてしまえばどうということもなくなった。むしろ身の安全が保障された分、心は自由だ。木賃宿時代は突然部屋に押し入られて脅され、泣く泣くオリガミを開いて有り金全部を送金したこともあったけれど、ここではその心配はない。善からぬ考えを持つ者がいても、実行に移せば必ず露見するし、露見すれば袋叩きでは済まされない。秋兄の背後には会社があり、会社は人知れず始末する力も揉み消す力も持っていた。まずもって、身を守る目的で部屋に入るのだから、そんなことをする者はなかろう。

秋兄の指示に従って仕事をするようになったため、秋兄の休日は僕の休日となった。その日は働きたくても働けないのだから、朝から部屋でごろごろしているしかない。店に繰り出す者が多かったが、僕の行きつけは夜しか営業してなかった。秋兄は僕のように暇を持て余している人間を誘い、しばしば劇場やストリップ小屋に連れて行ってくれた。秋兄は映画も演劇も見世物も、興行と呼ばれるものは区別なく好んだ。

僕一人ならばべらぼうな入場料を取られるところを、秋兄といればしばしば無料で入ることができた。会社が興行の警備を引き受けているからだ。あぶれ者ばかりを雇えば、自然とそういう方面にも手を伸ばすことになるのだろう。

長い階段を下りて、秋兄が受付に軽く目配せをして通り過ぎた。開けた扉からピアノと打ち込みによる落ち着いた音楽が聞こえてくる。舞台上《は》では、縄で足首を縛られて逆さまになっている裸の女が足先から胴体へ一本の鮮血を這わせていた。客は黙っいた。

て見入ることもなく、興奮して騒ぐこともなく、程よい喧噪の中でショーを楽しんで

秋兄は客の間を縫って歩き、カウンターに肘を突いた。僕や一緒に来た同僚たちのために酒を注文する。同僚たちが口々に媚びた調子で礼を言って秋兄に擦り寄ったため、僕は言葉を発する機会を失し、棒立ちになった。まもなく、よく成分のわからない青く濁った酒が全員に行き渡ると秋兄の、楽しんでもいいぞ、という合図とともに同僚たちは解放された。が、僕だけは捕まったままだった。

「まあ、来いよ」

秋兄の隣に並ぶと、ウエイターが再び僕を盗み見した。酒を渡すときも見てきていた。気づいてないとでも思っているのだろうか。睨み上げ、不躾なウエイターを遠ざけた。

秋兄から誘ってきたのに、彼は何も言ってこないで、ただ酒を飲んでいた。しばらくして、背後から歓声とどよめきが聞こえてきたので振り向いたら、宙吊りの女が手足を結ばれた海老反《えびぞ》り状態でくるくると横に回っている。その滑稽な姿に僕も笑い声を上げ、拍手を送った。

「ああいうの、好きなのか」

「いや、俺も好きだ」
秋兄は苦笑しながら言った。むくれた僕を見て、気にするな、と慰める。気にしても詮無いことくらい、僕も知っている。
「もうええですかあ」
さりげなく席を離れようとしたけれど、逃がしてはくれなかった。
「訛りを隠そうとするからおかしくなる」
しかし訛っていればなおさら舐められるし、それだけで絡まれることもある。現に、
秋兄は笑ったし、ウエイターも飲み物を作りながら口を歪めていた。この町で平和に
暮らすには、邪魔だ。
僕は同じ酒を頼み、呷《あお》った。振り向いても客の中に同僚の姿はない。階下で女を引
っ掛けているのかと思うと、羨ましくなった。もしかしたら今頃はもう、事に及んで
いるかもしれない。なのに僕はといえば、上司の付き合いだ。酔わなければやってら
れない。
「何か話せ」
と秋兄は言った。いきなりだったので聞き間違いかと思ったが、そうではないよう

だ。僕は混乱すると同時に呆れ、言葉に詰まった。秋兄のほうから呼び止めておいて、話題はこちらに丸投げだ。どういう料簡《りょうけん》なのだろうか。

僕が話せないでいると、しばらくして秋兄は、どうだ、生活には慣れたか、とだけ訊いた。一応彼なりの配慮というやつなのだろう。僕は答えた。困ることはないけれど、正直、電子取引ばかりを重宝して現金取引を排除するやり方はどうかと思う。そう言うと秋兄は興味を惹《ひ》かれたのか、少しだけ身を乗り出した。

「何が気に食わない。現ナマは不便じゃねえか」

「電子取引あ便利じゃけえど、息苦しゅうてえかなわん」

カネが速く回れば回るほど、経済学的には正義なのだという理屈はわかる。一日に一枚の万券が二回使われる社会では一枚で二人しか幸せにできないが、四回使われる社会では倍の人数を幸せにできる。ならば当然、現ナマよりは電子情報のほうが、速く移動できて地理的な制約も小さい分、多くの人間を幸せにできるのだろう。すると同じ電子情報であっても、カネを行き来させるより信用取引のほうが、速度は同じでもより大きな額を行き来させられるということで、より正義だということになる。

その信用取引を行うには、言わずもがな、その人が信用されてなければならない。人的信頼を築けていない個人間においては、当然資産がその決め手となる。すなわち資産を多く有する人間が信頼を勝ち取り、多くのカネを迅速に動かす権利と能力を持つため、いけしゃあしゃあと正義を名乗ることになるのだ。

しかしながら、それで本当に経済学的な幸せが多くの人間に巡るのかといえば、決してそういうわけではない。凄まじい速度で動き回るカネは、信用という資格を有する人の間を行ったり来たりしているだけだ。実際、僕の故郷では信用を得る機会すら与えられず、貧困が重く圧し掛かり、白が捨てられた。

オリガミを持つことで、とりあえず僕はその機会を得たことになる。それが気に食わない。裏を返せば、常に信用を評価される状態となったのだ。見知らぬ誰かのカネによる評価なんぞ無視してしまえばそれまでなのだが、評価されていること自体、気分が悪い。不正にアクセス権限を与えられた僕のオリガミが、望んでもないのに資産の偏りを示した分布図やグラフを勝手に更新し、個人の消費類型すらある程度ならば容易に検索できるということは、僕のしょうもないカネの使い道も、評価とやらに必要な情報の対称性という錦の御旗の下で、垂れ流しなのだろう。

これが息苦しくないのであれば、一体どのような状況を息苦しいと呼ぶのだろう。

秋兄は僕が管を巻いている間、こんなとりとめのない不平の何処が面白いのか知らないが、頷きながら辛抱強く聞いていた。何も言ってこないものだから僕は酔いに任せて調子に乗り、とりとめのない不平では飽き足らず、半ば確信犯的に、具体的な不満を口にしてみた。同僚が女漁りをしている間、野郎とさし飲みでは面白いはずがない。来て損した。

「それは気づかなかった。悪かったな」

秋兄は会場隅の非常口から廊下に出て、僕を楽屋に連れて行った。部屋の入り口付近では上半身裸の男が肩で息をしながら飲み物を口に含み、奥ではこちらに背を向けた女が煙草をふかしている。秋兄は男に、他にはいないのか、と訊ね、困ったように頭を搔いた。

「仕方ねえ。おい、蜻蛉《かげろう》さん」

蜻蛉と呼ばれた女が振り向き、ぎょっとした。先に見えた顔の左側は肌がシラスのように透き通り、釣り上がった眼とそこから伸びる長い睫毛《まつげ》が印象的だったが、右半分は火傷《やけど》なのか、皮膚が真っ赤にただれ、せっかくの眼を垂れた瞼が塞いでいる。蜻蛉はただれた皮膚を煩わしげに動かし、煙草を口元から外した。

「何か」

「こいつの相手、探してくれねえか」

「ごめんだね。やりたいんならそういう店に行っとくれ」

それから蜻蛉は僕の顔を品定めするようにじろじろと見つめ、自分でよければ相手してやる、と言ってきた。僕は断りたかったが、双方の面子を立てるためにも相手してもらうことにした。

とはいっても、尻込みした理由は顔の火傷ではない。それはむしろ僕の欲情を揺り起こしていた。厭なのは魅せるために鍛え上げられた完璧な肉体だ。括《くび》れた腰も、筋肉の詰まった肩も、僕をげんなりさせていた。売春宿にもこういった場所から売られてきたような女がいて、何度か相手をしてもらったことがあるが、いずれの場合もやり心地は最悪だった。僕はもっと、だらしない身体が好きなのだ。

秋兄は僕と蜻蛉を集合住宅の一室に案内し、鍵を置いて出て行った。ベッドと空の棚が置かれただけの質素な内装で、全体的にかび臭かった。しばらく使われてないことは一目瞭然だった。蜻蛉がベッドに腰を下ろすと埃が舞い、咳《せ》き込んだ。

「その顔、どがあしたあ」

蜻蛉は答えなかったが、後で彼女の同僚が言うには、舞台中に客同士の喧嘩のとばっちりを食らったとのことだった。頭に血が上った客の一人が舞台の芸を真似してアルコールを口に含んで火を噴き、それを正面から浴びてしまったらしい。彼女に落ち度は一つもない。彼女の舞台中に客が喧嘩してしまったことも、彼女の前の舞台で火を噴く芸が行われていたことも、その芸人がアルコールを舞台の隅に置き忘れてしまったことも、単なる不運に過ぎない。しかしそれで舞台に上がれなくなったのに、彼女は怒ったり落胆したりするどころか、僅かな心の乱れすら感じさせず、怪我した次の日には何食わぬ様子で顔に包帯を巻いてやってきたというのだから驚きだった。実際このときも、僕と正面から相対して特段快活というわけではなかったが、斜に構えた様子もなかった。

「何故、舞台上がれんのにい、そねえにしがみつく。未練あるんかあ」

仕事は舞台だけではない、と彼女は言った。裏方も事務処理も、後進の育成も立派な仕事だ。辞める理由にはならない。それに、たとえ顔面が醜くただれても舞台に上がれないというわけではないらしい。むしろ花形になれる。つまり彼女が舞台を降りたのは怪我が原因ではないのだ。ずっと以前から情熱を失っていて、きっかけが舞い降りただけなのだということを、彼女は煙草を三本も使って話してくれた。

話を聞いて僕は蛸蛉を気に入った。火傷の原因を話さなかったことも好ましかった。そう感じた途端、僕は何だか居ても立ってもいられなくなり、彼女を押し倒した。が、彼女は片目で僕を射るように見つめ、堪らず僕が視線を外した隙にかわし、シャワーを浴びに行った。そしてシャワーを終えると僕にも浴びるように促した。

かび臭い部屋の、埃っぽいベッドの上で、僕は女として扱うことの怖さを知った。これまでは香里にしても商売女にしても、纏わりつかれるのをこの上なくうっとうしく感じ、僕は自分のやりたいようにやり、相手から求められるものはできる限り突き放して、ただしゃぶって腰を振るだけだったのだ。だからただれた顔の皮膚も割れた腹筋も平等に撫でる僕の指はぎこちなく、唇を合わせたときの煙草の苦さに戸惑い、最中に目が合うと照れてどういう顔をしていいのかわからなくなった。

蜻蛉は、興行のない日は慈善施設でボランティアに勤《いそ》しんでいた。僕は何度も様子を見に行った。僕が来ると、彼女は大層困り果てた。そこでの彼女は興行のときとはまるで別人で、施設来訪者に邪魔だと怒鳴られ、関係者には煙たがられ、子供には化け物だと怖がられていた。それでも彼女は嫌がるどころか罵倒されるとへらへらと笑みを見せ、僕が相手に殴りかかろうとするのを本気で止めた。

関係者にこき使われ、来訪者の苦情の矢面に立たされ、子守の対象に泣き喚かれながら髪の毛を引き回されて、何故我慢できるのか僕には理解できなかった。見下されるために行っているとしか思えない。そう僕が言うと、そんなことはない、結構愛されているのだと、彼女は主張した。

僕はひいきにしている店も商売女も忘れ、蜻蛉に没頭した。彼女が舞台に上がるわけでもないのに、興行には必ず足を運び、終わると同時に勝手口の前の縁石に座ってオリガミで時間を潰しながら出待ちをした。いつ探ってもオリガミに人馬喰殺しの事件が載ることはなかった。代わりによく見かける記事は、海外の紛争激化や海賊による輸入食料価額の上昇であり、僕を安心させたのだった。

彼女が出てくれれば、僕は打ち上げに交じったり二人きりで飯を食ったりしていたが、無論、僕の正規の賃金でそんな暮らしが続くはずもない。早々に有り金が底を突くと、僕は貨物船まで人を渡すことで稼ぐことを考えついた。朝のあの喧噪《けんそう》の中ならば、どさくさに紛れて一艘《いっそう》くらい余計に舟が出ていても、誰も気づかないだろうと思ったのだ。

それはその通りだったのだが、計算外だったのは対価として現物を渡されることが想像以上に多かったことだった。貨物船でも新たな土地でもカネが必要なのは明白だということを考えれば、できるところから削ろうとするのは当然だろう。対価は服や電化製品などの家財道具から車や一軒家まで様々だったけれど、共通しているのは換金し辛いということだった。家財道具なんか大した金額にはならないし、車や家なんかを売ろうものなら目立ってしょうがない。副業が一発でばれてしまう。

数ある対価の中で最も重宝したのは違法薬品の類だった。買う側も表沙汰にはしたがらないし、ポケットに入る程度の粉の量で最低でも賃金二月分の額は得られる。今は情報洋の仮想空間で簡単にそういった気持ちよさは得られるということで、手に入れた先から流れていくというわけにはいかないが、常習者には確実に捌けていった。

こうして僕は蜻蛉に対して体裁を保った。彼女の前では慎重に振る舞い、間違っても羽振りの良い様子を見せることはなかったので、彼女は僕がこのように交際費を捻出していることは思いもしなかっただろう。ただ、興行が続くと、僕の懐具合を心配するようなことを言ってきたが、僕が笑い飛ばして話を終わらせればそれ以上は追及しなかった。

僕の生活は蜻蛉を中心に回っていた。そうなれば当然、部屋に帰る回数は減り、彼女宅に転がり込むようになるのは自然な流れだった。副業で手に入れた一軒家は、無論住んだり招いたりするのはもっての他ということで保管庫として利用し、車は知り合いが寝ている昼間だけ走らせた。それでも人の口に戸を立てることはできず、僕が人を渡しているという噂《うわさ》がじわじわと広がってきたため、まもなく仕事を畳まなくてはならなくなった。

噂は秋兄の耳にも届いていた。

「やってねえよな」

「まさか」

僕は平静を装って答えたが、内心はびくびくしていた。秋兄のことだから、もうとっくに船員から事情聴取は終えていることだろう。それでも僕はしらを切り続ければ、確実な証拠を摑まれない限り、処分されることはないと楽観していた。

しかし秋兄は神妙な顔をして、僕を逃がしてはくれなかった。つまりこのときには既にもう、僕と会社だけの問題ではなくなっていたのだった。

全くもって愚かなことであるが、僕は人を渡す仕事が実際に存在するとは想像だにしなかったのである。だから他社の凌《しの》ぎを荒らしたのだと知ったときは、事の重大さに頭が真っ白になったのだった。謝って殴られて職と住処《すみか》を失うだけでは到底済まされない。

顔色を失った僕を見て、秋兄は察したようだった。僕は一切を白状し、同僚が積み下ろしを行っている間に秋兄を保管庫に案内した。秋兄は車庫の車や一軒家を目にして驚き、中に入って僕が密かに成した財の全てを勘定し終えると感心した。そして心変わりをしたようだった。

秋兄はすぐさま上司と連絡を取り、その場で今後の方針を決めた。幾ばくかの迷惑料を支払って、そちらへも進出することにしたようだ。結果、僕の処分は見送られ、僕は秋兄と他二人の同僚とともに、相手事務所に落とし前を付けに行った。

僕は売り渡されるのではないかと疑った。たったの四人では心許なく、とてもじゃないが対等に渡り合えるとは思えなかった。武器にしても受け取ったのは四人合計で、拳銃一丁、匕首《あいくち》二本、仕込み杖《づえ》一本だけだ。身を守るにはせめて一人一丁の拳銃が要るだろう。

秋兄は失笑し、安心しろ、と肩を叩いた。売るつもりはない。挨拶に伺うだけなのだから四人で充分だ。これ以上の人数で行けば相手に不要な警戒心と不信感を与えてしまう。秋兄は車の中でそう説明しながら暢気なことに欠伸《あくび》を漏らし、着いたら起こせ、と断って目を閉じた。

運転手の男はずっと不機嫌で、食らったとばっちりにまるで納得できない様子であったが、その隣の男は対照的に、興奮を隠しきれず、鼻歌を歌いながらしきりに身体を上下に揺らしていた。こいつは完全に喧嘩をするつもりだ。てんで談判なんぞする気はないではないか、と僕は眠りこけている秋兄に内心で悪態をついた。

秋兄は運転手を車内に待機させ、二人を引きつれて頑丈そうなカーボン素材のケースを片手に事務所へ乗り込んだ。十人くらいの視線を一斉に浴びながら室内をじろじろと観察するが、壁際に棚やロッカーが威圧的に並び、装飾らしき物は一つもない。もっとごてごてした成金趣味の部屋を想像していた僕は、その殺風景さにいささか拍子抜けした。僕たちは事務机を四つ合わせて作られた島の脇を半身になって通り抜け、テーブルを挟んでソファが向かい合わせになった応接空間に案内された。秋兄がソファに腰を下ろし、僕と同僚がその後ろに控える。相手の眼鏡をかけた優男が向かいに座るや、早速秋兄はオリガミからカネを取り出し、データを空中に固定させた。

「どうぞお納めください」

　優男は固定されたデータを読み取ると突き返した。

「まさかこれで手打ちにしようとは思っちゃないですよね」

「勿論です」秋兄は顔色一つ変えずに言った。「ほんの挨拶代わりです」

秋兄はケースをテーブルに上げ、中身を優男に示した。優男は不快気に顔を歪め、これは、と訊いた。

　秋兄は白い粉の入った袋の一つを二本の指で摘《つま》み上げ、顔の横でひらひらと振った。

「こいつの戦利品です。全部差し上げましょう」

「ふざけてるんですか」

「ふざけちゃいない。ちっとも」

相手の部下が俄《にわ》かに殺気立つ中で、秋兄は冷静な口調で喋り始めた。何故僕がこんな物を手に入れることができたのか。すなわち客は何故こんな物を持っていたのか。それはこの町に売る人間がいるからだ。うちじゃない、と秋兄は身を乗り出した。うちはこれをここで売るようなことはしない。もっと遠く、足のつかない場所を選ぶ。腐りかけた町の腐敗を促進しても、最終的な旨《うま》みは減るからだ。いよいよ先がないとわかれば売ることもするが、今はまだしない。ならば何処の馬の骨が売り捌《さば》いているのか。

「粉を調べりゃ星は簡単に割れるが、どうする」

「我々は関係ない」とむきになって言い返したところで優男は口をつぐみ、咳払いで気持ちを落ち着かせてから言い直した。「それがもし我々だとしても、あなた方の凌ぎを荒らしているわけじゃない」

「手え付けとろうがなかろうが、うちの縄張りには変わらん。うちにはうちの戦略があるんじゃ」

優男の部下が睨みを利かせながら歩み寄ってきた。僕の隣の同僚もそれに応じて色めき立つ。一触即発の空気を、双方の顔役が手を上げて制し、室内は一応の落ち着きを取り戻した。まるで飼い犬同士の喧嘩だ、と僕はげんなりする。自分で蒔《ま》いた種だということは重々承知していても、こんなことで巻き添えを食らっては堪らない。

優男はケースを閉めて秋兄のほうに押しやった。

「論点がずれている。我々が欲しいのはカネでも薬でもない。後ろの餓鬼さえ渡してくれれば文句は何もありません」

「そりゃあできんなあ。弟を売ったとあっちゃ、俺の顔は丸潰れだ」秋兄は、まあまあ、とたしなめながら、閉められたケースを再び開けた。「だからといって、命《たま》の取り合いをしようってわけじゃない。そんなことをしても互いがじり貧に陥るだけで、益なんざ一つもない。俺はね、今まで通り見て見ぬ振りをしようじゃないかって言ってるんです。そこが落とし所でしょう」

そして秋兄は、今回はうちの者がやりすぎたってことで、とケースを示した。

優男はケースの中身を見つめながら考え込むような仕草を見せたが、そこからは明らかな心変わりが見て取れた。賢明な判断だ。露見した互いの傷を見比べれば、相手のほうが確実に深い。薬を捌いて常習者にし、首が回らなくなれば労働力として外国に売り渡す。或いは家族とともに外国での再起を誓う常習者からは、渡し賃としてなけなしの財産を回収する。他にもいろいろと商売形態は考え得るが、いずれも目の前でやられては黙っていられない所業ばかりだ。それを敢えて、こちらの働き手が薬漬けにされて売り捌かれることになっても、目を瞑ろうと言っているのだ。乗らないわけがない。

果たして優男は、いろいろと文句を垂れながらも結局はケースを受け取った。晴れて手打ちとなり、僕は胸を撫で下ろし、隣の同僚はあからさまに落胆の色を見せた。相手方は僕に恨めしげな眼差しを向けながら引き下がった。捕らえたと確信した獲物にまんまと逃げられる気持ちが如何程か、想像に難くない。緊張の糸が切れた反動でからかってやりたくなり、彼らに対して笑みを見せてやった。

男の一人が挑発に乗って僕に殴りかかり、隣の同僚が待ってましたとばかりに立ちはだかった。テーブルに投げ飛ばされた男は背中をしたたかに打ち、悶絶《もんぜつ》する。同僚はすぐさま報復に遭い、囲まれて袋叩きにされた。

同僚には何らの義理もなく、このまま死んでも構わないと思ったが、僕は一応助太《すけだ》刀《ち》することにした。仲間だからではなく、秋兄の顔を立てるためだ。弟だ何だと啖呵《たんか》を切るのを目の当たりにした手前、勝ち目がなかろうと、見捨てられるはずがない。棒立ちでいれば、後で僕は身内に倍返しされるだろう。

僕は蹴られている間、丸くなってじっと機会を窺っていた。見上げれば秋兄は拳銃を突きつけられ、身動きが取れない。絶体絶命の危機だった。しかし上司が銃を出したということは部下の意識もそちらに偏る。案の定まもなく、奴らの一人が興奮のあまり、事務椅子を掲げて同僚に叩きつけた。

大義名分を得た僕は懐から匕首を取り出して、刃を振り上げた。確かな感触と内腿《うちもも》にざっくりと切り傷。奴らが一瞬怯《ひる》んだ隙に、僕は滅茶苦茶に喚きながら匕首をぶん回して、近づけないようにした。

優男の首元に匕首を突きつける。

「銃。ほら、銃」

優男はゆっくりと銃を下ろし、振り返って部下を見遣った。

「椅子をこの人に投げたの、誰」

部下の一人が名乗り出る。優男は僕の手を払いのけて立ち上がり、彼らのほうへ向き直って首を傾げた。

「お前のせいで相手が自由になった。馬鹿と鋏は使いようとはよく言ったものだ」

優男は顰めっ面で銃を構え、腰を抜かす部下に向かって引き金を引いた。

息の詰まるような小さな悲鳴の後、空転。

空気が弛緩《しかん》する。助かった部下は思い出したように呼吸を始め、しゃくり上げた。

「ほら、脅しのほうがずっと楽しい」

つまらない男だと、僕は優男に見切りを付けた。殺せば、手間も時間もカネもかかる。部下にはそれだけの価値がなかったに過ぎない。無論、秋兄も僕もだ。なのに、いちいち勿体を付けた言い方をする。こうして中間管理職的な鬱憤《うっぷん》を晴らしているのだ。実に下らない。

秋兄はだるそうに立ち上がり、これで片が付いたな、と言った。

こうして僕は会社に借りを作った揚句、副業の稼ぎを全て吸い上げられることになった。となると当然、蜻蛉の興行に足を運ぶためのカネが足りなくなる。僕は小屋の用心棒への配置替えを願い出たが、一蹴《いっしゅう》された。動かぬ荷包み相手ですら仕事にならないのに、暴れるしか能のない半人半猿相手に何ができる、という賢明な判断だ。しかし配置替えというところだけは受け入れられ、僕は港湾を外されて密輸品の運転手を命じられた。なるべく蜻蛉から引き離して僕の目を覚まさせることを目的とした、秋兄の思惑だ。秋兄じゃなければ、即刻ぶん殴って縁を切っている。

仕事は、稀《まれ》に感じ入る出来事もなくはなかったが、概ねは退屈極まりなかった。長時間同じ姿勢のまま揺られるのを我慢してようやく目的地に辿《たど》り着いても、そこはいずれも出発地点とさして変わらない寂れ具合なのだから、旅の楽しさなんぞてんで味わえない。敢えて収穫を挙げるならば、賑《にぎ》わっているのは隔離された特区だけだとわかったことくらいだろう。濃い霧に隔てられた大農場に脇目もくれず高速道路を飛ばし、東暁の手前まで行ったこともあったが、特筆すべき産業もなく、それどころか汚染された空気と土壌のせいで人間も食い物もまともではいられないというのに、偽造通行証だけはとんでもない値段で売られていた。

　そこで防護マスクを装着しながら、幽玄な趣を醸して霧の奥を埋め尽くしている東暁の建造物を眺めていると、僕は奇妙な感慨に襲われた。ここで爪に火を灯すような暮らしを送っている住民は、毎日あの蜃気楼《しんきろう》のような都市を見せられ、憧《あこが》れ、諦めているにもかかわらず、東暁の人間はおそらくここの存在すら知らない。外国から風に乗ってやってくる汚染物質を霧の膜で冷やして落としているために東暁の空気は清潔に保たれていることを、東暁の人間は知ろうともしない。いつの時代であっても、何処の地域であっても、豊かな者はその原因を顧みようとはせず、犠牲となる者は生活のみならず、言葉すら搾取され、痩せ細っていく。主張したところで結局は賑やかで楽しげな騒音に掻き消されてしまうのだから、無駄な労力は省いて、ただ不運だったに過ぎぬと受け入れ、淡々と日々を消化していく。

　静かに暮らす者たちを目の当たりにし、僕の感情は少なからず揺さぶられた。彼らの暮らしは一見すると僕が捨てた故郷の者のそれと似ているが、内実は全く異なる。それは見えている者と見えてない者の違いだろう。彼らは東暁が常に見えているから、そこの人間と自分たちとの間に共通言語が存在しないことを重々承知しているが、故郷の者は見えてないからテレビが垂れ流す絵空事や政治家の法螺《ほら》に夢を見、達成されないことに絶望するのだ。

しかし何度も通っているうちに、そういった感受性も鈍くなっていった。長時間の運転と迅速な受け渡し、そして仕事の後の居酒屋、これの繰り返しだ。蜻蛉のところへ通う暇がないのだから、節約しても意味がない。かといって、商売女を買う気になるほど割りきれているわけでもないから、帰りが辛くなることをわかってながらも、酒を飲むしかなかった。

ということで、仕事終わりに場末の居酒屋へふらりと入ることが日課となったのだが、そこで僕は生き難さを再認識させられた。毎回ではないけれどかなりの頻度で正義感と別の感情とを混同した赤ら顔に目を付けられ、そいつらの溜まりに溜まった鬱憤を発散させてやらなければ、僕は酔うこともできなかったのだった。唯一の快適な空間に異分子が混じっていることが我慢ならないのだろう。皆、ほんの少しの不愉快さすら拒絶してしまうくらい、切羽詰まっていた。僕は家庭を持たない分、彼らよりは心に余裕があったが、それでも耐えきれずに殴り合いになることもしばしばだった。

たまの休日も、真っ昼間から何ができるわけでもないので、酒に浸るしかなかった。シャッターの下りた人気のない商店街を千鳥足で練り歩き、そのまま酔い潰れ、出勤してきた商売女に叩き起こされてからは店で仕切り直そうとするが、入れてもらえないということで難癖を付け、最後には用心棒に放り出されるというのが僕の休日の過ごし方だった。酒に逃げるような衝撃的な出来事が起こったわけでも、感傷的になっているわけでもなく、やることがないから酒を飲むしかないというのが、時々自分でも情けなく思うことがあったが、一通り暴れると忘れていた。

ずっと様子を観察していた秋兄は、僕の評判を子供という単語ではなく、酔いどれという単語で聞くようになって、ようやく当初の思惑が外れたということで重い腰を上げ、ある日、僕を呼び寄せた。僕にとっては仕事の前、秋兄にとっては仕事が終わって一服入れる時間だ。部下が帰り支度をしている中に、酔いの抜けない寝ぼけ眼の僕が現れ、部屋の空気は活気あるものから僕への冷笑へと変わった。

秋兄は僕を認めるや、顔色一つ変えずに言った。

「お前、それで運転するつもりか」

「ええ、勝手に動いてくれますから」

「そういう問題じゃない」

わかっている。警察だ。自動運転だろうと、酔っ払いや居眠りが見つかればしょっ引かれるし、荷物が荷物だから検問を避けて通らなければならない。そこで検《あらた》められれば仕事を潰すことになるのだ。しかし僕は、警察も特区以外では仕事なんかしやしないことを知っている。

そう言い訳すると、秋兄は報道記事を読むように命令した。気だるい。僕はあからさまにふてくされてみせたが、秋兄は譲らない。溜め息をついてしぶしぶオリガミを開き、秋兄の意図を理解した。

何とかという農業特区で起こった、空から梨農園に農薬がばら撒《ま》かれたテロのことを言いたいのだ。組織を捕まえるために、特区の警察は蜘蛛《くも》の巣のように検問を張る。また余計なことに、そのしょうもない組織は犯罪を誇示するための声明を情報洋上に発表して、警察の感情を逆撫でしていた。

「気を付けます」

と一応は言ったが、全然本気ではなかった。今日は近場だ。僕は警察なんかよりも梨を思い浮かべ、無性に食べたくなっていた。普段は店に並ぶことすらない高級梨も、価値が下がって輸出できなくなったのならば、こちらに巡ってくることもあるかもしれない。いや、それはないか。そんなものを市場に出したら、テロの被害に遭ってない梨の価値まで落としかねない。そう冷静に思い直すと、更に梨が恋しくなった。

「聞いているのか」

当然聞いてなかった。頭は痛いし、梨は食べたいし、秋兄の忠告なんぞ聞けるはずもない。

「すみません。何でしょうか」

「帰ってきたら蜻蛉に会わせてやると言ったんだ」驚きのあまり声も出ない僕に、秋兄は言葉を継いだ。「だからちゃんと仕事しろ」

そうと決まれば話は別だ。万が一にも、警察にしょっ引かれている場合ではない。僕は張り切って車に乗り込んだ。出発する前に思い出し、秋兄にカネをせびる。警察に捕まったときのためだ。

「それはできない。直前に金銭の授受なんかあってみろ。会社を捜索する口実を警察に与えることになる」

「変わらない。どうせ持ち金の流れを遡《さかのぼ》れば警察は行き着くべきところに行き着く」

「それはお前の日雇い賃だ。荷物に我々が関わっている証拠としては弱い」

「口を割ったら」

「どうだろう。どちらが得か、お前もわかっているはずだが」

車を出すと、退屈と抜け切らない酒のせいで眠気はすぐにやってきた。手動に切り替えて事故を起こすのも馬鹿らしいので、オリガミで農園テロを行った組織を調べて暇を潰す。オリガミは信じられないほど、打てば響いた。

まるで機械の中に小さな人間がいて、そいつが答えているかのようだった。訊けば僕の望むような情報のみを拾い集め、僕が知りたいことを知れるように導いてくれるし、没頭しているといきなり突拍子もない情報を提示してくる。それが絶妙に僕の壺《つぼ》をつき、唖然《あぜん》とさせた。

具体的に言うならば、池田に関する情報がそれだ。池田のことなんか全く調べてなかったし、村を出てから一度も思い出すこともなかったのに、オリガミが唐突に奴の情報を羅列し始めたのだ。そのおかげで僕はそれが池田の属していた組織と関係を持っていることに気づき、僕自身も一度だけ集会に参加したことを思い出したのだった。オリガミが末端組織の幹部でもない池田にどのような経路で辿り着いたのかと疑問に思い、僕は背筋にひやりとするものを感じた。

真紅《しんく》の鷲《わし》は紛争地域や貧困地域で平和維持活動に従事している軍を撤退解体するよ

う主張している反政府組織であった。梨農園に農薬をばら撒いたのも、その抗議活動の一環らしい。国民国家観の崩壊した国家において、軍人は満足に人殺しもできないのだから、行っても無駄ではないか。そして満足に人殺しもできない中で無抵抗な民間人を手に掛け、軍人失格の烙印《らくいん》を押された落伍《らくご》者を作り出している。にもかかわらず、得られる効果は小さいので、結局治安維持なんぞ単なる名目に過ぎず、活動は輸出航路確保を目的とした海上に限定されてしまっているではないか、という主張だった。

僕は集会で聞かされたおぞましい歌を思い出していた。寡黙に鍬を振るう者が称えられる、という大規模農園経営者批判の一節が軍隊批判を孕んでいたことに気づき、車内で独り笑い転げる。今でも村で慎ましやかに畑を耕しているババどもが知ったら、どう思うだろうか。ややこおしいこと言うな、と渋い顔をするだろう。

農園テロは町にも少なからず影響を与え、ただでさえ活気がないのに一層静まり返っていた。人っ子一人見ない、と言っても過言ではない。対向車とすれ違うこともなかった。こんな中での荷物の受け渡しはさぞかし目立つことだろう。そう漠然と思っていたら相手も同じような危惧《きぐ》を抱いたらしく、電話がかかってきた。

「今日は中止だ」

と相手は開口一番に言った。

「何を今更。こっちはもう着いた」

「関係ねえ。今日は危険すぎる」

「だからその危険を丸被りしろってか、ふざけんな」

「兎に角今日は駄目だ」

それきり電話は切れた。僕はぶち切れた。何を言っているんだ、このうすのろは。帰れば蛸蛉が待っているというのに、こんな場所でほとぼりが冷めるまでちんたらなんてしてられるか。

このまま車ごと事務所に突っ込んで荷物を投げ入れてやろうかと思ったが、現実的に考えればそういうわけにもいかない。騒ぎを起こせば警察沙汰となり、本末転倒ということにもなりかねないからだ。穏便に、仕事をやり通す。

それには力が必要となる。匕首では足りない。勿論、銃でもだ。

僕は車を安全な場所に止め、荷を解いて中身をポケットに入れられるだけ入れ、地べたに座り込んで地元民を装うと、時間が過ぎるのをぼんやりと待った。警察を見つけて銃を奪い、取引先を脅すのも悪い方法ではないが、捕まればその時点で仕舞いだ。奪えてもその後で逃げることを思うとうんざりする。だからなるべく避けたい。ひとまずの標的は子供だった。

学校が終わる時間になり、子供たちが賑やかに笑い合いながら僕の前を通り過ぎるようになった。ある程度身形《みなり》が悪くなければならないが、悪すぎてもいけない。我が子の成長に快楽を見出さない親を見極める必要があった。

僕は子供を定め、後を追った。車の来ない大通りを渡り、灰色の商店街を抜け、湿った路地に入っていく。そして子供が行き着いたのは思い描いた通りの小屋であり、見遣れば隣も、そのまた隣も、似たような小屋が連なっていた。

その辺りをふらついて、僕は時間を潰した。漂ってくる料理の匂《にお》いは無闇に強烈なのにしみったれていて、腹が減っていても、ちっとも食欲は湧いてこなかった。暗くなり始めると、街灯がちらほらと点く。ここではそういったものが生きているのかと、少しだけ悔しさの混じった感想を持ち、不思議に思った。似たような町でも違うものなのだな、と。

薄暗くなると家から男が出てくるようになった。近所同士で待ち合わせをして、後ろめたさと期待で胸をざわつかせながらそそくさと飲み屋へと向かう。後をつけた子供の入った家からは出てこなかったけれど、僕はその近くから出てきた男たちの後を追い、町一番の繁華街にある店に入っていった。

細い階段を降り、廊下の突き当たりにあるその店はストリップ小屋だった。とはいっても、花道もなければ照明も天井からの白と青だけの、粗末なものである。身体の一部に透ける布を纏った女が舞台上の細い柱を軸にして、天井から床へと華麗に回り下りていた。踊りながら股を開き、歓声が上がると同時にテープが投げ込まれ、そのテープが同じ軌道を描いて戻っていった。僕は舞台に見向きもせずに酒を呷っている客を探し、その隣に陣取った。頃合いを見計らって話しかけると、男は僕の顔を見て眉を顰めた。

「なんだ坊主。こんなところに来ちゃいけねえな」

「兄さんに無理矢理連れられて」

舞台の芸は照れてしまって見られない、といった風を装って言った。

「なんだお前。兄貴のやんちゃに付き合わされてるのか」男は愉快気に笑い、口にグラスを持っていく。「全く、しょうがねえ兄貴だ」

僕は勧められる酒をまるで初めてであるかのような態度で飲んだり、酔っ払ってしまい楽しくて堪らないといった様子を装ったりして、男の気分を徐々に乗せ、情報を引き出していった。聞きたいのは警備についてだ。興行主との信頼関係があるからここで買ってくれるとは思わないが、需要はあると踏んでいる。

男は常連だったが、流石に用心棒全員については把握してなかった。ただ、人ごみを掻き分けて注文を取っている坊主頭がそのうちの一人であることは教えてくれた。それだけわかれば充分だ。

僕はひとまず便所に行って秋兄に電話した。事情を説明している間黙って聞いていた秋兄は、聞き終えると呆れ返ったような長い溜め息をつき、わかった、とだけ言った。好きにしろ、と僕は解釈した。

オリガミを接続させたまま便所を出ると坊主頭と鉢合わせになり、この好機を逃すまいと、僕はすれ違うときにさりげなくポケットの中身を見せた。そのまま戻ると僕のいた場所で別の人間が飲んでいたので、近くで所在なく時間を潰して待つ。果たして坊主頭はもう一人の金髪男に対して僕を指差して示し、近づいてきた。二人は僕を両脇から挟み、口調はやんわりしていたけれど有無を言わさぬ様子で、僕を裏口へと促した。

「小遣い稼ぎかい、坊や」

開かないほうの扉の角に僕を押しつけ、金髪が言った。

「事務所に連れて行ってくれませんか。あなたたちじゃ話にならない」僕は舐められぬよう、慎重に発音した。「小遣い稼ぎじゃない。僕は取引を持ってきたんです」

ポケットから袋を取り出して、ひらひらと振ってみせる。二人にではなく、楽屋を行き来する演者にだ。こっそり始末してちょろまかす、などということはさせない。それでも念には念を入れて、自分の生体反応が消えたら荷物の積まれた車が町中を暴走する、とはったりを利かせておいた。

「車からこれが出てくれば、たちまち警察が押し寄せて、あなたたちの事務所も隈《くま》なく調べ上げられる。あっちゃまずいもんの一つや二つ、あるでしょう」

「わかったわかった」金髪が目配せをすると、坊主頭が扉を開けた。「さっさと帰れ。ここはそういう場所じゃないから。二度と来るな」

「ああ、そうか。これは興行主に見せたほうがいいのかな」

「野郎、ぶっ殺すぞ」

坊主頭がいきり立つ。上々の反応だ、と思った。

「でしたら事務所で話しましょう。そのほうがお互い好都合です」

金髪は苦虫を噛み潰したような顔をし、一応訊いてみる、と僕に言って、事務所に連絡をつけた。金髪が背中を向けて話し込んでいる間、僕も秋兄に指示を仰ぐためにオリガミを取り出そうとしたけれど、坊主頭はポケットに手を入れることすら許してくれなかった。基本は躾けられているようだ。が、僕を子供だと思って舐めているのか、まだまだ甘い。ここは所持品を検めるべきだ。銃を持っているか否かだけでも知っておけば、想定される状況を随分と狭められる。

金髪が事務所の了承を取りつけ、僕たちは歩いて事務所に向かった。繁華街では真っ赤な口紅を塗りたくった女がちらほらと呼び込みをしていたが、一本路地に入るとそこには誰も居やしない。始末するには打ってつけだと僕は気持ちを引き締めた。しかし金髪は歩きながら、事務所が思ったよりも乗り気で驚いた、と暢気に話し始めた。

「お前、うちに来る気はないか。結構使えそうだし」

「買い被りすぎです。僕なんて、迷惑掛けてばかりですから」

「餓鬼のうちはそれくらいが丁度いい。びびってばかりの奴じゃ話にならん」

金髪も、見たところ二十歳にも満たないのに、自分のことは棚に上げて僕を餓鬼扱いした。坊主頭は反対の意思表明なのか、ずっとむすっとしている。僕は相槌を打ちながら周囲に警察の気配がないか、五感を研ぎ澄ませていた。ここで職務質問をされたら全てがおじゃんになるというのに、彼らはあまりにも無防備すぎる。

街灯が映し出す影が五度ほど本体を追い越したところで、二人は雑居ビルのガラス張りのドアを押して中に入った。身体が若干強張るのを僕は感じた。入る直前に見上げると二階の明かりだけが点いていた。僕たちは暗闇の中、靴音を響かせながらタイル張りの階段を上り、金髪が二階の一番手前の部屋をノックした。

僕はポケットに手を入れてオリガミの感触を確かめ、センサー上で指を這わせて文字情報を秋兄に送信した。

開いたドアの隙間から白い光が漏れ、広がっていった。中では、四角い煎餅《せんべい》のような顔をした女がソファに足を組んでどっかりと座っている。金髪が首を前に出す感じで煎餅女に頭を下げてから僕を紹介すると、横で坊主頭が小さく舌打ちをした。

僕は煎餅女の前に腰を下ろして早速交渉だと口を開こうとしたが、女が釘《くぎ》を刺すように遮って言った。

「眠いから要点だけね」

僕は再び息を整え、取引先に断られた経緯を説明し、物については量と価格のみを伝えた。質は実際に目で確かめてもらえばよい。金髪が僕から取り上げた袋を煎餅女の前のテーブルに置いた。坊主頭が黒い小皿を持ってきて、その上に中身が空けられる。

煎餅女が意味深な笑みを浮かべ、訊いてきた。

「で、どうすればいいのかしら」

「どうぞ、ご自由に」

「そう、ありがとう」

僕はいつの間にか背後に回っていた金髪と坊主頭に取り押さえられた。もがいても、びくともしない。僕は、何をする、ふざけんな、と喚いた。

女がのっそりと立ち上がり、棚まで象のように歩き、戸を開けて注射器を手に取った。

「質を確かめなきゃね」

汗がどっと噴き出る。今、ここには質を確認できる人間がいないということだ。僕以外には。金髪と坊主頭の楽しげな気配が耳元から伝わる。

「僕を殺せば」

「殺しゃしないよ。はしゃいだあなたが見たいだけ」

その変貌《へんぼう》振りと持続時間が質に比例するというわけだ。

「やめてくれ」と僕は懇願した。「後で戦争になるぞ」

「何を言ってるの、あなたは契約書代わりよ。まさかこんな覚悟もなしに、うちと取引しようと思ってたのかしら。まさかね」

煎餅女は、ふふふ、と笑いながら僕のポケットをまさぐり、オリガミを摘み上げた。

それを自由の利かない僕の右手に握らせる。僕は必死になって映像を開こうとするが気持ちが急くばかりで指が動いてくれない。それでもどうにかして秋兄の姿を右手の上に浮かび上がらせることに成功し、泣きついた。

煎餅女は秋兄に向かって、聞いてたでしょ、と言った。秋兄は頷く。

「不満はないかしらね。あれば今のうちにどうぞ」

「殺しはしないんだな」

「ええ、量も価格も文句ありません」煎餅女は見た目に似合わず、几帳面に天秤《てんびん》で重さを量りながら、応答する。「でも、この子にはお仕置きが必要ね」

何処が彼女の腹に据えかねたのか、僕にはわからなかった。できる限り、下手に出て交渉してきたし、落ち度はないはずだ。納得いかない。僕は煎餅女に悪態をつき、秋兄に今の状況が如何に理不尽かを訴えた。しかし秋兄は僕の声には全く耳を貸さず、まるで保育園に預けた子供を迎えに行くかのように、言った。

「明朝伺う」

「待ってるわ」

それきり接続と救いの糸は途切れ、絶望だけが残った。煎餅女が針先から出た液体を冷静に見つめる。金髪と坊主頭は笑いながら僕の袖を捲った。

僕は恐怖で窒息しそうだったが、左腕に突き刺さる針から目を離すことができなかった。血管を的確に捉えた針は弾力のある皮膚をすり抜けるようにして埋まる。快楽の素が注入される過程を、呼吸を忘れて見入り、ことが終わればあっけなく針は抜かれた。白けた空気が部屋中に充満する。騒いでいた自分が急に恥ずかしくなった。

それから僕は別の部屋に連れて行かれ、閉じ込められた。紺の絨毯《じゅうたん》は微かに鉄の匂いを放ち、窓にはカーボン素材の格子がはめられていた。それで僕は、ここが如何なる用途の部屋なのかを把握した。あまり気分の良いものではないが、戸を閉める直前に忘れものだとぶつけられたオリガミで遊んでいれば気も紛れるだろう。

僕はオリガミを紙飛行機の形状にし、格子の隙間に指を入れて開けた窓から飛ばした。夜空に輝く銀色の飛行機が僕の指示通りに、前後上下左右と縦横無尽に飛び回る。右と命じれば右、下と命じれば下だ。前にも上にも左にも、僕の指示の及ぶ限りで飛行機は従う。阿呆みたいに。

阿呆だ。阿呆だ。飛行機を操作しているうちにおかしみが込み上げ、無性に笑えてくるようになった。指を右にやれば飛行機が右に動き、それを追って目玉が右を向く。僕が飛行機を操作しているのか、飛行機が僕の目玉を操作しているのか。目玉は操縦者である飛行機の様子を脳に送り、脳が飛行機操作の指示を出す。ぐるぐるぐるぐる指示が巡り、考えているうちに自分の思考がどろどろに溶けていく。余計な部分が綺麗さっぱり流されて存在の芯《しん》が剝き出しになったような気分だった。

露《あら》わになった芯に響く。指先の動きと飛行機の動きとのほんの僅かなずれさえも、そこに無限の隔たりがあるかのように感じ取ることができ、背景の明かりの瞬きすら正確に数えられるような気がした。今ならば目を瞑っていても何不自由なく歩き回れるだろう。

壁の向こうの話し声が耳の奥にざらざらと残る。カードゲームに興じている三人の姿がまるで隣で見ているように鮮々《あざあざ》と目に浮かび、忘れようとしても忘れられない金髪のおべっかが深々と頭の隅に蓄積されていく。カードをめくる音と溜め息を聞きながら、めくった枚数と溜め息の主を唇だけで言い、更には飛行機への指示の及ぶ空間を正確に眼で切り取っているという感覚の冴えに驚き、自画自賛している自分がおかしくて堪らなくなっていった。

一笑するときに漏れる息遣いが頭の中でくわんくわんと反響し、その間にも積もる言葉に眩暈を覚え、僕は仰向けに寝転んだ。操作をやめた飛行機が勝手に戻ってくるのも見ることなく感じられ、案の定、僕の感覚とぴったり重なって飛行機が僕の腹の上に滑り降りた。

濃紺と灰色の混じった闇に覆われて見えないはずの天井も、僕は見ることができた。

猫の後ろ姿のような皺や女の喉元のように見える染みを目で辿り、一枚の絵を思い浮かべる。手を伸ばせば届くような気がしたが、挙げることが煩わしかった。

知らぬうちに恐ろしいほどのだるさが全身に圧し掛かっていた。そのくせ感覚は鋭いままで、聞こえてくる音に耳をくすぐられ、絨毯の毛の一本一本を皮膚が認識し、僕は、あー、と呻かずにはいられなかった。

一つを煩わしく思い始めると、全てのことが煩わしくなっていった。腹に乗っているオリガミを払いのけ、全身を掻き毟《むし》る。髪の毛すらうっとうしかったけれど引っこ抜くわけにはいかず、ひたすら顔にかかってくる前髪を払い続けた。そんなことをしているうちに僕はすっかり疲れ果て、いつの間にか眠っていた。

目を覚ますとだるさはましになっていたが、それでも身体を起こすのが億劫《おっくう》だった。大きく息を吐くと、首や背中が信じられないくらい重くなる。あまりのだるさに、そのままの体勢でしばらくぼうっとしていると、戸の開けられる音が聞こえてきた。

「帰るぞ」

秋兄の声を背中で聞いた。振り向いて眺め遣る。秋兄の前にいた煎餅女が言い訳するように、効きやすい体質だったようだと言った。でも車で寝ているうちに治るはずだ。

僕は言いつけを守って、帰り道は夢も見ないで眠りこけていた。荷物がいつ引き渡されたのかも知らず、取引に漕ぎ着けた本人が蚊帳《かや》の外に置かれているという状況に腹を立てる気にもならず、勿論行ったことを後悔する余裕もなく、ただ横になって揺られていた。

秋兄に起こされ、僕は戻ってきたことを知った。すると現金なもので、あれほどだるかった身体もすっかり軽くなっていて、厚く覆われた黒い雲も埃を巻き上げる海風も清々しく感じられるようになっていた。車庫の前で大きく伸びをして、秋兄の背中を見送ると、じわじわと帰ってきた実感が湧いてくる。出かけている間は全く感じなかったが、随分と気を張っていたのだとわかった。

まだ昼過ぎだというのに充分な睡眠と解放感が血迷わせたのか、僕はふらふらと散歩なんかを始めてみた。喧噪の後の市場や夜のためにじっと息を潜めている歓楽街を、下校中の子供だけが我が物顔で歩いている。その中には、僕と大して年の変わらぬ者もいて、こういう景色も悪くない、と柄にもなく思った。少なくとも血腥《ちなまぐさ》い部屋でらりっているよりはずっとましだろう。僕は故郷で実にならない畑を耕している自分を想像し、そこに出てきた白の姿に懐かしさを感じた。どれくらい大きくなっただろうか。

そんなことを思っていたものだから、角を曲がったところでいきなり女連れの稔に出くわして、少し慌てた僕はつい挨拶なんかをしてしまった。稔は僕と違い、故郷のことなんか忘れてしまったかのように、すっかり港湾の男になっていた。

向こうも僕が声をかけてくるとは露ほども思っていなかったようで、面食らった様子で右手を軽く挙げて応じた。駄目だ。虫唾が走る。僕は挨拶をしたことを早速後悔し、そのまま通り過ぎようとしたが、稔が若干躊躇ったように声をかけてきたので、立ち止まる。

「なんじゃあ」

「お前、家族のこと、知っとうかいな」

「知らんわ」

と僕が答えると、稔は、ほいたらええわ、と言って女と一緒に角を曲がっていった。

昨日から丸一日、情報検索をしてなかったことを思い出した。行ってみて稔が何を言いたかったのかを理解した。オリガミの選別した最重要情報として、家族の名前が真紅の鷲の施設で暮らす者の中にある。そこには当然、池田の名前もあった。

僕は画面の文字を何度も読み返し、複雑な気分になった。殺人者の家族とみなされ、村で暮らせなくなった家族に手を差し伸べてくれた池田には、本来ならば感謝しなければならないのだろう。かといって、あのまま村にいても暮らしが立ち行かなくなるのは火を見るより明らかだったのだから、僕が家族に引け目を感じる必要はない。実際、人馬喰に手を下したのは僕ではなく、稔だ。僕は殺人者ではなく、もし家族がそう思っているのだとしても、そんなのは勝手に勘違いしているに過ぎない。なのに釈然としないこの感情は何だろう。白にも、ババどもにも、母にも、池田にも、稔にも、僕はわだかまるものを抱いている。今更こんな不確かな感情に気づかされても、不快なだけだった。だから僕は記憶の奥に閉じ込めて、それきり考えないことにした。

秋兄は約束通り、次の日から休暇をくれた。お目付け役として秋兄も一緒に休暇を取ったと知ったときはうんざりしたが、蜻蛉に会うことを思えば我慢できた。

その日、蜻蛉の携《たずさ》わる慈善施設はバザーだった。僕も蜻蛉に協力したくて持ち寄る物を探したが、雑魚寝《ざこね》するだけの百人部屋でそのような物は見つかるはずもなかった。だから道すがら店に寄ってみたけれど、何を買えばいいのかわからず、結局手ぶらで行くこととなった。

蜻蛉が任された託児所は縦横無尽に動き回る子供でごった返していた。今日だけの手伝いの子と常勤の子が一緒くたになっていて普段より難儀なはずなのに、皆が表舞台のバザーをやりたがるので、蜻蛉はてんてこ舞いになっていた。常勤の餓鬼はここぞとばかりに手伝いに来てくれた方のお子様に暴力をふるい、家庭の鬱憤を発散させていた。

慈善施設であっても、実際に慈善精神に満ちた職員はごく一握りで、大部分が職にあぶれたときに泣きついてきただけの、取り柄は幸運だけという能無しなのである。小便臭いうちから誰の胤《たね》かもわからぬ子を腹にこさえて無計画にぽんぽん産み、ただ欲情をそそられるというだけで一緒になった夫の飲み代を稼ぐために、ここにいるような連中だ。自分の子すら持て余しているのだから、当然他人様の子を進んで看ようと思うような殊勝な人間ではない。だから辛い現場は慈善精神を持った者に任せて、自分たちは楽しいバザーということだ。そんな親を二六時中見ている子がどんなふうに育つか、想像に難くない。つまり周囲を海と山林と農業特区に囲まれたちんけな町では、施設を頼る人間も施設で働く人間も、そしてその子供も、変わらないということだ。

鼻水を垂らした女の子が光沢ある男の子の髪に粘土をなすりつけて泣かせている。気づいたサチエさんが駆け寄って丁寧に粘土を取り払ってやると、その女の子は、せっかくの芸術作品を壊すなと言わんばかりにサチエさんの背中に蹴りを入れ、つんのめったサチエさんを、のろまのブス、と哄笑《こうしょう》した。しかしサチエさんはふにゃふにゃの笑みを見せることはしても、絶対に怒らない。だから糞餓鬼を余計に調子づかせ、いたぶられている姿を面白がる周囲の連中の標的にもなってしまっていた。

サチエさんが糞餓鬼の集団リンチに遭っている間、蜻蛉は別室で赤ん坊のおむつを取り替えていた。間仕切り壁の向こうに透けて見える惨状を止めなくてもいいのかと僕が訊くと、彼女は赤ん坊の尻を拭きながら、構うことはない、と言った。

「あれもね、愛情表現の一環だから」

「そういうものなのか」

そのうち、部屋の隅で積み木を女の子にぶつけて遊んでいたマサルが苛められているサチエさんに気づいて表情一つ変えずにてくてくと近づき、苛めている子供を一人一人蹴散らしていった。それほど体格の大きいほうではないマサルだが、髪の毛を摑んで引き摺り回してしまえば関係ない。苛めていた連中はあっという間に、散り散りに引き下がっていった。

「とんでもない餓鬼だな」

僕はサチエさんの腹を独り占めして殴るマサルを漫然と眺めながら言った。へっぴり腰のサチエさんの呻き声が間仕切り壁の上から聞こえ、蜻蛉が、でしょ、と同意した。

　しばらくするとサチエさんはマサルを構いきれなくなり、壁に背を凭れて座り込んだ。

「弱えぞ、ブス。立てよ」

　マサルは馬鹿でかい声で罵り、つまらなそうにサチエさんの腰を軽く蹴る。へとへとのサチエさんは待ってくれと手を挙げた。すると驚くことに、マサルはサチエさんの隣にちょこんと腰を下ろした。

「ごめんね、体力なくって」

　サチエさんのおっとりした声に耳を澄ます。がやがやした中でもサチエさんの甲高い声は隣の部屋まで聞こえてきた。

「喋んな、ブス。耳が腐る」

「優しいね、マサルちゃんは」

「やめろ、気色悪い。黙れっつってんだろ」

　壁越しに見えるサチエさんが少し笑ったような気がした。

「その口が直ればもっと恰好いいのに」

　サチエさんの何らけれんみのない口調に、マサルは恥ずかしそうに俯き、黙り込んだ。その言葉が真実か子供騙《だま》しか、マサルのような知性の欠片《かけら》もない糞餓鬼にも伝わるのだ。僕はそのことに驚き、可笑しく思えた。子供の喧嘩する声や泣き叫ぶ声が響き渡る中、サチエさんとマサルはただ壁に凭れて、ぼうっとしていた。

そこに保育士の資格を持つ、目の釣り上がった女がまるで平穏をぶち壊しに来たかのように入ってきて、床に座って壁に凭れているだけのサチエさんを咎めた。サチエさんは強い口調に怯えて、僕には聞き取れない声で謝り、いそいそと立ち上がる。それでも保育士の女の口撃は止まず、散々資格を鼻にかけてサチエさんを能無しだと罵った後、ここは自分に任せて掃除でもしていろ、と命じた。サチエさんの手を煩わせる糞餓鬼に容赦ない仕打ちを加えるマサルが見張っているというこの状況がどれだけ平和か、保育士の女は知らないのだ。僕がそう蜻蛉に主張すると、蜻蛉は、そんなことはない、と反論した。

「彼女だって知ってる。ただ、羨ましいのよ、サチエさんが」

見ればサチエさんはロッカーから持ち出したモップの毛先を子供の一人に引っ掛け、うっとうしがられていた。逆の手に握られたバケツは太ももにぶつかって小気味よく揺れ、カランカランと喧《やかま》しい音を立てている。子供たちはうるさいと文句を言い、保育士の女は舌打ちをした。とてもじゃないが、これに羨ましがるような要素は見当たらない。しかもサチエさんはそれに恐縮して余所見しながら廊下に出ようとしたため、戸を滑らせる軌条に躓いてつんのめり、更に大きな音を立てて皆を苛つかせる始末だった。

当然、子供の扱いは保育士の女のほうがずっと手馴れていた。手を叩いて注意を引き、お絵描きをすることを命じると、よく調教された幼児は、若干反抗する態度を見せたものの概ね素直に従った。藁半紙を与えれば驚くほど静かになる。彼女はどいつに目をつけておけば群れを制御できるかよく心得ていた。

うずうずしてきた僕は隣の部屋に行って女から藁半紙を数枚貰い、子供たちのお絵描きに交じった。描いたのは全部クラゲリラだ。特に子供を喜ばせようとしたわけではないけれど、育ちが比較的良いほうの餓鬼どもは僕の絵に食いついてきた。ただ、クラゲリラはもう彼らの流行ではないらしい。しきりに別のヒーローについて伝えようとし、僕が黙って聞いていると調子に乗ってそれを描くよう注文をつけてきたので、僕は餓鬼どもを睨みながらクラゲリラの絵の描かれた紙を一枚ずつ、真っ二つに破り捨てた。お前らのために描いたのではないということをわからせてやると、育ちの良い餓鬼どもはおとなしくなり、僕を恐れて近づかなくなった。

それに比べて、育ちの悪い糞餓鬼は僕の絵なんかには目もくれず、一心不乱に藁半紙と向き合っていた。で、何が完成したかといえば、保育士の女が家族を描けと命じたにもかかわらず、一面を真っ黒に塗り潰しただけの絵や横倒しになった人間らしき物体から血が噴き出している絵だ。女が訊ねると、キャンバスを黒く塗り潰した前衛画家は、夜に仕事を終えた父親が帰ってきてようやく家族全員が揃っても明かりが点かないため見られないのだと言い、物騒な絵を描いたほうは、酔った父親に殴られたときに口の中を切った母親なのだと胸を張った。他の糞餓鬼も似たようなものだった。家族三人が青空の下で手をつないでいるような絵は一枚もない。一番ましなのが、母親と手をつないでいる子供が刑務所に隔離された父親を思う、というものだ。

赤ん坊を寝かしつけた蜻蛉が来ると、部屋の空気が強張った。火傷でただれた顔面は餓鬼どもを畏怖《いふ》させるのに充分な迫力だ。保育士の女は一瞬迷惑そうな顔を見せたが、何も言わなかった。

そんな中で、マサルだけがとことこと蜻蛉に近づき、自分の絵を誇らしげに見せる。赤や黄や緑といった、色とりどりの糸くずみたいな曲線が一面を埋め尽くしているだけで、僕にはてんで理解できなかった。腰を屈めて訊ねる蜻蛉に対してマサルは、父親以外の男と裸で抱き合っている母親の姿を見ないよう、父親にいきなり手で目をふさがれたとき瞼の裏で蠢《うごめ》いていた光のちかちかだと語った。手を引かれて買い物から帰ってきたらその状態だったようで、それが父親との最後の思い出らしい。そういうときは逃げずにぶっ殺すのが父の務めなのに、と僕は思った。

「おい」とマサルは蜻蛉を乱暴に呼んだ。「父さん、来たか」

蜻蛉は、来てない、と首を振る。マサルは落胆の色を見せ、八つ当たりするように蜻蛉の肩を小突いた。それからマサルは何度も念を押し、蜻蛉は同じ言葉を繰り返した。

マサルの父親は昔、僕のように蜻蛉目当てで小屋に通っていたらしい。蜻蛉の舞台に見惚れ、熱狂し、生活費を妻から掻っ攫《さら》っては贈り物を繰り返し、あの事故にも居合わせたのだと、保育士の女が気だるげに説明してくれた。だからマサルは蜻蛉を恐れないのだ。

「おい、もし父さんが来たら、結婚してもいいぞ。許してやる」

「そしたらお母さんが寂しがるわ」

「平気だ。母さんはもうとっくに忘れてる」

「わかった」蜻蛉は微笑んだ。「わたしが気に入ったら結婚する」

「そうか」マサルは不服げだったが、どうにか納得したようだった。「こう見えても大スターだもんな。父さんよりもいい奴いるよな」

「それはどうだかわからないけど」

蜻蛉がそう言って抱きしめるとマサルは、ませたことを言うだけの糞餓鬼のくせして、生意気にも蜻蛉の優しさを突っぱね、自分のほうから蜻蛉の頭をそっと抱きしめ直した。

「父さんを頼む」

その微笑ましい光景に、思わず僕は噴き出した。二人に視線を向けられ、悪い、と謝るが顔は自然とにやけてしまう。白とそれほど歳の変わらぬ餓鬼が女を抱きながら頼み事をするなんて、なかなか見られるものではない。あと十年、いや八年早く生まれていたら、立派な恋敵になっていただろう、と僕は微笑ましく思った。

秋兄が覗き込むような恰好で部屋に入ってきて、バザー始まってるぞ、と僕に言った。

「行ってみたらどうだ」

そんなものには全く興味なかった。僕は蜻蛉に会いに来たのだ。しかしその蜻蛉に、楽しんでくれれば、と促され、しぶしぶ形だけバザーを見てみることにしたのだった。

庭に行き、並んだシートの上に置かれたガラクタを見回っていると、客を装った胡《う》散《さん》臭い男や女に幾度となく声をかけられた。こういった催しに乗じて商売っ気丸出しにしてくる何処かの組織の下っ端か、ここが稼ぎ時とばかりに目一杯めかしこんだ無宿者だろう。ここから目と鼻の先にある宗教施設の人間はこちらの陣容と共に、炊き出しをしていた。支持母体は右派と左派で真逆だが、現場ではそんなことは関係ないのだ。選挙のときに対立するのは飽くまで援助額がかかっているからであって、池田のような下らない理念なんぞ持ち合わせちゃいない。それは町全体の考えでもある。カネになりさえすればいい。だから僕にあれだけの殴る蹴るをしてきた優男の部下も、何らのわだかまりもなく声をかけ、違法改造されたオリガミを売りつけてきたのだった。

「こりゃあな、幾ら使ってもカネの減ることのない打ち出の小槌だ」

「そんな危ねえもん、誰が買うか」

何をしたのか知らないが、露見するのは時間の問題だろう。

「いやいや平気平気。カネ自体、架空だから」

「何をしやがった」

そりゃあ教えられねえな、と言って男は恥ずかしそうに肩をすくめた。どうせ愚かな金蔓《かねづる》に夢を見させ、後で血の一滴まで吸い上げるための計略に決まっている。

きっぱりと断り、それから僕たちは、いい機会だということで情報交換をした。といっても、専ら上司や会社の自慢や悪口である。どちらにしろそれは結局、如何に粗暴か、というところに行き着いた。自分は秋兄に見捨てられて薬を打たれたことを大げさに語り、男は親会社の人間が東暁で大物政治家を殺したのだと胸を張った。

「それは資本的に親子関係ってことか」

「まさか。盃《さかずき》的に親子ってことだよ。資本的にはちょっとだけだ」

何にせよ、その依頼主は選挙を誘発しようとしているということだ。革新を謳《うた》っている現在の内閣では、権力とずぶずぶの関係でいられなくなるという危惧を抱いてのことだろう。どうでもいい話だが、これからのことを思うと僕は憂鬱になった。こんなちっぽけな施設に携わる蜻蛉だって政局に振り回されることもあるだろうし、まずもって、運び屋稼業をやりにくくなる。地方は特区の蜜を吸うことはできないけれど、唾だけは飛んでくるのだ。

これは秋兄の耳に入れておいても損ではない。やっと託児所に戻る口実を得た。僕は優男の部下と別れるやいそいそと託児所に駆け込んだ。そして部屋の前で戸に手をかけたところで目を瞠《みは》った。

それはどうということもない光景だった。蜻蛉が子供たちに優しい眼差しを向け、彼女に寄り添って秋兄が馬鹿笑いしている。蜻蛉を怖がる子供も秋兄が傍《そば》にいれば怖くないようで、一緒に笑い合っていた。それだけなのに僕には一目瞭然だった。つまり、蜻蛉にとっては僕もマサルの父親も同じなのだ。ただ、身体を何処まで求めるかの違いしかない。

愕然《がくぜん》とした僕は、まるで廊下に根が張ったかのように、その場から動くことができなくなってしまった。その間も視界では幸せそうな時間が流れ続ける。子供が一層怖がるからということで蜻蛉はずっと笑いを堪えていたようだったが噴き出し、案の定子供を気味悪がらせていた。秋兄は安心させるために蜻蛉の顔を撫で、それに倣って子供たちも恐る恐る手を伸ばす。そのうちの一人が蜻蛉の皮膚に触れ、ゆっくりと手を上下に動かした。

「ほら、怖くない」

子供たちは気色悪いと言いながら、きゃっきゃっとはしゃいでいた。マサルはその輪から外れ、部屋の隅で僕の描いたクラゲリラの絵にミミズがのたうち回ったような線を付け加え、台無しにしていた。保育士の女はその他の子供たちをまとめて面倒を見ている。その保育士の女が最初に僕に気づき、つかつか歩み寄って戸を開けた。

「そんなところで何してるの」

僕は顔を引きつらせ、辛うじて、別に、とだけ答えた。平静を装って秋兄のところまで行き、優男の部下から聞き出したことを伝える。すると秋兄は笑顔を引っ込め、数秒だけ視線を宙に泳がせた後、オリガミを開きながら無言で部屋を出て行ってしまった。

入れ替わるようにして、モップを引き摺り、バケツをぶら下げたサチエさんが戻ってきた。頰と額には、出て行くときにはなかった消し炭のような汚れを付けている。

蜻蛉が歩み寄り、ハンカチで丁寧に拭いてやった。

「ありがとう」

天使のような無邪気さを見せつけるサチエさんに、蜻蛉は怯んだ。気持ちはわかる。僕でも同じ反応をするだろう。だから棒立ちになっている蜻蛉の横を通り過ぎ、ロッカーに掃除道具を仕舞うサチエさんの悠然とした様子が何だか可笑しくて、ロッカーになかなか収まってくれないモップがサチエさんのほうに倒れて柄が床にぶつかり心地よい音を響かせた瞬間、思わず僕は噴飯したのだった。

和やかな空気が流れ、それが一層保育士の女を苛つかせたようだった。

「馬鹿。早く片づけなさい」

サチエさんが涙目になるくらいの剣幕で怒鳴り、空気は一転して凍りついた。そんな中マサルだけが何事もなかったかのように立ち上がり、女の背後にそっと忍び寄る。

何をするのかと思っていたら、マサルは足の爪先を立てて正確に尻の割れ目を蹴り上げた。

保育士の女は息がつまり、その場に蹲る。マサルは平然と元の場所に戻り、藁半紙を拾い上げると、サチエさんにそれを恥ずかしそうに見せた。サチエさんは保育士の女とマサルを交互に見比べ、悪魔の所業を叱るべきか絵を褒めるべきか戸惑っていた。結局彼女に代わって、蜻蛉が先生の尻を蹴ってはいけないと注意した。

「うるせえ、化けもん」

マサルは悪態をつくやすぐにサチエさんに向き直り、描いた絵を見せつける。これは流石に駄目だと思ったのか、サチエさんも目線をマサルの高さに合わせて、そんなことを言ってはいけない、と彼女にしては険しい顔つきで言った。

「ほら、ごめんなさいって謝ろうね」

「厭だ」

それから何度も謝るよう促しても頑として譲らないマサルに、サチエさんはほとほと困り果ててしまった。そんなつまらぬことよりも自分の絵を見ろ、とマサルは藁半紙を突きつける。その頑固さが余計にサチエさんをうろたえさせた。

「マサル君、本当は優しいのにどうして乱暴ばかりするの」

「そんなこと言われたら哀しくなっちゃうよ。だからやめようね」

「ふざけたこと言ってるとぶっ殺すぞ」

どうすればいいのかわからず、目を赤くするサチエさんに救いの手を差し伸べたのは肛門を蹴り上げられた保育士の女だった。彼女は煩わしげに、もういいから、と吐き捨てると、マサルの存在を完全に己の認識から消去して、貼《は》りつけたような笑顔で他の子供の相手をし始めた。

マサルは保育士の女が許そうと許すまいと端から眼中になく、一貫してサチエさんに絵を見てもらいたがっている。マサルにとっても、保育士の女は存在してないことになっているのだ。一つの問題が一応の解決を見たためおろおろする必要のなくなったサチエさんがようやく糸くずのような絵に目を向け、よく描けていると褒めると、マサルは恥ずかしそうに笑った。

「おい、ブス」マサルはいきなり真顔になって、言った。「俺、お前と結婚してやるよ」

「ありがとう。マサル君が大きくなっても同じ気持ちだったら、そうしてもらおうかな」

「黙れ、ブス」

「俺は絶対、親みたいに目移りしねえ」

僕は、目移り、という大人びた言葉に笑い、サチエさんは哀しげに眉を顰めた。サチエさんの気持ちはわからなくはないが、僕の笑いは止まらない。蜻蛉に脇腹を肘で小突かれても、だ。マサルが彼女の気を引くために家族を利用していることは見え見えだった。子供が想像以上に逞《たくま》しいことを、僕は白を見て知っている。これで構われなくなったら目も当てられないが、心配されているうちは平気だろう。

不意に白のことを思い出した僕は、昨日から何らかの進展があったか、検索せずにはいられなくなった。オリガミを開いて更新された情報を確かめ、統計を調べてみると標準偏差やら散布図やら様々な係数やらのデータが示され、その下にそれらをまとめたものとして、当該情報の確度が八十、精度が五十と出ていた。僕は厭な予感を覚えた。精度五十というのは問題ない。気になるのは八十という確度である。二割の的外れの情報、偽りの情報。これは見すごせない。全くの偽りとして処理するには大きすぎる。周知ではない新しい情報や極秘情報が混じっていると考えたほうが賢明だ。この二割のうちで偏りのある箇所に的をずらして、僕は再び検索にかけてみることにした。

その結果を待つ間、僕はもう一つに取りかかる。普段は全く興味のない、政治というやつだ。何某という大物政治家が何故殺されたのかくらいは知っておかなければ、訳のわからぬまま危ない橋を渡らされることになりかねない。

発端は首相が特区の有する恩恵を一部廃止し、人の行き来を自由にすると宣言したことだった。そいつは言っていた。不況時は力を有する一部の者や一部の地域に特権を施し、その他を切り捨てねばならなかったが、耐えるべき時間は終わり、現在は更なる飛躍のために経済への参加人数を増やさなければならない。何故なら母集団が大きいというだけで経済規模も大きくなるし、優秀な人材の生まれる可能性も高まるからだ。至極常識的な意見だと思う。しかしそのような国民国家観を抱いているのは、いまや一部の政治家だけであろう。国民のほとんどが国家は国民とは独立した主体であると刷り込まれており、国民は自由に国家と契約を結べるものと考えている。勿論、難関試験に合格した優秀な選挙権者もだ。その契約内容が特区とそれ以外とでは異なるのに、今更それを一旦解消すると一方的に宣言されても、特区の人間は受け入れられるはずがない。

とんだお笑い草だ、と僕は思った。不況時に、それが世界標準だと理由をつけて国民国家からの脱却を図り、制度を都合のいいように組み替えたのは何処のどいつだ。国民を手懐《てなず》けることなんぞ事もないと高を括っているのだとしたら、舐められたものである。尤も、当時の状況を調べてみると、舐められても仕方ないほどあっさりと洗脳されているわけだが。

国が豊かに、そして立派になれば、国民の生活が良くなるなどという幻想がつい最近まで蔓延《はびこ》っていたなんて、僕にはとても想像できなかった。少し考えただけでもわかる。無知な国民が、例えば母やババどもや池田が、国家の安泰や繁栄に関する責任の一端を担えるはずがない。そんな体制だから、自ら進んで命を投げ出すような戦争が起こるのだ。今現在、思考も思想も統制されてない人間に自殺させる国があれば、即刻国家という主体を召し上げられてしまうだろう。一切の生存権の剝奪《はくだつ》を許されるのは訓練を受けて適正と判断され、思考の統制を獲得した軍人のみである。そしてあれは人間とは別物だ。

特区の恩恵の廃止に反対する者は当然のようにこれを持ち出す。国家が国民に奉仕し、国民がそれを享受する世界というのは、何処かで身を投げ出している真っ当な人間を見て見ぬ振りをするということなのだ、と。そうでもしないと富を再分配して国民に均質なサービスを提供することなんぞ、土台不可能だということらしい。

だからそれを阻止するために殺人が起きたというのも逆説的な話だ。その諍《いさか》いが、特区の恩恵が流れてくるこの町にまで飛び火するということのほうがもっと逆説的だと言う人間もいるかもしれないが、それは違う。ここにそのような高尚な思想は存在しない。僕たちのようにじり貧の中でも利益を享受して生活を満喫する者と、慈善施設関係者のようにじり貧のまま喘《あえ》いでいる者がいるだけだ。与党の一派閥と繋がりのある僕たちが改革に反対し、野党の支援を受けている慈善施設が改革を支持しているというのは逆説的かもしれないが。

これだから国民国家観を振りかざす政治家は何処か信用ならないのだ。他人のためと言いながら、他人を争いに巻き込む。政治家なんてものは飽くまで自分のために、国民との契約を忠実に遂行していればいい。そして存分に私腹を肥やしてくれ。そうでないと国民が余計疑念を抱くことになると、どうして気づかないのか。

果たして抗争は泥沼と化していった。町では始終発砲音が鳴り響き、その中で勇敢な子供は学校へ通い、肝の据わった主婦は我が子を託児所に送り届けるようになった。それを利用しない手はない、と考える者が現れるのも時間の問題だった。

僕は相変わらず、生体反応を避けて暢気に運び屋を続けていたため、町がそこまで荒れているとは思いもしなかった。気づいたのは道に転がっている主婦の死体に出くわしたときである。買い物袋を左腕に提げた死体の傍には銃があり、少し離れた場所で見覚えのある同僚が死んでいた。

僕が車を降りて二つの死体を見下ろしていると、脇道からひょっこりと野次馬らしき太った女がやってきて、数時間前にここらで銃声がしたことを訊きもしないのに教えてくれた。つまりこの死体は数時間死にっぱなしだったわけだ。

「だって、気味悪いだろ」

女はぶっきらぼうにそう言って、面倒は御免だという態度でそそくさと逃げるように去っていった。僕は車の通り道を確保するために二つの死体を道脇に引き摺る。魂を失った肉体は想像よりもひんやりと固く、動かすのに骨が折れた。それを終えるととりあえず衣服を漁り、二人のオリガミを手に取った。主を失ったそれはこちらがどれだけ呼びかけても沈黙を貫いたまま起動しない。中のデータを情報洋に移す生前の指示があれば、もはやガラクタに過ぎないが、なければまだ個人情報がたんまり詰まっているそれは充分に使えるだろう。身分証に林蔵の名前で登録してしまったことを後悔していた僕には、またとない機会となる。僕はオリガミを二つともポケットに入れると車を出したが、ふと思い直して再び止め、死体を運んで海に捨てることにした。

死体を乗せたまま、忘れ物だと言い訳しながら倉庫に戻り、それとなくちゃあさんの居場所を同僚から聞き出すと、都合よく電子ごみ置き場だという返答だった。あそこならばデータを抜き出すための道具も揃っている。礼を言って、逸《はや》る気持ちを抑えきれずに車を飛ばして電子ごみの解体場へ向かい、その途中で死体を海に投げ捨てた。

異臭が立ち込め、煙で視界が揺らいでいる電子ごみの解体場で、ちゃあさんは防護マスクも手袋もしないでトラックの荷台から新たなごみを降ろしていた。運転席には秋兄の姿がある。秋兄はちゃあさんを手伝いもしないで、煙草を銜えながらぼんやりと空中を眺めていたが、僕に気づくと銜え煙草のままトラックを降りた。

「仕事はどうした」

「まだ時間がありますんで」

僕はそれきり秋兄を無視して、黙々とちゃあさんの仕事を手伝った。荷台に上り、そこからガラクタを放り投げる。爽快な単純作業だった。稲刈りとは違う。ただ、機械から時々漏れている毒々しい液体だけが不快だった。触るなという注意を受けてからはなおさらだった。

荷台に山積みにされていたガラクタが空っぽになり、ようやく僕は用件を切り出した。ちゃあさんは目を輝かせて応じ、引き受けてくれた。あまりの食いつきの良さに、こちらが逆に警戒心を抱いてしまったほどだ。

二つのオリガミを渡すと、ちゃあさんは重さを量るように手のひらに乗せ、それから同僚のほうのオリガミを、こりゃ駄目だ、と言って電子ごみの山に放り投げた。

「何故わかる」

「俺くらいになるとちょっと触っただけでわかるんだよ」

ちゃあさんは荷台から降りて歩き始め、以前来たときと同じ場所で木槌を揮っている白髭の老人に断りを入れて奥の小屋へ入っていった。それに僕が続き、来なくていいのに秋兄も入ってきた。

ちゃあさんは主婦のと自分のを接続して、データが消えてないことを確かめると早速折り畳まれている主婦のオリガミを広げ始めた。机に押しつけて皺を延ばしながら、僕に訊ねる。

「今ここにあるデータだけが欲しいのか。こいつの人格はどうする」

欲しいのは身分証と財産だけであり、死人の人格なんぞ必要ない。しかしわざわざ排除しなければならぬ理由もない。僕がそう伝えると秋兄が横槍《よこやり》を入れてきた。

「お前、女に成り済ますつもりか」

どの道、オリガミが違法であることには変わりない。調べられて露見するか、一発で露見するかの違いしかないのであれば、僕は林蔵の名前を捨てたかった。手を止めるちゃあさんに対して、構わず続けてくれ、と言い、自分のオリガミを開いて、机に置く。

「書き換えると性格が変わるが、いいんだな。今まで入ってきた情報が入らなくなり、違う情報を提供するようになる」

それは困る。このオリガミはすっかり自分仕様になっている。癖はそのままにして書き換えられないかと頼むと、書き換えるのではなく人格を追加する形になってしまうらしかった。

「前の名前は完全には消えないってことか」

「それは書き換えても同じだ。一度入力されたデータを完全に消すことはできないって、以前も言っただろ」ちゃあさんはからかうように肩をすくめた。「厭なら初めから偽名を名乗ればよかったじゃねえか」

とっさに出した偽名が最悪だったとは流石に言い出せなかった。それならば本名だったとしたほうがまだましだ。僕は苦笑するしかなかった。

「できるだけ前の名前を目立たせないようにしてくれ」

「了解した。こいつは二重人格になってしまうが、構わないんだな」

仕方ない。欲しいのは名前とカネだけだが、不要なものは無視することにした。兎に角、オリガミを突き合わせるたびに林蔵と呼ばれることからは解放されるし、目先のカネも得られるのであれば上等だ。

ちゃあさんは僕と主婦のオリガミを専用の接着剤でぴったりと重ね合わせ、二枚一緒に折り始めた。それから自分のオリガミから信号を送り、二枚を同化させる。あまりにも単純な作業だったものだから、僕は一つになったオリガミを渡されたとき、これだけか、とつい訊ねた。そうだ。ちゃあさんはにやにやと笑みを浮かべる。

こうして僕は小池林蔵という身分を脇へ押しやり、木崎《きざき》シェイラという身分を新たに得た。彼女は結構な額のカネと僅かな土地を持っていた。ほくほく顔の僕に、秋兄は何か言いたげであったが、眉根を寄せてじっと僕の様子を見つめているだけで結局最後まで何も言わなかった。

オリガミを受け取れば、空気の悪い解体場に用はないということでさっさと後にする。行き先を入力すると到着するまでの暇潰しに、早速更新されたオリガミに取りかかった。入ってくる情報は温泉やゴルフや海外旅行といった裕福な人間が好む娯楽ばかりで、僕は意外に思った。寂れた町の何処にこのような富裕層が暮らしているのか。

好奇心に駆られて探っているうちに次々と木崎シェイラという主婦の素性が明らかになっていく。やはり彼女はこの町の人間ではなかったのだ。駆け落ち不倫して数ヶ月前にこの町へ流れ着いた、というだけだった。相手の男は自分の出世のために、彼女に殺しをやらせるような心底性根の腐った奴で、彼女は散々手を汚した揚句、最初で最後のへまで自らを冷たい物体へと変化させてしまったのだった。これが終われば二人で何処かに行こう、などという男の甘言にまんまと乗せられてしまったのだろう。

彼女がこんなくず男と駆け落ちしてしまったのは、勿論惚れていたということも大きいが、夫が真紅の鷲の構成員だと知ってしまったことが最後に背中を押したのだと、僕は推測した。夫は農園テロの後方支援を担当しており、作戦準備の打ち合わせをしているところを目撃してしまったと、彼女は男に悩みを打ち明けている。

だから木崎シェイラのオリガミにも真紅の鷲の情報は入ってきていた。僕は彼女の方面から積極的に検索し、改めてあのバザーの日に出た結果が限りなく真実に近いということを確信した。

白は視力を失いかけている。

栄養失調が病気を引き起こしたのだと知り、僕は居ても立っても居られなくなった。今ならば懐に余裕がある。白を病院に連れて行くことも可能だ。今すぐにでも来た道を引き返して白のもとへ向かいたかったが、辛うじて堪え、僕は淡々とこなすべき仕事をこなした。

取引先の男がオリガミに送られた領収書を見て、笑いながら言った。

「坊や、女になったんか」

「いや、そういうわけでは」

「わかっとるわ、んなこと」男は馴れ馴れしく肩を叩いた。「で、何をやらかした」

正常な精神状態であれば笑って応じることのできる軽口も、今は僕を苛立たせるだけだった。しかしこれも含めて仕事だ。舌打ちなんぞしたら、もう僕は用済みとなる。だから顔が引きつっていたかもしれないが、苛立ちを面に出さないことだけはどうにか成功し、車に乗り込むや限界速度の手動運転で白が暮らす真紅の鷲の施設へ向かった。何もせずにいるよりは、運転しているほうが気持ちを落ち着けられた。

真紅の鷲の施設がある町は、池田に連れられて行った集会の行われていた町に何処となく似ていた。夕暮れ時だったせいもあろうが乱立する古いビルは汚れで黒ずみ、地面に伸びる影すらも汚れて見えた。そこをのろのろと車を走らせて町の中心を横切った先の郊外に、周辺住宅の四倍の広さはあろうかという真紅の鷲の施設が息を潜めるようにひっそりと横たわっていた。

正面から乗り込むと、丁度年恰好が母くらいの中年女が出かけるところだったので、彼女に白を呼ぶよう頼んだ。中年女は白の名前を聞くやあからさまに警戒心を強めた。

「どちら様」

「白の兄です」

「あの子に兄弟はいません。どうぞお引き取りください」

ふざけるな。いいから白を出せ。僕は中年女に喚き散らした。するとまもなく、騒ぎを聞きつけた組織の者が続々と中から出てきて、僕はあっという間に取り囲まれた。どいつもこいつも表情一つ変えず、軽蔑《けいべつ》の視線を向けている。僕は一層頭に血が上り、野次馬の一人一人について、思いつく限りの言葉で罵倒した。それでも彼らは怒りを見せるようなことはなく、目で意思疎通を図るといとも簡単に僕を捕らえて身動きを封じ、外に引き摺り出した。再び中に入ろうとする僕の前に高い門扉が立ち塞がり、心を入れ替えてどれだけ頼んでも開かれることがなかったので、せめてもの負け惜しみを吐きながら、すごすごと引き下がるしかなかったのだった。

引き下がりはしたが腹立たしさは全く収まらなかった。気を鎮めようとしばらく運転していても駄目だった。門外に投げ捨てられたときに中年女が唇の端に見せた微かな笑みを、振り払うことができなかったのだ。日が昇るまで同じ場所をぐるぐると廻っていてもどうにも堪えきれず、僕は店で油を購入し、施設の近くにまで戻った。

油がなみなみ入った缶をぶら下げて、乗り越えるべき壁を探すために施設の周囲を歩いていると、昨晩施設で見た人間が二つ先の十字路を、次々と大名行列よろしく連なり横切っていく姿を目撃し、僕は思わず物陰に身を隠した。顔を半分だけ出して様子を窺い、そこに池田や母やババどもの姿も確認する。しかし行列が横切り終わっても白だけは見つけられなかった。

僕は一瞬、行列の後を追うか迷ったが、これを好機と見て壁を乗り越え、怒りとともに油を施設にぶちまけ、火をつけた。火は威勢よく油の上を走る。壁に張りつくと、自然に笑えてきた。全てを燃やし尽くし、灰にしてしまえ。僕は高揚した気分で躍り狂う火を見つめ、爆《は》ぜる音に耳を澄ましていた。が、それも最初だけで、尻すぼみに火は勢いを失っていった。耐火材でできた施設はミミズのようにか細い煙を上げて火を蹴散らしていき、後には申し訳程度の焦げ目しか残らなかった。

耐火材なんぞまるで頭になかった僕は僅かな放火の跡の前で、しばし呆然と立ち尽くすしかなかった。振り返って壁を見上げ、缶を抱えながら乗り越えた労力を思い出す。げっそりした。徒労感に、一晩経っても鎮まらなかった怒りがあっさりと呑み込まれる。だから目の前の窓が開けられるまで、施設内部の人の気配に全く気づかなかったのだった。

心臓がびくんと跳ね、身体が強張る。しかし視線を動かした次の瞬間には全身が懐かしさに包まれた。そこには少しだけ成長した白の顔があった。しかし、目の焦点は全く僕に合っておらず、空中を彷徨《さまよ》っている。たちまち僕の胸は締め付けられた。

僕が手を握って自分の名前を伝えると白は警戒心を解いて、相好を崩した。僕は白を抱きかかえて窓から出してやる。そして抱きかかえたまま、建物の周囲を歩いて正面玄関の門から堂々と出た。

白は、何処お行くん、と訊きたげに抱かれている僕の襟を引っ張った。

勿論病院に決まっている。

そう答えたのは、白を車の中に押し込め、車を出してからだった。白を病院に連れて行って目を治してやる。おどおどした様子を見て、施設での白の暮らしがありありと窺えたため、余計不憫に思えた。先のことはわからないけれど、僕は白の目を治すために来たのだ。

しかし白は、もう病院にゃあ入れんやろう、と僕の渡した紙に慣れた手つきで書き殴った。まだ早朝だが、夜明け前から並ばなくては診察券が手に入らないという話だった。とはいっても、僕はそれほど悲観していない。カネさえあればどうにかなるだろう。

それから、僕は積もる話もあったはずなのに何も思い浮かばなかった。ただ一つだけ、朝っぱらから施設の連中は何処へ出かけたのかと訊き、白から畑へ向かったという答えが返ってきた。白が施設でどのような生活を送り、どのような経緯で目が見えなくなっているのかについて、いろいろと訊きたかったが、そのためにいちいち紙を渡すという行為が気色悪かったので訊かなかった。

　次第に二人きりでいるのが辛くなり、僕は意味もなく白の頭を叩いた。白は驚いて肩をすくめ、恐れ混じりの表情を浮かべる。その顔に満足した僕は何度も白を叩き、見えない白は両手を頭の上に掲げるしかなかった。

　病院に着くと、案の定その前には人だかりができていた。それを取り巻くようにして、ダフ屋が診察券を売り捌いている。その張った声がそこら中で飛び交い、一見すると活気に満ちているような気がした。だが、実際はその逆である。その中にいる人間のいずれもが貧相な服装をし、疲れ切った顔をしていた。並んでいるだけであらゆる病気をうつされそうだ。僕がダフ屋の一人に背後から声をかけると、不精髭のそいつは振り向きざまに驚いたように目を見開いた。愛想笑いから零《こぼ》れる白い歯はところどころ抜け落ち、残った歯もいびつに欠けている。その口から堪えきれずに出た厭な咳を僕は見逃さなかった。

　眼科はあるか、と訊ねながら、僕は砂埃を避ける振りをして布を口元に巻いた。ダフ屋は手元の診察券を一つ一つ確認しながら、僕に話しかけ、懐具合を探る。こんなところで駆け引きするのも煩わしかったので、僕はくすねた商品の袋をポケットから取り出し、ダフ屋の懐に強引に入れた。途端にダフ屋は顔面蒼白になり、この地域では最もましと思われる眼科医の診察券を僕に渡し、そそくさと去っていった。

結論からいえば、こうして手に入れた診察券も無駄に終わった。あと数日来院が早ければ間に合ったかもしれないが、この時点では手遅れということらしい。それでも東暁に行って視神経ごと交換すれば視力を取り戻せるという話だったが、白が東暁に足を踏み入れたのは、僕が死んで随分経ってからだったし、そのときも視神経を取り替えるようなことはしなかった。

第三部

東暁

僕は地下で、崩れ落ちる天井に押し潰されて死んだ。自嘲すらできないくらい、惨めで醜い死に様だ。しかし一部の世間は僕をそのようには扱わなかった。僕の死を何らかの思想的な表現だと解釈したのだ。それを組織の統制に利用する者も現れた。老いて足腰も立たない白の前に現れた客人はそういった組織には属してなかったが、やはり何十年も前の僕の死に阿呆らしい思想を見出していたのだった。

「あなたのお兄さんはあの日の事件のことを事前に知っていた。調べはついてます」

客人は正面にいる老人をある種の疑念を抱いて見つめた。その老人が口を開く。声があさっての方向から聞こえてきて、客人は一層疑念を深めた。振り向き、声のしたほうを見上げても、そこにはどぎつい桃色の天井があるだけだった。

「ほいじゃあ兄は鶩の一味じゃったかいね」

「いえ、違います。沈没計画の実行者だったら、あんな絵を描く暇ありませんからね」

死んで何十年と経っても僕の死があれこれマニアに言われるのは、直前に描いた絵のことがあるからだ。ある日突然巨大なクラゲリラが出現し、それが崩れ落ちると同時に作者も死んだとあれば、物議を醸すのも仕方ないことなのかもしれない。しかも生前の僕の思考が中途半端に破損した状態で情報洋に留《とど》まっているのだから、なおさらだろう。

クラゲリラの物語から鑑《かんが》みて、一般的にあの絵は見えない他人を犠牲にして平和を享受する現代社会に対する批判であると受け止められている。海底で慎ましい生活を送る怪人に追い打ちをかけるクラゲリラ的社会なんかぶっ壊せ、という声明だ。そして僕がそのときわざわざ地下にいたことについては、僕自身も気づかぬ間にクラゲリラになっていたという事実に絶望しての自殺、という解釈がなされていた。客人もひとまず一般的な説を白に披露したが、それならばわざわざ訪ねてくる必要はなく、咳払いを一つするとこれからが本題だと言わんばかりに居住まいを正した。

次の瞬間、部屋全体がいきなり斜めに歪み、客人は平衡感覚を失って猛烈な気持ち悪さを覚えた。部屋は歪んでいるのに、家具調度は低いほうへ滑り落ちることなく床に張りついたまま動かない。壁掛け時計に至っては、壁から離れて浮かんでいるように見え、今にもこちらに襲ってきそうな立体感だった。客人の疑念は確信に変わり、眼前の老人に空恐ろしさを覚えた。

「軍人だったんですか」

「いんやあ、違う」ひとりでにドアが開き、そこから胸の前まで浮かんでやってきたカップの取っ手を白は摑んで、コーヒーをすすった。「身体があ、不自由じゃけえねえ」

軍人のように感度の良い電極ではないし、脳波にセキュリティもかかってない、と白は優しい声で言うが、客人にしてみれば大した違いではなかった。むしろ室内にいる人間の視覚と聴覚にこれだけの干渉ができるのだから、よりたちが悪い。他の感覚も支配されて、洗脳されるのではないかと恐れ、客人は警戒を強めた。

突然白は馬鹿笑いをし始めた。部屋が色とりどりに点滅し、小さく上下する。

「そねえに用心せんでもええ。取って食ったりせんわ」

「やはり読めるんですか」

「電極が微弱なあ脳波拾うたときい形や色が朧に見えるけどお、正確にゃあわからん」

チューニング中に一瞬だけ入ってくる雑音みたいなものらしい。勿論気分のいいものではないが、客人は仕方ないと割り切った。わざわざ押しかけたのはこちらだ。彼も他人の脳波なんぞ見たくなかろう。この完璧な空間は、波瀾《はらん》万丈な人生を送ってきた白が何一つ不自由のない穏やかな余生を送るために作られたのだと聞いている。視力も聴力も声も失った人間がそれらを取り戻してから必死に這い上がり、手に入れた努力の結晶だ。

客人は酔っ払ったように頭がふらふらする状態の中、しっかりした口調で言った。

「本日は蓮沼健について教えてほしくて伺いました」

「知らんわ。ちまあときい逃げよった兄のことなんか」

「そう、あなたが幼いとき、蓮沼健は釜田稔と共に人馬喰を殺して逃亡した。だからあなたはお兄さんのことをあまり知らないと言う。しかし思うのです。情報洋に漂う思考を掻き集めるよりも、その頃の蓮沼健を知ることが大切なのではないかと。何故なら、蓮沼健は幼いあなたによくクラゲリラの絵を描いてあげていたからです」

白は厄介そうに眉を顰めた。こういった連中はもう何人も白の前に現れているものだから、うんざりしているのだ。ただ東暁が沈没した日にしょうもない落書きをして、同じ日に死んだだけの兄の何処に、死後何十年も惹きつけるだけの魅力があるというのか、白にはさっぱり理解できなかった。まずもって、あの兄が何やら高尚な思想を抱いていたと考えること自体が間違いだろう。しかし幾らそう諭しても、兄への幻想から逃れられない連中は全く耳を貸そうとしないのだった。

あれはそんな代物ではない、と思う白は正しい。東暁での僕は、社会批判なんぞ頭を過ったことすらなかった。とんでもない金額と引き換えに偽造通行証を入手して忍び込んだというのに、何故そんなつまらないことを考えなければならない。

批判するどころか、正直、僕は浮かれ気分で東暁に向かっていたのだった。何と言っても、憧れの都だ。退職金代わりに会社から盗んだ車さえあれば、仕事に困ることはなかろう、と高を括っていた。しかしゲートを抜けるや車を捨てねばならぬという計算外の事態が起こり、早速暗雲が立ち込めた。立体的に入り組んだ東暁の道路事情が許さなかったのだ。東暁の車道はしばしば途切れ、最低でも十メートルは滑空できなければ車とは呼べなかった。

だから僕は東暁に入る前に車を路肩に置き、道路脇の階段から歩道に下りて、自らの足で東暁に入らなければならなかった。勿論、僕の他に人の姿はない。身体を持っていかれそうな程の突風を正面から受け、汚染された深い霧の中を一人歩いていく。

僕が足を踏み入れることを、厳然と聳《そび》え立つ巨大な山が拒んでいるように思えた。

道は東暁の山の下に潜り込むように続いていた。照明は一切見当たらないのに、まるで太陽光が届いているかのような自然の光が降り注いでいる。もう霧はすっかり晴れていて、風はますます強く吹くようになっていた。開いた口になだれ込む空気が直接喉にぶつかり、僕はむせて、油断するとしばしば呼吸困難に陥った。

何かの管を思わせるような細くて低い道を、身を縮こまらせて重心を確かめるように一歩一歩着実に進んでいくと、いきなり開放的な場所に出た。見上げた先の吹き抜かれた空間は晴れた日の空のように青く、天井を確認することはできない。あまりの清々しさに一瞬外に出たのではないかと錯覚したが、その青空は微かな違和感を僕の五感に訴えかけていた。広さはちゃあさんの電子ごみ解体場が五つは入ろうかというくらいあり、地面から力強く伸びている無数の風車はせわしなく羽根を回転させていた。前方の壁にも背後の壁にも、僕が来たような管の入り口が上下左右に整然と並んで、壁を埋め尽くしている。

その異様さに僕は、とんでもない場所に来てしまったのではないかと、怯んだ。どの管に入れば人のいる場所に出るのか。もし管に入って出られなければ、僕はそこで死んで身体を腐らせることになるのか。前へ進めば来た道さえ見失いそうで、僕は強風によろめきながら、その場でしばらく立ち尽くすしかなかった。

　恐怖に打ちのめされつつ、よくよく観察してみると、青い防水布で立てられた幾つかのテントが広い空間の隅で、強風に耐えて地面にしがみついているのが目に入ってきた。こんな場所で暮らしている人間がいるのか。僕の頬は自然と緩んだ。呆れたからなのか、希望が湧いてきたからなのかはわからない。

　意を決して足を進める。管の前を離れるとそれほど風は強くなかった。それでも生活には充分支障を来す風だ。もしこの風が一時的なものでなく、年中吹き荒れているものだとしたら、テントの中にいる人種がどういった類か、想像に難くない。

　テントの一つに向かって外から声をかけて防水布を捲ると、まん丸に肥え、身形の汚い女が横になって本を読んでいた。身体を起こすと伸び乱れた針金のような髪の毛が肩に広がり、女はこちらを不審げに見つめながらその髪に手櫛《ぐし》を通した。

「何さ」

　仲間からかあちゃまと呼ばれているその女は、初めて僕と対面したとき、敵対心を剝き出しにしてそう言った。僕を役人か何かと勘違いしていたようだ。しかし僕が、ここは何処だと訊くとかあちゃまは敵対心を解き、別種の薄気味悪い感情を顔に浮かべた。

「お前、何処から来た。外か。外だな。どうやって入った。まあ、いいか。ここか。ここはな、風道だ。風が吹き荒れてちゃあ車も転がせないだろ」

僕が要領を得ずに黙っていると、かあちゃまは鼻で笑って続けた。

「都市風、わかるか。川幅が狭くなると流れが速くなるだろ、あれと同じで、建物がいっぱいできるとその間はびゅうびゅうなんだよ。密集すれば人間の熱だって低気圧を発生させるしな。だから風をここに逃がして上の快適生活を守ろうって寸法さ。でもまあ、ここだって誰も寄りつかないから快適っちゃあ快適なんだが」

外に出たい、と僕は言った。こんな場所にいたのでは、東暁に来た意味がない。

かあちゃまは開いた右手を突き出した。僕は胸中を読み取れず、まじまじと右手を見つめる。かあちゃまは舌打ちをし、僕を罵りながらカネを出せと言った。

しかし僕がポケットからオリガミを取り出しても、かあちゃまは自分のオリガミを出そうとはせず、煩わしげにそれを払い落とすだけだった。

「舐めてんのか、手前《てめえ》」呆気に取られ、ただ地面に落ちたオリガミを見つめるだけの僕に、かあちゃまは言った。「現ナマに決まってんだろうが」

「持ってない」

かあちゃまは横になって背を向けたまま、手を振って僕を追い出すような仕草を見せた。

「さっさと消えろ」

僕はかあちゃまの丸い背中を睨み、蹴り飛ばしてやろうかと思ったが、結局何もせずに防水布を下ろした。次遇ったら殺す。そう思いながら腰を屈めてオリガミを拾った。と、いきなり辺りが真っ暗になった。暗闇で銀色に光るオリガミを摑んで見回すと、防水布の捲れる音がし、人が続々と出てくる気配がしてきた。

空き缶と蠟燭《ろうそく》で作られた簡易ランプがちらほらと灯り、ぼんやり人間の姿が映し出される。その中には他と同じように空き缶を持ったかあちゃまの姿もあった。

ランプに照らされて浮かび上がるかあちゃまの顔は怒り狂っているかのように見えた。何が起こっているのか訊こうと思ったが、とても話しかけられるような雰囲気ではない。腰を屈めた体勢のまま固まり、見上げていると、唇が微かに動いて何かを呟いている。捕まえてとっちめてやる、と聞き取ることができた。

「これは違うな」かあちゃまの隣で、ランプの光でも皮膚の浅黒さをはっきりと見て取れる男が言った。「役人じゃない。鼠だ」

「おい」かあちゃまは声を張り上げ、ランプを掲げた。「誰だ、今週の掃除当番は」

名乗り出る者はいない。しんと静まり返る中、かあちゃまの深い溜め息だけが響いた。

かあちゃまを先頭にして梯子《はしご》を掛けて登り、下から二番目、右から四番目の通気口に数人が入っていく。他は、やれやれといった様子でテントに戻っていった。僕はここにいても仕方ないので、かあちゃまについていくことにした。

管の中は穏やかな向かい風だったけれど、鼻から脳天に突き抜けるほど小便の臭いが立ち込めていた。僕は口で息をしながら、ぴちゃぴちゃと水を踏む音を立てて進んでいく。足元の水たまりが何なのか、時々靴から伝わってくる泥のような感触が何なのか、見なくても大体の想像はついた。

壁に開いた穴の前で立ち止まった。剝き出しになった配線が穴を横切っているが、何処が鼠に食い千切られたのかはわからない。男の一人が顔よりも二回りは小さな穴に顔を押しつけ、強引に奥を覗いた。

「あった、あった」

男は嬉しそうに声を上げた。この暗さの中でよく見えるものだと僕は感心する。

男の指示でかあちゃまは千切られた配線の前まで行き、手渡された電動のこぎりで壁を刳《く》り抜いた。指示をしていた男に、見つけた、と合図を送る。

かあちゃまは地面に置かれた工具箱から次々と道具を取り出して、慣れた手つきで配線を接続していく。その間、男たちはかあちゃまを取り囲み、風で灯が消されぬよう角度に注意しながら、かあちゃまの手元をランプで照らしていた。僕だけが何もやることがなく、まるで生徒を見守る教官のように一歩引いたところから作業を観察していた。

接続し終えると、辺りは急に明るさを取り戻した。今まで気づかなかったのだが、壁や天井に埋め込まれた無数の、爪の垢ほどの小さな部品が発光している。男の一人が親切にも、集光装置なのだと説明してくれた。光を光のまま、受け取り、放つことができるらしい。僕は相槌を打つことすらできず、その未来的な科学力にただただ圧倒されていた。その間、かあちゃまが刳り抜いた壁を元に戻し、男たちが接合部に糊《のり》のようなものを塗って、修復作業が完了した。

それにしても、と僕は汚物に塗れた床を見つめながら思った。これを綺麗にするような便利な道具はないのだろうか。太陽の当たらぬ地下を太陽光で満たしてやることよりも、汚れを洗い流してくれる機械のほうがずっと必要なのではないか。幾ら配線を繋いでも根本的な解決を図らなければ、ここは鼠の通り道であり続け、また同じような事態に陥る。

そんなことをぼんやりと考えている僕の肩を、かあちゃまが思いきり引っ叩《ぱた》いた。

「何してる」かあちゃまは奥を指差した。「歩いて行けば、上に出る。消えろ」

僕は叩かれた肩をさすり、かあちゃまを睨みながら、礼を言い別れを告げた。言われた通り風に向かって進めば次第に床の汚物は減っていき、やがて床の上は風にも吹き飛ばされることのない分厚い埃だけになった。長い間誰も足を踏み入れてない道に何時間も足跡を付け続ける。白蛇の腹の中にいるかのような圧迫感が徐々に不安を積もらせ、もしかしたら騙されたのではないかという疑念が頭をもたげてくる。それでも今更引き返す気にはなれず、僕は緩やかな上り坂をひたすら進むしかなかった。急カーブを過ぎると、ようやく上から黄色い光の降り注いだ行き止まりが見えてきて、緊張から解放された僕は吸い寄せられるように走り始めた。

梯子を上り、金網を壊して這い上がった場所は、誰もいない夕方の公園だった。振り返れば遠くから望むだけだった東暁の山が、角張った質感を露わにして眼前に迫っている。何層にもなって重なり交わっている道路は幾つもの高層ビルを避けるようにうねりながら、目的の高層ビルと高層ビルとを結び、照明を灯した車は空中に整然と浮かぶ真っ赤な誘導灯に沿って滑空し、ビルからビルへと渡っていた。壁面が広告で埋め尽くされて煌《きら》びやかに光るビルはいずれも天を衝くように高く聳え、日が落ちかけているせいかはわからないが、見上げた先が霞んで全貌を確認することはできなかった。

公園の静寂が一層賑やかな東暁を際立たせていた。

僕は公園の隅にある水道で、かあちゃまに対する文句をぶつくさ言いながら、汚物に塗れた靴とズボンの裾《すそ》を洗った。畜生、便所を歩かせやがって。おかげで糞塗れじゃねえか。東暁のもっと中央に出る管もあるはずなのに、デブ女は敢えて伝えなかった。今度遇ったらぶん殴ってやる。

僕はびしょびしょに濡れた靴を履き、とりあえず賑やかそうなほうへとぼとぼと歩き出した。周りと服装を見比べ、警察や役人に見つからぬよう人目を避けることにした。足を踏み出すごとに靴がぐずぐずと音を立て、堪らなく惨めな気持ちになった。一日の仕事を終えて家路を急ぐ勤め人がすれ違うたびに好奇の目を向けたが、僕はいちいち睨み返してやった。

道はしばしば高層ビルにぶつかり、僕を迂回《うかい》させた。通り抜けは可能だが、身分認証ゲートが飛ばしのオリガミを探知すればたちまち僕は不審者として連行されるだろうし、探知しなくてもオリガミを持たぬ不審者として職務質問を受けるだろう。東暁はこういったゲートを無数に設置し、富裕層と貧困層の棲《す》み分けを明確にしていた。東暁は物理的に行動を制約しているわけではないが、異分子の情報はすぐさま警察に伝わり、そこで認知された者はすぐさま連行され、高圧的な尋問を受け、実質的には排除されるのだ。

そういったゲートを避けて行けば、自然と僕は下へ下へと降りることとなり、地下のある繁華街に行き着いた。そこでは老いも若きも、男も女も、富める者も貧しき者も、酔っては騒ぎ、或いはそういった金蔓を捕まえるために目を光らせていた。現ナマであろうとなかろうと関係なくカネがそこら中を飛び交い、清いカネと怪しいカネが混然一体となって流動している。僕は近くの木賃宿に腰を落ち着けることにした。宿代も飲み食いも、支払いは飛ばしのオリガミの汚いカネで行ったが、怪しむ者はなかった。日雇いで地下の穴掘りを行い、現ナマを手に入れると真っ先に正規のオリガミを購入し、国民契約の更改とまっさらな口座の開設を依頼した。勿論偽名でだ。そのとき呈示した身分も着いた次の日に汚いカネで買った。

そこからの僕の生活は酷いものだった。飛ばしのオリガミに入った充分なカネで遊び呆け、生活必需品の購入は正規のオリガミで行った。口座の使用限度額を超えても最低限の生活は保障される契約となっていたからだ。資本主義よりも基本的人権が優先されるという東暁人の権利を存分に利用し、僕は何らの罪悪感も抱かずに東暁の生活を満喫した。羽振りが良ければ複数の女が寄りついてきたので、その中から気に入った者を選んで毎晩を過ごした。

だから鍵を開けて女の部屋に入ってきた男が眠りこけている僕を叩き起こしたとき、僕はそいつを間男と勘違いした。まさか自分に用があるとは想像だにしなかった。勿論、恨めしく視線を送った先の女は知らないと首を振る。頭に血の上った僕は昨日会ったばかりの女を信用できるはずもなく、女を殴りつけ、踏みつけた。そこに男が泡を食った様子で止めに入る。それから僕を羽交い締めにしながら自己紹介をし、ようやく僕は男が自分に用があるのだとわかったのだった。

男は服装を整えて一息つくと、僕に言った。

「清信守《セイ・シンス》さん、もう使用限度額をとっくに超えていることはご存知ですよね」

林蔵だったりシェイラだったりと、偽名で呼ばれることには慣れていたので、このときも僕は淀みなく応対することができた。

「カネはねえぞ」

「そうは見えませんが」男は鼻血を流して鼻に詰め物をしている女に目を遣り、役人的な横柄さで言った。「まあ、なければないで構いません。働いてもらうだけですから」

こうして僕は貨物列車に詰め込まれ、強制労働に連れて行かれた。着いた場所は爆発音が鳴り響く軍事特区の建設現場だった。東暁に来てひと月も経ってないのに、早速東暁を追い出されたことになる。ただ持っている権利を行使しただけなのに、このような羽目に陥るなんて当然納得できる話ではないが、とりあえず黙って働くしか道はなさそうだった。

僕はそこで朝から晩まで建材を運び、道具を手渡し、足場を組み続けた。昼の休憩は握り飯一つと怪しげな錠剤だけだったが、へたばることもなく汗を流した。結局何処へ行っても同じことを繰り返すのだ。僕は舟の積み荷を降ろしていたときの苦労を思い出し、そんなことを感じていた。何も持たないのであれば、身体を動かすしかない。人権などとほざいていても、最終的には労働力に吸収される。おそらく、不況になり、労働力が不要になれば、人権も自動的に切り捨てられるのだろう。休憩中に握り飯をむさぼっているといきなり、妙に馴れ馴れしい口調で話しかけてくる輩が出てきた。一人ではない。複数だ。そいつらは隅で人目に付かないようにしている僕を目敏く見つけると日替わりで話しかけ、僕の少ない安息を奪い、うんざりさせた。その中でも最も僕の神経を逆撫でしたのは、頭にいつも薄汚れたタオルを巻き、暇さえあれば腕の筋肉を自慢げに解している労働者風の男であった。

「なあおい、知ってっか」と男は僕の昼飯を邪魔してきた。「ここじゃあ殺しも公然と行われてるって話だ」

男の自慢げな口振りが鼻についた僕は、まさか、と受け流す。しかし男は僕のそっけなさに対してむきになり、嘘じゃない、と鼻息を荒くした。

「生憎こんなところに来る連中には身内なんざいねえからな。恰好の実験台ってわけさ。それに、信頼と実績があれば高く売り込むこともできるしな」

愛想笑いで相槌を打っても男の眼差しは真剣そのもので、ますます僕をしらけさせた。

こいつの言っていることは下らない都市伝説だ。殺傷能力の鑑定書を眺めて悦に入るのは、秋兄のようなごろつきしかいない。正規軍が戦闘員と民間人の識別もしないで辺り構わず火を噴かせていては、最早それは制圧ではなく、単なるテロ行為ではないか。

何を言っても聞く耳を持たなそうなので僕は無視し続けていたが、構わず男は喋り続けた。

「これが何を意味しているかわかるか。軍が紛争地域でそういった兵器を使ってるってことだ。民間人の犠牲を出さないなんていう綺麗事は全くの嘘っぱちってことだよ。

軍は効率的な治安維持のためには多少の犠牲は仕方ないと考えていて、その犠牲の中には俺らのような国民契約不履行者も含まれてんだよ」

「一緒にするな。全員が国民契約の不履行者ってわけじゃない」

「じゃあお前は何故ここにいる」

「口座がパンクした。それだけだ」

するとその男はその意味を瞬時に理解し、周囲が驚くくらいの声で笑い始めた。確信犯じゃないか、と。僕は何も言い返せない。実際には若干の誤解があっただけだが、そう受け取られても仕方なかった。ただ、初めて言葉を交わした男にここまで馬鹿にされる筋合いはなく、僕は不愉快になった。

男はへらへらしながら形ばかりの謝罪をし、いきなり声を潜めてこう切り出した。

「うちに来れば絶対こんな思いはさせない」

何かと思えば勧誘だ。男が目配せをするとこれまで日替わりで僕に話しかけてきていた者どもが動き出し、遠巻きにして見物し始めた。僕はこれを圧力だと解釈した。

僕はますます不愉快になった。奴らはずっと僕を、軍や役人が派遣した逆スパイではないかと疑っていたのだ。で、口座のパンクした単なる落伍者だとわかった途端これだ。大方、御しやすい男とでも判断したのだろう。ちょっと圧力をかけさえすれば、簡単に流されるような腑《ふ》抜《ぬ》けだと。間違っちゃいない。

　僕が黙って耐えている間、男は身振りを交えて熱心に説明していた。主に組織の正当性について、それから現政府の隠蔽《いんぺい》体質と腐敗についてである。到底信じることのできない、絵空事だ。

　勿論、軍が誤って民間人を殺してしまうこともあることは知っている。そういった情報は逐一オリガミに流れるからだ。軍人の意思が統制されているとはいっても、その意思も個人の寄せ集めに過ぎないということを考えると、非戦闘員と戦闘員を間違うこともあろう。しかしたとえ誤認であっても、犯罪は犯罪だ。当然裁かれる。これだけ人命の犠牲に神経質なご時世、民家もろとも敵の拠点を木端微塵なんて何処のどいつが好き好んでやるというのだ。前時代的な、遠隔操作による大量破壊兵器が軍組織のもとで使われれば、その情報はたちまち世界中に広がり、国家としての信頼は失墜する。そんな危険を冒すはずがないし、冒すだけの価値もない。

　ここまでの話を聞いて、皆まで名乗らなくても、男の正体については察しが付いていた。池田と同じ匂いを放っているからだ。政府というよりは無関心な国民に憤っているように感じられた。とはいっても、末端にいる池田との違いも明確だった。池田は国家というものを完全に諦めているが、男はまだ国家を諦めてはいない。国民国家としての態様を取り戻せば国民全体による国家への監視が行き届き、国家が正義として機能するなどという前時代の幻想をまだ追いかけていた。知るか、といった思いだった。正義だの信用だのが僕を突き動かす余地は、けつの穴ほどもない。東暁ではそういった観念が腹の足しになるのかもしれないが、未だ僕にその実感はないからだ。

しかしこのまま強制労働を終えて戻っても、何らの当てもない。しこたま溜め込んだ公には使えぬカネが尽きれば、またここの世話になるだけだ。そして万に一つのことではあるが、男の言うことがもし真実であるならば、何度目かのときに僕は実験台として始末される。

ならば真紅の鷲だろうと、利用できるものは利用すべきだろう。あれだけ嫌っていた母と同じ道を辿ることとなり自己嫌悪を覚えたが、同時に母の気持ちを初めて理解したような気がして、当時の幼い態度を後悔した。母は利用しただけであり、そこに感情があろうとなかろうと、どうでもよかったのだ。

何をすればいいのかと訊ねると、男は満面の笑みで僕の手を握ってきた。それを待っていたかのように見物人の一人がこちらに歩み寄ってくる。長い髪を結わえて頭に纏めた、地味な顔立ちの女だった。

「ここを出たら明美《あけみ》についていけばいい」

「お前じゃないのか」

「俺は出られない」男は自嘲気味に顔を歪めた。「おそらく一生ここだ」

僕は慌てて握られた手を引っ込めた。そんな危険人物と握手しているところを見られたら何と思われるか。

男は振り解かれた手で自慢の筋肉を揉み解しながら、平気だ、と言った。

「俺だって馬鹿じゃない。接触するのに細心の注意を払っている。見張りは万全だ」

明美に目を向けると、明美は表情一つ変えずに、よろしく、と蚊の泣くような声で囁《ささや》いた。しかし僕は明美と一緒には東暁に戻らなかった。貨物列車に乗る直前に役人に呼び止められて、僕だけ客車の一等席に連行されたからだ。

手錠をかけられているわけではなかったが、隣と正面に見張りが付き、僕はこれ以上ないほど居心地の悪い移動を強いられた。場を和ませようとこちらから話しかけても、役人はうんともすんとも答えない。だから何も知ることができないまま列車を下ろされ、それから滑るような乗り心地の高級車に乗せられて東暁の街を上り、最終的に連れて行かれたのが高層ビルの最上階だったときには、僕はますます混乱した。

一人で入るよう命じられ、重い木目の扉を開けると、まず目についたのが壁面を伝う滝のような水流だった。それから部屋の中央に恰幅の良い老人と、それに控えるようにして黒尽くめの服を身にまとった男が二人。それ以外は何もない、ただ無駄に広いだけの部屋だった。

「おい、小僧」老人は僕が入って行くなり、訊いてきた。「東暁での一番の利権は何だと思う」

まだ何も状況を呑み込めてない僕はとっさに、電気、と答える。それしか思い浮かばなかった。老人は僕の頭の回転の速さに感心してみせたが、違う、と首を振った。

「水だよ」老人は壁面の水流にちらりと目を遣った。「東暁の人口七千万。水道を引かなけりゃその全員が干からびちまう。それに加えて東暁の周りに張り巡らせている防護霧。お前さんの言った発電にも水は不可欠だ。ビルの外壁に張りつけてあるエネルギーパネルは常に水を行き渡らせてないと葉緑体が死んじまうし、水力発電も電力量の微妙な調節に役立っている」

母が仕分けた藻はこんなところで建築と発電を支えていたのか、と僕はふと感傷的になった。だがそれも一瞬だけだ。老人がどんな意図で僕を呼びつけ、語り始めたのかを探らなければならない。見たところ役人ではなさそうだ、と思った。役人はあんなふうに皺を刻まない。もっとつるつるしている。刀傷のように鋭い皺は国家に庇護《ひご》されていては決して経験することのできない深い憂苦を容易に想像させた。

「あんた、何者だ」

「わしか」老人が右手を軽く振ると、僕の目の前に老人の肩書が示された画像が浮かび上がってきた。「まあ、水の使いということで、龍《りゅう》と呼ぶ者が多いか」

しかし読み進めても、怪しげな団体の会長だとか名誉顧問だとかが並び、全く正体が摑めない。その中でただ一つ僕が理解できたのは、水神《すいじん》という水資源会社の偉いさんだということだけだった。とはいっても、取締役ではないらしい。水資源活用決定権者、という肩書になっている。

「で、その水の使いさんが何の用だ。何処かの誰かと間違えてるんじゃないのか」

少なくとも、僕には呼ばれる覚えがない。幾ら思い返しても、僕の人生には出てくるはずのない登場人物だ。しかし老人のほうはしっかりと僕の人生経験を必要としていた。

「お前のことは調べさせてもらったよ」老人は黒尽くめの男から渡された紙の資料に目を落とす。「最近は有能な捨て駒《ごま》が不足していてね」

背筋にむず痒《がゆ》い何かが走った。こういうときは大概、気づかぬうちに抜き差しならない状況になっているものだ。

果たして老人は丸い顎を動かして、こう言った。

「人殺しは貴重だ」

「何のことだ」

「惚《とぼ》けるな。お前の上司、何と言ったか、あれを殺したのはお前だろう」

僕は口の中に違和感を覚え、溜まった唾液を呑み込んだ。その違和感は仕事を言いつけてきた龍から解放され、木賃宿に着くまで続いた。確かにあの日、僕は一線をいとも簡単に踏み越えた。


あの日まで、僕と稔の違いはそこだと思って生きてきた。自分は人間として最低の部類に入るのかもしれないが、奴よりはましだ。そう見下すことで密かに精神的なゆとりを確保してきた。あいつは人馬喰を石で殴り殺したけれど、僕はただ見ていただけ。人殺しと単なる傍観者。奴は見世物小屋の芸術家気取りで自分はその客に過ぎない。客は小屋から一歩外に出れば、たちまち日常に立ち戻ることができる。違いは決定的だ。

あの日、僕は集合住宅の湿った階段を上り、同じ戸の並ぶ廊下を歩き、合鍵を使って部屋に入り、ベッドに並んで寝そべっている二人を見て失望感を覚える自分を確認した。同時に、まだ淡い期待を抱き、しがみついていたのだと意外にも感じた。

「どうした。幾ら急用でも、今邪魔するのは流石に野暮ってもんだろう」

平然とそう言う秋兄に、僕は拳銃の銃口を向けて撃鉄を起こした。冷静さを保つために大きく息を吸うと、相変わらずのかび臭さが鼻腔を抜けた。

「これ、誰のか、わかりますか」

「俺のだな。拾ってくれたのか」

秋兄は冗談を飛ばして笑い、右手を差し出す。左腕には蛸蛉がしがみついて、怯えた眼差しをこちらに向けている。

「奪いました」

殺した、とは言えなかった。口に出すとそのときの感触が蘇《よみがえ》ってきそうだったからだ。

しばらく前から秋兄が僕を煙たがっていることは気づいていた。白に会うためにしばしば仕事を抜けていたし、そのたびに商品や代金をくすねていたからだ。白は僕からの贈り物を頑なに受け取ろうとはしなかったが、僕はそれをやめられず、それどころか、秋兄に不正を咎められるとますます意固地になって反抗的な態度を取り続けたのだった。

でも、まさか町の混乱に乗じて始末されようとは想像だにしなかった。

だからマサルに銃を突きつけられたときは、敵対する組織の仕業だと真っ先に思った。マサルはすがるような眼をして、こう言った。

「お前を殺せば父さんを見つけてくれるんだ」

施設の中だというのに構わず銃をぶっ放してきた。どういう意味だ、と物陰に隠れながら訊く。マサルは、約束したんだ、と叫び、もう一発撃った。

思い返せば、僕のような拾われただけの小者にまで手間をかける組織なんぞあるわけないのだ。普段ならば絶対にいるはずの蜻蛉が休んでいるのもおかしい。そう考えるとすぐにぴんときた。マサルの信頼を勝ち得ていて、僕を邪魔に思っている人物。

「見せしめか。気に食わなかっただけか」

秋兄は引いた右手で煙草を摑み、銜え、ゆっくりと火をつけた。

「両方だな」言う口から煙も一緒に吐き出される。「規律を乱す奴には罰を与えなければ示しがつかん」

「気に食わなくもあった、と」

「本当に殺したのか、餓鬼を」

簡単だった。堂々とマサルの正面に飛び出して、匕首でぐさり、だ。引き金にかかった指を動かす時間すら与えず、刺せた。一回だけでは息の根を止められなかったので、銃を落としてその場に崩れ落ちたマサルを、もう一回刺して、殺した。

堪えきれなくなった蜻蛉が、涙声で頼んだ。

「お願い、思い直して。冷静になってよ」

僕は至極冷静だ。あの場にいなかった蜻蛉に言われたくない。

事前にマサルを殺していたおかげ、と言ったらおかしいが、僕は初めて銃を扱うのに全く取り乱すことなく、的を射抜くことに成功した。血が飛び散り、それを大量に浴びた蜻蛉はやかましく悲鳴を上げた。僕は黙らせようと蜻蛉に銃口を向けたが、一向に悲鳴がやまなかったので興醒めし、蜻蛉に銃ごと投げつけた。勝手に死んでくれ。

それから僕は仕返しを恐れて東暁に逃げ、そこで殺しをして凌ぐようになったのだった。標的に近づいて、絶対に外さない距離から銃をぶっ放して全力で逃げる、殺人機械のような役だ。監視カメラに映るから捕まる危険は高いし、報酬は微々たるものだった。運び屋のほうがずっと楽して多く稼げる。

逃走経路確保のための鍵は一応預かっていた。普通ならば人の通ることのない、いわゆる風道や補修用の補助通路に続く扉の鍵である。しかし大抵の場所には無宿者が住み着いており、いないのは下水道くらいだった。無宿者は返り血を浴びた僕を見かけても生活を侵害しなければ何ら興味を抱くことはなかったため、僕は余程の大物をやったときでない限り下水道を使うことはなかった。

狭く、埃っぽい逃走経路の中で血塗れの服から新しい服に着替え、そこを抜けて東暁の空の下に出ると、必ずと言っていいほど清々しい感動に襲われる。巨大な高層ビルはまさしく東暁の山を彩る木々であり、壁面から浮かび上がる広告映像は舞い散る色とりどりの花びらや葉のように僕の目を楽しませた。僕はその中を歩きながら煙草を一本吸い切り、内臓に染みついた血の匂いを煙で洗い流すのだ。喫煙による快楽は仮想空間で容易に、健康的に代用できるので歩き煙草をする姿はかなり目立ったが、これだけはやめられなかった。

よく目を凝らせば広告映像から透けて見える壁の素地に描かれた落書きを、歩きながら発見することも楽しみの一つだった。髑髏《どくろ》の山の上で晩餐《ばんさん》会を開いている貴人たちや、シルクハットを被った巨大な手榴弾《しゅりゅう》、といった絵である。広告映像のない閑静な住宅街の壁に描かれた落書きについては時々報道されていたが、映像で隠れた壁の落書きは僕が知るだけでもその十倍はあり、そういった愛好家と情報交換することもあった。彼らは決まって日陰者であり、我が物顔で道を闊歩《かっぽ》する堅気の人間は広告の裏に絵が描かれていることなんか思いもしない。

当然殺しの仕事がそうそうあるはずもなく、それが救いだった。もし殺しが僕の日常だったら、とうに狂っていただろう。ここは戦場ではない。警護の人間が付いているとはいえ、自分にとって全く無関係で、無防備の人間を一方的に殺して平気でいられるように、僕は躾けられていない。殺しのない日は酸素を背負っての海底掘りや高層ビルのモジュール交換で日銭を稼ぐことで罪を忘れ、それを入れられなかった日は愛好家から仕入れた落書き情報を確かめに出かけた。

遠出をするときは専らバスを利用した。楽だからだ。必要なことは全てオリガミがやってくれるから、僕はただ乗って、指定された場所で降りればよい。

バスに乗ってしばらく揺られているとチャイムが鳴り、助走区間に入ります、という音声が流れた。流れる景色が速くなり、袋のような翼が広がる。道が途切れ、一瞬だけ浮遊感があった。

子供がはしゃぎ、目を瞑って眠っている振りをしていた中年の男が聞こえよがしに舌打ちをした。母親が咎め、子供がしゅんとなる。そのとき目が合ったので、笑いかけてやった。僕の心情も、中年男のよりは子供のそれに近い。巨大な建造物の壁に迫ると、もしかしたらぶつかるのではないかと肝が冷える。空中に浮いた誘導灯に沿って壁を避け、子供と僕は大げさに息をついた。

音声が流れて注意が促されると、バスはほぼ振動なく、滑らかに着地した。しばらく上り、跨《また》ぐ程度の滑空があって、僕は目的地でバスを降りた。

階段を上って歩行者用の道路に着いたら目の前に、その絵はあった。清涼飲料水を売り捌くために流れる映像の奥だ。夏の強い日差しの中で汗を拭う白いシャツを着た爽《さわ》やかな少女の向こう側に、赤い血を大量に撒き散らして横たわる死体を啄《ついば》む、黒い鳥の群れがあった。

道行く人が僕を迷惑そうに見て通り過ぎて行くのを知りながら、僕はその絵を、大口を開けて見上げることをやめられなかった。何故、これほど心惹かれるのか、さっぱりわからない。絵だけを見れば全然大したことないのに、広告映像を透かしてビルごと鑑賞すると背筋が打ち震えるのである。

不意に、突っ立ったまま見上げている僕に対して話しかけてくる声があり、僕ははっとして振り返った。

「絵を、見てるんだよね」

それが美香子《みかこ》だった。学校の制服姿で突っ立っていた。まず僕は、餓鬼だ、と思った。その餓鬼にせっかくの時間を邪魔されたのだ。不機嫌にもなろう。僕は無視して再び絵に向き直る。しかし美香子は忖度《そんたく》するような繊細な心は持ち合わせておらず、構わず僕の背中に、絵、絵、と興奮気味に話しかけながら、近づいてきた。

台無しだ、と僕はますます苛立った。これだから女は。殴ればおとなしくなるだろうか。

その殴りたくて堪らない美香子の顔が僕の隣に並び、僕と同じように絵を見上げた。

僕はそっと離れた。こんな馴れ馴れしい女と一緒に絵なんか鑑賞できるか。これ以上いると本当に見ず知らずの女を殴りつける野蛮人になってしまいそうだった。一人で存分に楽しんでくれ。絵に用があるのならば、僕は不要だ。

しかし美香子は階段に足をかけた僕を、行かないでよ、と引き止めた。

「一人じゃつまらないでしょ」

その甘えた口調だ。僕は吐き気を覚えた。こういうのは幾ら口で言っても無駄だろう。口が開かなくなるまで殴って黙らせるしかない。しかしこの東暁のど真ん中で、仕事でもないのに、そんなことできるはずもない。だったら、わからせてやることは不可能だ。果たして無視して階段を下り始めると美香子は、待ってよ、と言って追いかけてきた。

「来んな。ぶっ殺すぞ」

「そんなこと言わないでよ」勿論美香子は本気にしない。へらへら笑いながら僕の後ろをついてくる。「バスでしょ。だったらバスが来るまででいいから、話しよ」

「厭だ」

「あの絵、落書き。君も好きなんでしょ」女は僕の拒絶をまるで取り合わない。「わたしも好き。でも学校じゃ同じ趣味の人いなくてさ」

虫唾が走った。君、だと。ふざけるな。

僕が睨むと美香子は満面の笑みで自己紹介をし始めた。名前やら年齢やら生年月日やら学校名やら住んでいる地区やらの羅列だ。勿論、興味なんか湧くはずもない。学校や東暁の地区に至っては全く知らないのだから、聞かされても馬鹿にされているみたいだった。ただ、口振りからして、かなり優秀な学校で、結構な高級住宅地であることは推測できた。美香子が猛烈な勢いでまくし立てている間、僕は無心で時間が過ぎるのを待った。苛立ちや怒りや自分自身への情けなさといった精神的負担は、既に僕の許容を超えていたのだ。だからいきなり質問の言葉がこちらに向くと、僕は訊かれるがままに答えたのだった。名前を訊かれれば清信守、あだ名はシェイラ、学校には行ってない、住居は木賃宿を転々としている。僕はできる限り、東暁人らしく振る舞った。

が、何もかも馬鹿正直に答える必要はなかった。僕は自分の迂闊《うかつ》さに頭を抱えたくなった。仮にも殺しを生業《なりわい》にしている人間のすることではない。何処で仇《かたき》と繋がっているか、わからないではないか。

美香子もこちらが醒めていく様子を見て取ったようだった。

「最後に一つだけ」そう言って美香子はオリガミを取り出した。「共有しよ」

何を言っているのか理解できなかったので、とりあえず断った。が、美香子は引き下がらない。何度も、これだけお願い、と言って目を潤ませる。

苛立った僕は丁度いい位置にあった美香子の頭を思いきり叩いた。散々我慢したのだから、これくらいは許されるはずだ。

「何だよ、共有って」

美香子は痛がり、僕を責めた。それから涙を拭い、ふざけないで、ともう一度僕を責めた。しかし本当に僕が知らないことがわかると唖然とし、まるで新種の猿でも発見したかのように物珍しげに僕を凝視したのだった。

「君って、おじいちゃんみたいだね」美香子はオリガミを顔の高さに掲げた。「まさかこれを持ってないってことはないよね」

「持っている」

「だよね。なければまさに仙人だ」

バスが来たので乗り込んだ。美香子もついてくる。

「来んなよ」

「今日繋げちゃおうよ。でさ、共有しよ」美香子は僕の隣の座席に腰を下ろした。

「手続き簡単だからさ。付き合うよ」

問答無用でバスから引き摺り降ろされ、別のバスに乗り換えさせられた。そのバスは香水臭さを充満させながら、ひたすら東暁の山を登る。登るにつれて、威圧的に迫ってくるビルが次々と屋上を晒し、幾重にも折り重なった幕を剝ぎ取るようにして、大都会がその全貌《ぜんぼう》を露わにした。僕は窓に張りつき、眼下の広漠とした建造物の群れにひたすら圧倒されていた。

「景色ばっか見てないで、話しようよ」

美香子はオリガミの説明を一通り終えると、ちゃんと聞いているのか確かめるように僕の袖を引っ張った。僕は振り返って言った。

「お前、本当にお嬢様なんだな」

美香子に、というよりは自分自身に言い聞かせる言葉だった。だから、こいつが馴れ馴れしいのは仕方ない。

「大したことないって」美香子は照れ笑いを浮かべ、ここと同じように景色から突き出ているビルの群れを指差した。「本当のお金持ちはあっち。バスなんか来ないよ」

そこにはあの水神ビルもあった。突き出たビル群の中でも、一層高く聳えている。途端に、無機質な景色から血の腥《ちなまぐさ》さが通ってくるような気がした。壁一面に張りつけられたどす黒いエネルギーパネルを塗り潰せば、少しは腥さも和らぐだろうか。

建物にバスが突入して止まり、降りてからは美香子に連れられるがままに歩き、なされるがままに健康診断を受け、勧められるがままにカプセル錠剤を三錠購入した。

「これを飲めばいいいんだな」

喫茶店でやたらと香るコーヒーを喉に通し、僕は訊ねた。何処も彼処も監視カメラだらけで居心地が悪い。おそらくカメラは僕をちんぴらか何かに分類しているだろう。

「そう」美香子はサクランボを除けて、生クリームをスプーンで掬《すく》う。「飲めば繫がる」

「飲んで、どうすればいい」

「飲むだけだよ」美香子はスプーンを口に運び、心の底から幸せそうな顔を見せた。

「飲んで、少し待って、念じて、あとは要領だね」

僕は、大丈夫なのか、と訊ねた。考えていることが漏れたり、或いは逆に他人の思考をねじ込まれて洗脳されたりすることを想像すると、飲むことが躊躇われた。しかし美香子はびびりすぎだと、僕の不安を笑い飛ばす。むしろ、カプセルをコーヒーで飲もうとする神経のほうが信じられない、と。それから響きが気に入ったのか、何度も僕のことを、シェイラ、シェイラ、と呼んだ。僕はその悪ふざけを咎める余裕もなく、テーブルの上に並べられた錠剤をじっと見つめていた。

美香子は右から順番に指差し、接続、解除、予防薬、と説明した。

「こっちを飲めばシェイラ自身がオリガミを介して世界中の人や情報と繋がることができる。そっちは人格を乗っ取られたり洗脳されたりするのを防ぐお薬ね。平気よ、怖くないから。それに、真ん中を飲めば全部おしっこになって出ちゃうし」

本当に大丈夫なんだな、と僕が念を押すと、美香子は、しつこい、とうんざりしたように溜め息をついた。脳に送られる全ての情報はオリガミを介し、そこで大方害のないように分析、処理、編集されるのだという。しかし幾らそのように説明されても、なかなか受け入れられるものではなかった。こんなことを東暁の人間、特に若者は、耳に穴を開けるような感覚でしてしまうのだから、驚きを通り越してその無鉄砲さに感心してしまう。

僕は意を決して、二つのカプセル錠剤をすっかりぬるくなったコーヒーと一緒に飲み込んだ。喉を通って食道を落ちていく感覚がなくなれば、漠然とした不安だけが残される。

脳に電極が行き渡るのを待っている間、僕は新しいソフトをオリガミに入れた。訝るだけの心の余裕はなく、美香子に促されるがままだった。

身体には何らの異変もなく小一時間が過ぎ、唐突に美香子が切り出した。

「じゃあ、オリガミと接続してみようか。何か思い浮かべてよ。初めは言葉がいいかな」

僕はオリガミを見つめながら、白、と念じた。しかし浮かび上がる画面に表示されたのは、ごちゃごちゃした線の塊で、とてもじゃないが白とは読めなかった。

僕は美香子を睨んだ。

「どういうことだ。これは」

「君さ、言葉と一緒に映像も思い浮かべたでしょ。たぶん人の顔」美香子は僕が反論してこないことを確認してから言葉を継いだ。「そういう高等技術は使い方に慣れてからね。まずは純粋に言葉だけを頭に浮かべてよ。人や物の名前じゃなくて抽象的なほうがやりやすいかな。例えば、幸福、とか」

僕は言われた通り、幸福、の二文字だけを考えた。今度は正確に、画面に表示される。これは簡単だ。幸福なんてものは、文字の他に存在しない。

同じように文字を思い浮かべ、僕は訓練を繰り返した。そして慣れると、次は映像だ。オリガミに保存してあるものであれば、それはどんな形で取り出すこともできた。例えば僕は動画三分間分しか蜻蛉のデータを保存してなかったが、画面の蜻蛉は僕の思った通りに動き回り、思った通りの口調で思った通りの台詞を言った。もっと使いこなせるようになれば、情報洋から妄想の材料を引っ張ってくることも可能らしい。

「はいはい。もう大体の使い方はわかったでしょ」美香子は心なしか棘《とげ》のある声で僕の妄想を遮った。「早く部屋を作ろうよ」

美香子はオリガミを広げて、上部が開いた箱のような形に折り直した。僕も美香子に折り方を教わりながら、自分のオリガミで箱を作る。美香子は箱をじっと見下ろしながら、これが自分の部屋なのだと言った。僕も彼女に倣って自分の箱を見下ろす。

「はい、今行くから頭空っぽにしといてね。厭だったら拒絶できるからね」言い終わるや、突然僕の頭の中に美香子が現れた。どういうことなのか、驚き戸惑う。その間も、頭の中の美香子はどんどん僕の曖昧な妄想を強固なものに作り替えていった。

「ほら、自分の姿を思い浮かべて」

妄想に促されて、僕は僕自身を頭の中に出現させた。これでもう、一応他人の思考と繋がっている状態だという話だった。だがまだ不安定であり、安定させるためには部屋が必要らしい。

実物の美香子が箱型のオリガミを操作して僕のものに接続すると、僕は何もないはずの箱の壁面に戸のようなものが見えているような気がしてきた。いや、脳のある部分では確実に戸の存在を確認している。見えている自分と見えてない自分を同時に認識し、僕は混乱したが、ひとまずありのままを受け入れることにした。

「部屋に入るよう念じて」

妄想の僕は重い戸を引いて、中に入った。まるで実際に部屋に入り、室内を見ているかのように、妄想が現実感を帯びる。しかし実物の僕はその部屋を上から見つめ、カップを傾けて底に残ったコーヒーを流し込んでいた。

家具も窓も壁紙の模様すらない、がらんどうの部屋だった。戸が二つ。僕たちが入ってきた戸の対角線にもう一つある。美香子がその戸を開け、奥へ行く。僕も後を追った。

そこも同じように戸が二つあるだけのがらんどうの部屋だったが、僕の部屋よりも若干広く、壁が薄桃色だった。

「ここが共同部屋ね。更に奥がわたしの部屋。来て」

美香子の部屋は黄色い絨毯が敷かれ、その上にベッドがあり、テレビがあり、箪笥があり、本棚があり、本がずらりと並んでいた。一冊取って捲ってみるとまるで本物のように画と文字が配列されている。窓はない。自分は進んで覗かれるほど自己顕示欲が強くはないのだと、美香子は絨毯の上に座って言った。

つまりプライベートを晒すための部屋ではなく、特定の人間を招待するための部屋ということらしい。しかし部屋を作ったものの、美香子には招待するような友達はいなかった。そこに都合よく僕が現れ、千載一遇の機会ということで強引に引き込んだというわけだ。

ベッドに座るよう促され、僕は何の疑問も抱くことなく腰を下ろした。掛け布団の柔らかな感触が尻に伝わる。信じられないほど違和感がなかった。

指で布団の手触りを確認していると、美香子が欲しいのかと訊いてきた。

「買えるよ。こういうのを専門に作っている人もいる」

美香子がテレビをつける。画面からは映像が流れる。世界の何処かにいる目立ちたがり屋の妄想だ。突飛で過激だけど、どれもあんま面白くないんだよねえ、と美香子はつまらなそうに笑った。

「ベッド、寝てもいいよ。疲れたでしょ」

言われたら疲れているような気がしてきた。横になる。心地よい気だるさに包まれる。

ぼんやりと眺める天井は柄どころか皺一つなかった。おそらく、買えば装飾することもできるのだろう。尤も、僕でも天井なんぞに費用は掛けない。

ふと僕は、美香子の思考や妄想が作り出した部屋でくつろいでいるこの状況を不思議に思った。いとも容易に他人の家に上がり、ベッドに寝転べてしまう。こうして現実と同じように顔を合わせて彼女を認識しているのに、僕の心は一人で湯船に浸かっているかのように明け透けで、酷く無防備な気がした。無防備なことに対する不安もなかった。

気づくと僕の上に美香子が乗っていた。何をしている、と言おうとしたが言葉が出ない。それどころか、金縛りに遭ったかのように身動き一つできなかった。

美香子が僕の首に組みつき、楽しそうに、ふふふ、と耳元で息を漏らした。

「ここはわたしの中だよ。無防備な人間にこれくらいの干渉はできるって」

うなじから首筋に舌が這う。おぞましさと同時に、それを打ち消して余りある快感が全身を駆け抜けた。美香子は身体を起こして満足げに僕を見つめ、それから再び僕に抱きついてなまめかしく指と舌を動かし始めた。

たぶん、抗《あらが》おうと思えば抗えたはずだ。しかし、僕にそのような強固な意志はあるはずもなかった。ずぶずぶと布団に埋まっていく。

いつの間にか服は消え、二人とも素っ裸になっていた。僕は大きな波に飲み込まれ、潮流に身を揉まれ、陶然とした心地のままゆっくりと静かな底へと沈んでいく。何も考えられず、ただ目の前にあるものにひたすらしゃぶりついた。

息もできずに果てる寸前で、僕は正気に立ち返った。喫茶店で行ってしまっては目も当てられない。僕はテーブル越しに、座っている実物の美香子を殴りつけ、妄想を切り離した。美香子は椅子ごと倒れ、腰をしたたかに打った。

「ふざけんな」

と僕は叫んだ。ガニ股でバスに乗って帰る羽目にならず助かったと、心底思った。

周囲の注目を浴びても、僕は美香子を罵倒し続けた。こんなところであんなことをするなんて、頭がおかしいとしか思えない。しかも初対面ではないか。

数分も経たないうちに幾人もの警察官が現れ、僕はそのうちの一人に取り押さえられた。やはりカメラの奥で目を光らせていたのだ。僕のオリガミに入っている情報はこの地域に似つかわしくない。

僕は、悪いのはこの女だと主張した。しかし股間を膨らませた状態で説得力なんかあるはずもなかった。警察官は全く取り合わず、美香子を優しく抱き起こし、大丈夫ですか、と言った。

僕は羽交い締めにしている腕を振り解こうともがいたが、びくともしなかった。美香子を起こした警察官が侮蔑的な目つきで僕の前に立ち、視線を下に向けるとやれやれといった様子で小さく息をつく。まんまと挑発に乗せられた僕は、思いつく限りの悪態を喚き散らした。

結局騒動は、美香子が自分の非を認めて警察官を引き下がらせ、幕引きとなった。当然だ。太い二の腕から解放された僕は、連行する気満々だった警察官一人一人の顔をまじまじと睨み、笑ってやり、平静を装った無表情を確認して、ひとまず溜飲《りゅういん》を下げた。

そういった態度の裏で僕は、治安契約を結んでおいて本当によかった、と怯えていた。結んでなければ、警察の財源確保のために、しょっ引かれ、袋叩きにされた揚句、死体を野晒しにされていただろう。結局のところ、僕がこれまで見てきた暴力組織と何ら変わりはない。自らの力を見せつけ、怯えさせ、みかじめを受け取る。ただその行為に国家のお墨付きを貰っているというだけだ。

席に着き、美香子のグラスを空けて人心地付いた僕は正面でしゅんとなっている美香子にどういうことなのかと、訊ねた。しかし美香子はテーブルに頭を付けて、平謝りするばかりだった。こういうところも癇に障る。あれが謝って済む所業か。そのまま顔面をテーブルで押し潰してしまおうか。

それでも僕は寛大な心で美香子を許した。そして再び説明を求めると、今度はてんで的外れなことを言い出したのだった。

「むらむらしたとしか、ねえ」

そんなことを訊いているのではない。訊きたいのは、単なる妄想にどうやってあんな刺激を与えたのか、だ。いきなり馬乗りになってしゃぶりつく理由なんて、むらむら以外に何がある。

「ああ、そっちね」美香子はサクランボを口に入れ、嬉しそうに柄を引いた。「あれはちょっとしたやり方があって、コツさえ摑めば誰だってできるよ」

他の刺激はどうだろうか。例えば、痛めつけたり溺れさせたりできるのだろうか。美香子は教師のような口調で、可能だが思念だから簡単に逃げられるのだと答えた。

しかし僕は身動きを奪われた。そればかりか、流され、最終的に美香子の誘いに乗ってしまった。これは洗脳ではないのか。強い態度で問い詰めると、美香子は怯み、少し涙目になって言った。

「あれはわたしの部屋にいたから。それでもちょっと強く思えば動けるはずだし、そうじゃなくても現実世界で軽い刺激を受けるだけで抜け出せるよ」

「らりってしまったらどうする。当然、そういうこともできるはずだ」

「そうだね。そういったことを商売にしている部屋もあるみたい。でも自ら進んでそこに行かない限り、予防薬が防いでくれるから大丈夫だって」

あまり納得はできなかったが、彼女が言うのだからそうなのだろう、と思うことにした。

「自分から足を踏み入れたら、薬は効かないんだな」

「うん」彼女は頷き、真剣な目を僕に向けた。「だから行かないでね。行ったら廃人だよ」

駄目だった。そう忠告されたにもかかわらず、気づけば僕はそこの常連となっていた。

探せば簡単に見つかった。オリガミを操作して快不快を軸に取り入れれば、仮想空間の地図は指示通りに入れ替わる。僕は初めのうちは興味本位で、次第に抗えない欲望に駆り立てられて、夜の羽虫のように光の強いほうへ吸い寄せられていった。

自分一人で事が足りるのであれば、そんな場所に行く必要はなかったのだ。しかし、僕は自身の好みや快楽について想像以上に理解していなかった。自ら行うと刺激の種類が違ったり、刺激の大きさをどうしても繊細に操作できず、もどかしさが残った。

求める快楽の中には性的なものも当然含まれており、美香子はそれが気に食わないようだった。共同部屋に僕が行くと、彼女も必ず察知して僕を罵りにやってきた。不潔だ。何故自分との交渉は拒否するくせに、カネを払ってまでしてそんなところへ通うのか理解できない。

理由は簡単だ。そっちのほうが手っ取り早いからだ。部屋に入るだけで自動的に最大限の快楽を享受できるよう設定されている。これを知ってしまうと段階を踏むのを煩わしく感じてしまい、美香子の形をしていること自体も今の僕には生々しすぎた。

「君はもう、最低の妄想中毒だね」

と美香子は吐き捨てた。僕は腹立たしさに身を任せて、美香子に対して殴る蹴るを執拗《しつよう》に行った。だが仮想空間で行うそれは、林蔵が僕にやったような野蛮な暴力なんかではない。少し思えば簡単に抜け出せてしまうからだ。彼女は殴られても懸命に僕に縋りついた。稀にナイフで滅多刺しにしてしまったときは、流石に防衛本能が働いて妄想から離脱したが、それでもすぐに戻ってきた。つまりこれは、プレイの一種だ。

プレイだから勿論、彼女を犯してなんかやらない。

その証拠と言ったらおかしいが、現実世界での彼女は僕に懐き、ますます馴れ馴れしく振る舞うようになっていた。落書き鑑賞に行く日なんか全く伝えてないのに、彼女は勝手に共同部屋から僕の思考をごっそりと浚《さら》い、必ず学校を休んでついてきたのだった。

一度、落書きを見ながら直接訊いてみたことがある。何故構う、家族は心配しないのか、と。共同部屋に流れてくる彼女の思考の中で、家族に関するものはあまりにも少なかった。尤も、これは僕にとって好都合なことだ。余計な情報が少なければ、それだけ彼女が見つけてきた落書き情報を探しやすくなる。何やらのっぴきならない事情があるようだが、共同部屋における僕と彼女の関係は、落書きを除けば、互いに罵る対象と殴る対象でしかない。僕にとっての彼女はそうだった。

殴られながら美香子は散々罵ったが、僕の妄想中毒は治るどころかますます酷くなっていった。性的快楽についてはそれほどでもなかったが、麻薬的快楽については目も当てられない状態になっており、二日に一回は快楽部屋に入り浸っていた。

そのうちに僕は妄想快楽を楽しむ人間の集まる店というものがあることを知り、行ってみることにした。

妄想空間に足を踏み入れる前と後とでは、外の景色は全く違って見えた。今まであまり気にかけることなく東暁の住人とすれ違っていたが、彼らはまるで音楽でも聴くかのように雑踏を歩きながら妄想に耽っていた。眼鏡をかけて眉間に皺を寄せ、オリガミの情報を神妙な面《つら》で追っている男も、歩くのが遅くて連れている小犬に何度も振り返られている老婆も、乳母車を押している主婦も、現実を生きながら現実とは重なり合わない世界を満喫している。それをありありと見て取ることができた。

地下の商業区画の程近く、中流階級の富裕層が暮らすような住宅地の中でひっそりと営業しているカフェがその場所だった。煉瓦《れんが》造りを模した瀟洒《しょうしゃ》な外装からはまるっきり想像できなかったが、重い戸を引けばその怪しさは瞬時に漏れ伝わってきた。ほどほどに人の入った店内は煙ってないのに膜が張ったように白く濁り、魂の抜け切ったような顔つきの客がテーブルに頬杖をついて窓に映る自分の姿を眺めている。微かに店内を流れる物悲しげなピアノの音色が彼らの妄想を一層駆り立てているようだった。

僕は空いている席に座って、黒い前掛けをした黒髪の店員にコーヒーを注文した。コーヒーは僕が妄想の支度をしている間に、どす黒い水面を波打たせてやってきた。

やることは一人でいるときと何ら変わりない。ただ周囲も自分と同じように各々《おのおの》の妄想を楽しみ、浸り、涎《よだれ》を垂れ流している。そこに緩い連帯感のようなものを抱いて、集まっているのだろうと思った。

無論、僕の中にもそういったものがあったのだろう。しかし妄想では相変わらず、一目散に快楽部屋に向かった。人との繋がりはこれくらいで丁度良い。与えもせず、貰いもしない。溜まり場に来たからといって、快楽を分かち合おうとはまるで思わなかった。

僕はコーヒーを飲みながら、一人で妄想を楽しんだ。だらしのないことだが、何度もこぼし、服を茶色く濡らした。こぼしたときの熱さのせいで妄想が吹き飛んでしまうこともしばしばあった。

僕はこの場所が気に入った。足繁くとはいかなかったが、まとまった時間が空けば必ず行くようにした。特に殺しの仕事をした翌日は必ず足を運んだ。

僕は通ううちにそこで様々な決まり事を学んだ。例えば、昼を過ぎてからモーニングセットを注文する客は性的快楽を共有する相手を求めているとか、閉店まで残っているということは現実世界での肉体関係を求めているとか、である。何処でどのような決まり事に抵触するかわからないため、僕はいつも決まった席に座り、決まった注文しかなかった。

妄想に耽っている最中に殺しの仕事が舞い込むことが、最も僕をうんざりさせた。死などという人生における誕生の次に華やかな行事に関わることを思うだけで、憂鬱さで妄想の接続が途切れてしまう。しかも赤の他人のだ。これは知らない女を孕ませてしまう憂鬱さに匹敵する。

だから僕の正面の席に、顔の頬から顎にかけて髭で覆われた男が座ったとき、僕はその男の存在にすぐ気づけた。殺しの依頼が来て打ちひしがれていたせいで、妄想から切り離されていたのだ。しかしこのときはまだ、ただ目が合っただけで全く先生を気にかけるようなことはせず、僕はすぐさま妄想に戻った。依頼が来たことを忘れようと、快楽をいつもより多めに享受し、部屋で滅茶苦茶に暴れ回った。頭をぶんぶん振り、手足をばたつかせ、何度も転んでは起き上がった。

いつの間にか、妄想は現実を侵食していたようだった。全然意識はなかったが、僕はカフェの中でテーブルを引っ繰り返し、棚に飾ってあった装飾品を手当たり次第投げていた。そして先生に押さえつけられて無理矢理薬を喉の奥に入れられたところでようやく、正気を取り戻した。

先生は僕の正気を確認すると、髭を蠢かせてにんまりと笑った。

「最近、よく来てるよな」

僕は礼を言うこともできずにびっくりして、床に落ちていた近くのお品書きに目を遣った。変更された様子はない。絡まれては面倒なので、僕は曖昧な相槌を打って受け流し、肩を支えていた硬い両手を振り解いて立ち上がった。

しかし先生は空気を読まずに、一段と大きな声で僕に言った。

「お前、人を殺したこと、あるのか」

僕は腹立たしさで顔が熱くなるのを感じた。散々暴れた上に人殺しでは変質者そのものだ。しかも事実と来ている。何の権利があってこの男は僕のささやかな日常をかき乱すのか。勿論、暴れた僕も悪い。しかしそれは僕と店の問題だ。見ず知らずのカーキ色のつなぎを着た髭男に人殺しをばらされる筋合いはない。せっかくこのカフェに相応《ふさわ》しい身形をしてきたというのに。僕は先生を睨みつけた。出鱈目《でたらめ》言うな。何故そんなことがわかる。

「どれだけ着飾ったって、身体に染みついた臭いってのはそう易々と消せるもんじゃねえ」

嘘だ。どうせ自ら手を汚す度胸もないくせに干渉したがる臆病者が僕のことを嗅ぎ回らせたに決まっている。これ以上は我慢の限界だったので、辛うじて、帰ってくれ、とだけ言った。出た声は怒りで震えていた。

「なんか厭な思いをさせちまったようだな」先生は、ごめん、と謝った。「臭いってのは、嘘だ。俺、昔軍にいたことがあって、そのせいだな」

店内が瞬時に色めき立った。光の戻った客の視線が一斉にこちらを向く。軍と聞いて何を思うかはそれぞれあろうが、快く思っている人は少ないだろう。

僕は壊した家具調度を弁償し、素寒貧で店を追い出された。先生もついてきた。目も当てられない状況に僕は脱力感を覚えた。これで借金生活に逆戻りだ。下手すると再び強制労働ということにもなりかねない。

歩き始めても先生はついてくるので、僕は投げやりに訊ねた。

「何処で調べた」

「何も調べちゃいねえよ。言っただろ、軍にいたって。時々チャンネルが合っちまって、何となくわかるんだ」

殺しの依頼を受けたからだ、と僕は思った。それで思考が無防備になってしまったのだろう。

ならば何故この男はあそこにいたのか。僕と無関係ならば、素面《しらふ》の人間があの場所にいる理由はない。あそこは妄想快楽に酔い痴れるための場所だ。先生は、そんなの単純な理由だと笑った。妄想カフェになる以前から常連だった。作品の構想を練るのはあのカフェと決めているんだ。

そんなことは関係ない。現在は妄想するための溜まり場となっている。もし今後も通うつもりならば、まずその軍人頭をどうにかするべきだ。

「薬を飲め。そうすれば頭の電極は溶けてなくなる」

「お前もな。完全に中毒患者だ」

「黙れ」

「俺は飲んだ。飲んで、軍のやつから市販の新しいやつに全て取り替えた。でも体質が変わっちまってな」

「傍《はた》迷惑だから人に近寄るな」

「そう邪険にするなって」

そう言って、先生は馴れ馴れしく僕の肩を叩いてきたが、態度が邪険になるのは軍人のせいであって、僕が悪いのではない。他人と自分の思考を一つにまとめて行動する小隊の構成員たる軍人は、僕からしてみれば、もはや人間ではなく、女王を守る蜂や蟻《あり》の類だ。人間社会の外側では幾らでも仲間同士で思考を同化してくれて構わないが、内側で生活したいのであれば体裁だけでも規則に従うべきだろう。すなわち、同意と交換だ。

情報を得るためには相手の同意を得なければならず、情報を得た分だけ自分の情報を与えなければならない。換言すれば多くの情報を得るには情報洋を深く潜らねばならず、潜ればその分多くの情報を提供することになる。だから妄想空間は深いところに存在するのだ。なのに同意も得ずに水面から深海に釣り糸を垂らすような真似をするから、軍人は嫌われる。同意を得ろ。そして与えろ。

先生もそのことを自覚していた。だから余計、僕に構ってほしかったのだと後で語ってくれた。しかしこのときはまだ先生は僕の先生ではない。単なる気色悪いおっさんだ。

僕は堪らなくなって先生の胸倉を摑み、消えろ、と脅しつけた。元軍人に効き目があるとは思えなかったが、こちらの意思は伝わったはずだ。それでも先生は意に介さず、胸倉にある僕の手を振り解くとふざけた調子で肩を竦《すく》めた。

「人殺しは怖い怖い」

「ふざけんな。それはこっちの台詞だ、糞軍人」

「そうだな。確かに俺は人殺しだ。だが俺は生存権を自ら放棄した人間しか殺してないし、そのとき俺の生存権も上官に剝奪されていた」

僕は、どうだか、と吐き捨てた。そんなのは軍人自身が言っているに過ぎず、幾らでも隠蔽《いんぺい》できる。

そう思うと途端に確かめたくなってきた。

「おい、戦闘員と非戦闘員とをどうやって見分ける。できるのか」

「簡単だよ」先生は自嘲気味に笑った。「見分ける必要なんかない。威張り散らしていれば奴らは勝手に生存権を放棄してくれる」

怖気《おじけ》が走った。誰だって他人の土地で勝手に振る舞う人間に、石の一つや二つくらい投げたくもなる。それで即戦闘員の仲間入りというわけだ。

「最悪だ」

「何言ってんだ、今更。調べようと思えばできただろ、簡単に」と先生は僕のポケットを指差した。「何処も彼処も情報やら真実やらと喚き立てているが、結局本当にそんなものを望んでいる人間は一人もいないってことだ。欲しいのは強すぎず弱すぎず、そこそこの刺激。だから感覚の麻痺《まひ》した奴しか有りつけない」

先生は、そうだろ、と同意を求めてきた。

階段を下りて駅のホームで旅客列車を待っている間も、先生はこびりついた垢でも落とすかのように喋り続けた。

「世界はいつだって複雑な在り様を曝け出している。けれど誰にもそれが見えやしない。にもかかわらず今も世界で誰かがそこから目を背けるように仕向け、誰かがそれを暴き立てているんだ。何のために、なんて訊くなよ。無論、刺激のために決まってる。たとえそこに利害関係が絡んでいたとしても、最終的に人間を突き動かすものは快楽であったり好奇心であったり焦燥感であったり憎悪であったり、とどのつまり刺激だ」

「だから唾を吐きかける民間人に風穴開けるような真似をするわけだな」

「そうだ」先生は一瞬だけ、苦虫を嚙み潰したような顔を見せた。「あそこは刺激が少なすぎた。刺激なしに刺激的なことをやり続けていれば、頭がおかしくなっても仕方ない」

僕もそろそろなのだろうか、と思った。何も思わず考えずに人を殺し続けていけば、そのうち狂っていくのだろうか。もしかしたら妄想空間に逃げ込むのも自己防衛反応なのかもしれない。

列車が来て乗り込もうとしたまさにそのとき、いきなり先生の手が僕の肩を摑み、引き止めた。

「ついてこいよ」

それだけ言って先生は僕に背を向けて通路へと歩き始めた。僕は無視して列車に乗ることもできたが、一本くらい遅らせても不便はなかろうということで背中を追った。先生は壁の、足元近くで口を開けた、金網が張られた通気口の前で止まった。そしてポケットから工具を出して、通行人が見ていても構わず、金網を器用に取り外す。外し終えると金網を脇に置いて、そこに身体を滑り込ませた。何だよ、と訊いても、いいから来い、としか返ってこなかったので、僕も仕方なく後に続いた。

錆びた梯子を下りると、そこは見覚えのある場所だった。風道だ。僕がそう呟くと先生は意外そうに、知っているのか、と言った。

「人を殺したときに」と僕は投げやりに答えた。「逃げ道として」

向かい風だったが、この風道はそれほど強く吹かなかったので、歩くには難儀しなかった。先生の他愛もない話を聞き流しながら右へ左へと曲がりくねった狭い管の中を進んでいると、床が湾曲して足元が不安定なせいか、不意に目が回って尻餅をつきそうになる。僕は壁に手を置いて時々平衡感覚を確かめながら、黙って先生についていった。

目的地も見覚えがあった。先生が、どうだ、と言わんばかりに両手を広げて眼前に広がる景色を示す。

「こんな場所があるなんて、知らなかっただろう」

林立した風車が回り、見下ろせばだだっ広い区画の隅には、模型のような大きさの青い防水布で張られたテントがあった。飛び降りたら骨折では済まされない高さだ。

「どうやって行くんだ」

先生はポケットから吸盤の付いた手袋を二組出して、そのうちの一組を自分の両手にはめ、もう一組を僕に渡した。管から両腕を出して発電区画の壁に手袋を貼りつけ、床を蹴って身体を反転させると、壁を滑るようにして降りていく。無事に下まで着いた先生は僕を見上げて、降りろ、と手を振った。

無茶だ、と思った。万一吸盤が壁から剝がれたら、そのまま床に叩きつけられて死ぬ。初めての挑戦にしては難易度が高すぎるだろう。

先生はそんな僕の気持ちに気づく様子もなく、髪をなびかせて手招きしている。それを見ているとむかっ腹が立ってきた。どうかしてあいつを殴らなければ気が済まない。僕は意を決して壁に張りつき、見様見真似で滑り降りた。やってみたら意外に簡単で、先生の顔を見ながら、殴るほどのことでもない、と思い直した。

発電区画は以前と変わらず強風が吹き荒れていた。両足で踏ん張ってないと身体が持って行かれそうになる。手袋を返すときも飛ばされぬよう慎重に行った。

「こんなところまで連れてきて、どうする気だ」

ここで身を寄せ合っているような奴らと話すことは何一つない。無宿者なんて人種は血染めの服を着ているときに、時々すれ違うだけの関係に過ぎない。

「随分と軍隊に興味があるようだったからさ。紹介してやろうと思って」

「興味なんかねえ」

「まあそう言うなって。人殺しには打ってつけだ」

それから先生は言い返す間も与えず、背中を丸めて青テントへと歩き始めた。

かあちゃまは僕のことなんぞまるで覚えてはいなかったが、先生を見ると目に涙を浮かべて抱きついてきた。先生は抱擁されている間、針金のような髪が顔に当たってうっとうしげに頬を引きつらせていた。それが終わってかあちゃまと顔を突き合わせると優しげな笑顔に変わっていた。

「どうしたんだい、お前さん」と言うかあちゃまの声は震えていた。「連絡もなしにいきなりかい」

ごめん、と謝る先生の声は至って冷静だった。そしてそのままの調子で先生はかあちゃまに、しばらく世話になる、と言ってから何やら頼み事をし、弾みでかあちゃまに快諾させた。僕が紹介されたのはその後だった。

「さっき店で遇ったばかりなんだけど気が合ってさ。名前は、まだ聞いてない」

僕は名乗らなかったし訂正もしなかった。意気投合したことにされてもおそらく害はない。かあちゃまは僕に一瞥をくれるとさっさと興味を失い、再び先生に熱い視線を向けた。

「しょうがない人だね、本当に」

かあちゃまが振り返って青テントの群れに向かって声をかけると、中からもさっとした男や女が続々と出てきた。彼らは身体を縮こまらせて、壁に並んだ管の一つに向かって歩みを進めていく。

「この人たちについていけばいいんだな」

「そうだよ。あそこが私たちの倉庫だ」

訳のわからぬまま先生と一緒に後を追い、倉庫と呼ばれる管の中に入ると無宿者たちは奥から重たげな缶を両腕に抱えて持ってくるところだった。先生はそれを見るや、足取り軽く駆け寄り、痩せ細った無宿者の女から缶を受け取った。

先生は運んできた缶を僕の足元に置いて、胸を張って言った。

「いいもの、見せてやるよ」

「見たくない」

「遠慮するな。暇のある日、言えよ。できれば夜」

明日以外は暇だったが、答える気にはならなかった。黙殺していると風によろめきながら入ってきたかあちゃまが、もったいない、と口を挟んできた。

「これを見るために、家一軒買えるだけの大金を叩く輩もいるのに」

「明夜はどうだ」と先生は僕に訊いてきた。「せっかくの縁だ。なるべく早く見せたい」

僕が返事をする前にかあちゃまが、それは急すぎる、と咎めた。

「お客さんが集まらないじゃないの」

しかし先生は全く聞く耳を持たなかった。僕が仕事だから無理だと主張してもだ。

「仕事、夜明けまではかからんだろ。だったら終わったら来いよ。待っててやるから」

まるで仕事内容がわかっているかのような口振りに、僕は記憶を掻っ攫《さら》われたのではないかと疑念を抱いたが、先生の仕草を観察しているとそれは杞憂《きゆう》に過ぎないようだった。考えなしに何となく発言しただけだろう。

結局僕は事の次第を何も知らされぬまま、いつの間にか参加する運びとなっていた。

だから客室係の制服を着て従業員出入り口から入るときも、エレベーターで昇っているときも、事前に渡されていた合鍵をドアに差し込むときも、何処かで先生を気にかけていたのかもしれない。実際に、銃を腹のたるんだ狸《たぬき》顔の男と、浮き出たあばら骨と目の下の隈が印象的な若い女に向けたときは、間違いなく先生のことを考えていた。

女の上に乗った狸男は見せられた画像の男と一致していた。名前も職業も知らない男との関係は一瞬で終わる。

後は引き金を絞るだけだ、と思った。

何も考える必要はない。刺激なしに刺激的なことを行うだけだ。

しかしこのとき僕はどういう思考回路だったのか、指を引き金から外して、そのままの状態の銃を狸男に投げ渡し、自らは懐の匕首を手に取った。

「撃てよ」

僕はゆっくりと重なり合った二人に歩み寄っていった。

しかし狸男は銃を構えることもできず、僕に刺されてあっけなく死んだ。

「名前を」と僕は女に訊ねた。「教えてくれ」

女は骨張った肩を震わせながら自分の名前を言った。違う、男のだ。女は男の名前を教えてくれた。だが、もう覚えてはいない。

僕は女を殺さずに部屋を出た。つくづく殺しには向いてない性格だと思う。名前を聞いたくらいで殺せなくなってしまうのだから。

僕は客室係の制服のまま、呼びつけられた場所へ向かった。袖口に血が付いていたが、それほどの量ではなかったので捲って隠した。すれ違う人にもバスの乗客にも怪しまれることはなかった。

オリガミに誘導されて着いた場所は、両岸に工場と倉庫を見渡せる、全く人気のない橋の上だった。そこにかあちゃまと、仕立ての良い背広を着た初老の男と、だらしなく襟元の伸びたシャツを着て髪と髭を無造作に伸ばした精悍《せいかん》な男が立っていた。先生はいない。かあちゃまに訊ねると、彼女は倉庫のほうへ指を向けた。

倉庫の壁からは、誰が見るのか知らないがオリガミの新機種を宣伝する広告映像が浮き出ている。

僕は思わず笑ってしまった。

目を凝らすと広告映像から透けて見える倉庫の壁面に、先生は虫けらのように張りついていた。

「何をしている」

と訊くとかあちゃまが目印を付けていたのだと言った。本番はこれから始まるらしい。

先生の目の前に、まるで無重力の中を慣性で進んでいるかのような羽付き自転車が流れてきて、その本番とやらは始まった。先生はそれを止めないよう器用に飛び乗る。そしてあらかじめ先生の周囲に配置されていた無宿者の一人から、自分の背丈の倍はありそうな筆を受け取った。先生は羽付き自転車を反転させると、筆の穂先を倉庫の壁に置き、すうっと走らせた。賑やかな広告映像の向こう側に真一文字の赤い線ができる。

僕は、先生の所作の優美さと赤い線の鮮やかさに、目を奪われた。

線を引き終えた先生はそこで待ち構えていた無宿者に筆を渡し、別の筆を受け取った。そして反転させ、今度は斜めに線を入れる。黄色い線が浮かび上がると同時に先生は筆と自転車を捨て、再び壁に張りついた。両手と両膝の吸盤を使ってよじ登っていく。見れば先生の右斜め上方を、羽付き自転車が先生の真上に向かって、緩やかに滑空していた。

今度はその自転車に乗って、先生は色とりどりの線を引き始めた。線は重なり合い、色は混じり合い、巨大な壁面に一枚の絵が徐々に見えてくる。それが広告映像と相俟《あいま》って、何とも言い難い味を出していた。

壁に描かれた絵が、背後から首筋をかっ切られて、血を噴いている人間だとわかる頃には、僕はすっかり先生と先生の描く絵の虜《とりこ》になっていた。隣にいるかあちゃまはうっとりした溜め息をつく。ふと気になって二人の見物客に目を遣ると、彼らも僕と同様、口を閉じることも忘れて先生の動きに見入っていた。

絵が完成すると、いつの間にかそこには誰もいなくなっていた。先生も無宿者たちも舞台から消え、朝焼けの光が届かぬ地面で影となっている。かあちゃまが拍手し、二人の見物客も拍手を始めた。僕はそれで我に返り、大きく息をして疲れた脳内に血液を送り込んだ。

僕は絵を見つめ、捲った右袖に左手を添えながら、故郷を出た日のことを思い出していた。稔が人馬喰を殴り殺した日のことだ。あの夜は今日のように明るくはなかった。まるでヘドロに沈んでいくような、闇が纏わりつくような夜だったと記憶している。しかし今夜と同様、恍惚《こうこつ》感に満ちた夜だった。

破壊する行為も創り上げていく行為も、その衝撃の大きさは変わらない。どちらも僕の目を釘付けにし、魅了して止まない。だが不思議なことに、終わった後の印象はまるで異なる。顔の潰れた死体には、あの絵のような余韻はなかった。風道にこびりついた埃のように、むしろ忌むべき存在に成り下がっていた。美香子が探すようなことは絶対にないだろう。

この日以来、僕は無宿者と一緒に、先生の作業を手伝うようになった。手伝うようになって初めてわかったが、補助する無宿者たちもなかなかのものだった。自転車を出す人間、塗料の入った缶を開ける人間、筆先に塗料を付けて渡す人間、筆を受け取る人間、彼らの連携に少しでもずれが生じると、先生の作業が滞ってしまう。先生の優美な動きは彼らが支えていると言っても過言ではなかった。

何故無宿者たちの統率がこれほど取れているのかとかあちゃまに問えば、奴らのほとんどが元志願兵、或いは軍人適性試験でいいところまで行ったことのある人間だからだという答えが返ってきた。つまり普段は用を足す場所すら守れない手合いのくせに、その実、元々は選良だったのだ。だから複雑な手順を覚え、彼らの動きについていけるようになるまでは、僕は単なる荷物運びとしてしか機能していなかった。

それでも僕は満足だった。本来大金を叩かねば見ることのできない先生の創作活動を間近で鑑賞でき、作品完成の瞬間に立ち会えるからだ。どれだけ小汚い輩にこき使われようと、我慢を補って余りあるものを得られる。喋る前から共同部屋の美香子は僕を羨ましがった。喜びと感動がだだ漏れだったようだ。

創作活動は必ず真夜中に行われた。勿論、これ自体が違法だからということもあったが、理由は他にもあった。無宿者の多くが治安契約を結んでないため、昼間動くと危険だからだ。つまり加害者が罪に問われるか否かにかかわらず、元より彼らには生存権が保障されてないのである。怪我を負おうが殺されようが、国家が彼らのために行動する義務は何一つない。だからわざわざ人の寄りつかない強風区域にテントを張っている。

「治安契約を結べばいいじゃないか」

と言ってみたことがある。見物客から巻き上げたカネがあれば充分可能だ。だがどれだけ勧めても彼らはお茶を濁すばかりで、決して治安契約を結ぼうとはしなかった。

その頑なな意地は罪悪感の裏返しであるようだった。あるとき、無宿者の一人がこう漏らしていた。「払ったカネが外国の驚異とやらのために使われるなんざ真っ平御免だね」

実際に手を下してきたのだから、そう思うのも仕方ないのかもしれない。

「潔癖性なのかもしれないがな」別の無宿者は別のときに、襟元の黄ばんだシャツで汗を拭いながら、冗談めかして肩を竦めていた。「まあ契約なんぞ結ばなくても、ここでは楽しく暮らせるってことだ」

尤も、偽造通行証で東暁に入り身分をカネで買った人間でさえも、そこそこ生活していけている。まともな定職に就けず東暁で起業するという夢も破れたところで、もはや感傷にひたる気にもならない。東暁の外での生活のことなんか、すっかり忘れていたくらいだ。ならば自らの保障なんぞのために出す他人の犠牲を馬鹿らしく感じても、格別不思議でもなかろう。

先生の創作活動を手伝うようになり僕の妄想中毒も幾分治まるかと思ったが、それどころかますます酷くなっていった。先生の絵から享受する快楽は仮想空間で脳に直接送り込まれる快楽と全くの別物であるようだ。先生は僕が妄想部屋に入り浸ることを嫌い、カフェで遇えば必ず僕の邪魔をした。しかし僕は薬で繋ぎ止めなくては妄想と現実の境目があやふやになるくらい、妄想に没頭し続け、ずるずると時は過ぎていったのだった。

絵を探す必要が減ったことから共同部屋に行く頻度も少なくなっていた。何故なら、美香子は相変わらず、そこに行っては開いた戸から漏れてくる僕の思考をごっそりと浚っているようだったが、僕には美香子の記憶を覗き見る理由も、殴って鬱憤を晴らす理由もなくなったからである。過去の先生の作品も暴力プレイも嫌いではないが、創作過程を鑑賞することを知った今では、何処か物足りなさを感じざるを得なかった。

だからいきなり美香子が、風が吹き荒れる地下の発電区域を訪ねてきたときには、大層驚いた。正直に言えば、自分の領域に踏み込まれて少し苛立った。

「誰に聞いた」

「誰にと問われれば、君自身に」僕が視線で咎めても、彼女は気に掛けずに言った。「だって、最近全然来てくれないじゃない。幾ら呼んでも無視だし。厭だったら逃げ回ってないで、そうはっきり言いなさいよ」

確かに彼女から連絡が来てもずっと無視していたのは事実だ。散々殴り、利用しておいて、もう必要ないから連絡するな、と直接言うのは流石に気が引ける。だから、自然消滅を期待して先延ばしにしてきた。後回しにしていた面倒がここに至り、まとめて襲いかかってきたような気分だった。

兎に角来て、と彼女が言うから、僕は次の創作活動の支度をしながら、久しぶりに共同部屋に足を踏み入れた。

そこは足の踏み場もないくらいに散らかっていた。本やら雑誌やらが平積みにされ、古くて小さなテレビやらラジオやらが何台も壊れて中の部品を露わにしていた。僕が手に取った雑誌には、文字化された僕の記憶が画像入りで載っていた。

「なんだ、これは」

「君が来ないから整理できなくて困ってるの。わたしのと君のとを分別したいんだけど、こうなるともうお手上げ」

僕は持っていた雑誌を床に捨て、別の雑誌を拾った。捲ると彼女のここ数日の行動がやはり画像付きで記録されている。

壁も僕と彼女に関する情報の書かれた張り紙で埋め尽くされていた。そのうちの一枚に手で触れると、映像が浮かび上がり、けたたましい音量で数日前の彼女のとりとめのない思考が垂れ流された。サンドウィッチのパンと具の割合だとか、同級生の髪型だとか、僕に会えないことだとかを、部屋が揺れるような音でだ。正直参った。彼女は、頭を殴られたような痛みを堪える僕を見つめ、赤面した。

僕は現実世界で、塗料の調合を行いながら共同部屋の自分の記憶や思考を整頓《せいとん》し、消去した。楽なものだった。念じるだけで消えてくれる。休憩中に彼女の本を斜め読みして、何の用で彼女が僕を訪ねてきたのかを探りもした。その限りでは、彼女の頭の隅にはいつも、迷いや悩みが引っ掛かっているように感じられた。

部屋が大方片づき、部屋に用がなくなったところでようやく彼女は切り出した。

「会ってほしい人がいるの」

まるで結婚相手を親にほのめかすかのような口振りだった。

「厭だ」

「お願い」

「何故」

「頼れるの、君しかいないの」

「親がいるだろう、親が」

「その親のことなの」

　美香子の両親は彼女が五歳のときに育児放棄したらしい。国と育児代行契約を結んだのだ。だから彼女はずっと役所から派遣された社会福祉士や家政婦に育てられた。そこへ寝耳に水の養子話が舞い込んできた。持ち込んだのは彼女の両親だ。成長するにつれて膨れ上がる代行契約料金が負担になったのだという。養子縁組がまとまれば両親は負担から免れるだけでなく、契約料や謝礼も手に入る。勿論、張本人である美香子にもだ。そしてこれは、美香子の成長によって地方自治体からの支援が打ち切られる社会福祉士にとっても好都合なのだと、美香子は言った。

　だから美香子は事前に面会したという社会福祉士の、いい人だ、という言葉をどうにも信用できないらしい。一緒に会って、人の親に相応しいか判断してほしいと頼んできた。

「一人じゃ不安だから。いいでしょ」

「もししょうもない奴だったら、お前はどうなる」

「自立するか、東暁を追い出されて施設行きか」

美香子が何歳なのかは知らないが、おそらく僕とあまり変わらないはずだ。自立できないようには見えない。僕はふと香里を思い出した。

貧しさゆえに口減らしに家を追い出されることと、カネはあっても養育費を出し惜しみすることとの間に、結果的な違いはない。どちらがより気の毒かといえば、美香子よりは香里だろう。しかし僕は美香子に深く同情した。

「どんな奴か、見るだけなら」

と僕が言うと、彼女は現実世界でも仮想空間でも、顔を綻ばせた。

美香子の両親候補とは、喫茶店で対面した。会ってすぐに後悔した。彼らの隣に社会福祉士がいたからだ。社会福祉士は友達と紹介された僕を舐めるように見て、あからさまに訝っていた。

両親候補は挨拶を済ませると早速美香子の機嫌取りに、縁が薄桃色の可愛らしい時計を贈り物として彼女にあげた。二人で相談し、悩んだ末に買ったのだという。気に入ってくれるといいのだけれど。どうやら流行りものらしく、彼女は大げさに喜んでみせた。が、むしろ負担になっていることが僕には見え見えだった。

「今のような暮らしはさせてあげられないけど」と母親候補が口を開いた。「でも苦しませるようなことは絶対にしないわ」

実際、身形は立派だし、仕草は上品だった。妄想カフェの近くですれ違うような類の人間だ。いつも前を通るのに、戸の向こう側がどのような有様か知ろうともしない。見たくないものを見ないで生活できるのであれば、きっと幸せだろう。僕ならば二つ返事で養子になる。いい人じゃないか。僕は両親候補に笑いかけ、共同部屋の中で正直な感想を言った。

「確かにいい人そう」

美香子は床に座り頭を抱えて、言った。明らかに躊躇っている。ぼこぼこに殴って無理矢理養子になることを選ばせる手もないではなかったが、そこまでしてやる義理もなく、僕はただ素直な感想を言うに留めたのだった。

「何が不満だ。料理屋の酌婦よりはずっとましだろう」

「シェイラ、意味不明」美香子は顔を上げて苦笑交じりに僕を見つめた。「いつの時代の話を言ってるの」

喫茶店では社会福祉士が話をまとめようとしていた。これほど素晴らしいお父さんお母さんはなかなかいない。手前味噌になりますが、こちらはよく出来た娘さんです。しかし結局、今ここで決めるのは性急だということで、近いうちに親子候補水入らずで会うことになった。そのときは喫茶店ではなくて遠出をするとよい。そう社会福祉士は言い残して、両親候補と一緒に店を出ていった。

その後でも、僕たちは会話を共同部屋で行った。

「あの社会福祉士も言ってたが、もう会わないからな」

「だったら今決めて」

「ふざけるな。お前の問題だろう」

「だって、わかんないんだもん」美香子は下唇を突き出して拗《す》ねてみせた。「悪い人たちじゃなさそうだけど、何か息苦しい感じがしたし」

当然だ。現実に他人と暮らすのだから、多少の息苦しさは我慢しなければならない。こんな仮想空間で、僕とだらだらしているのとは訳が違う。

美香子は考えることが面倒になり、どっちでもいいや、と投げやりに寝転んだ。

「次会って、欲しいの買ってくれたら養子になっちゃおうかな」

僕は、そう能天気な言葉を放った後でぼそりと、親にカネが行くのは癪だけど、と呟いたのを聞き逃さなかった。

僕たちは共同部屋に居残ったまま、現実では喫茶店を出て別れた。共同部屋にも用はなくなったが、何となく美香子の傍にいてやろうと思った。しかし妄想快楽を享受するまでの間だけだ。僕はその足で妄想カフェへと向かったが、美香子にそれを咎める気力は残されておらず、よって僕も彼女に暴力を振るうことはなかった。

カフェの前で共同部屋との接続を切ると、先生が戸を開けてカフェに入っていくところだった。また僕の邪魔をしに来たのだ。いないとわかればすぐに出てくるだろう。それまで物陰に隠れて待っていよう、そう思った。しかし先生はなかなか出てこなかった。

待てども出てこない先生に痺れを切らした僕は、入ることに決めた。目立たぬようこそこそしていれば見つからないかもしれない、という期待を抱きつつ重い戸を引く。先生は奥から二番目の席でテーブルの上に紙を広げ、何やら書き物をしていた。作品の構想だ、とすぐにぴんと来た。僕は先生の脇を通り過ぎ、一番奥の席に先生と背中を合わせるようにして腰を下ろした。

いつものようにコーヒーが来たところで妄想に取りかかろうとしたが、ふと思い立ってその前に振り返ってみることにした。肩越しに覗いても先生は穴が開くほど紙面を見つめながら縦横無尽に鉛筆を走らせていて、僕の存在にはまるで気づかなかった。

これが大きな花を咲かせる種なのか、と僕は感動で打ち震えた。

それから僕は邪魔しては悪いと向き直り、妄想に没入した。快楽部屋に入って接続し、ガンガンに決めた。普段よりも長い時間決め、現実世界ではいつもより多く薬を飲み、それでも妄想が現実を侵食する寸前まで部屋にいた。妄想を終えると、少しくらくらするくらい頭の中がすっきりしていた。接続を切ってからも現実に立ち返るまでに、幾らかの時間を要するほどだった。鼻から吸った息が脳天まで突き抜けるような感覚を覚えつつ僕が席を立つと、後ろの席に先生はもういなかった。

店を出たところで先生の背中が見えた。追って声をかけた。先生は振り向き、特に隠すことはしてなかったはずなのに、ばつの悪そうな顔をした。

「お前、またらりってやがったのか」

「真後ろの席にいたから、図面が見えた」

このとき先生の絵が見えなければ、水神ビルに絵を、なんて毛頭思わなかったわけだから、死ぬこともなかった。あんなでかい壁に夜明けまでに描ききれるわけがない、と諦めて終わりだったわけだ。当然、客人が僕の死について推理を巡らし、白を訪ねることもなかった。

「これは飽くまで想像でしかないのですが」と断って客人は自説を披露した。「あなたの兄である蓮沼健は政治的な主張なんぞ持ち合わせてはいなかった。だからあのクラゲリラが社会批判的な意味合いを有しているとは考えません。あれ自体には意味はない。ただ蓮沼健が最も描き慣れている絵だから描いたに過ぎないと考えます。では、何が意味を持つのか。それは水神ビルに絵を描いたこと自体、そしてビルが崩れ落ちて絵が破壊されたこと自体です。蓮沼健は自分の師匠に当たる人物から、創作過程も芸術になり得ることを学んだ。ならば、破壊によって完結すると考えてもおかしくない。だから蓮沼健は最も崩れる可能性の高かった水神ビルを選び、自らの死、すなわち自分自身を破壊することを以《もっ》て、芸術を完結させた。違いますか」

真紅の鷺の手によって東暁全体がすり鉢状に沈んだ日、最も深く窪《くぼ》んだところが水

第四部

真紅の鷺

神ビルのある場所だった。その深さは、もしビルが崩れずに建ち続けていられたとしても、上階の半分しか地上に出ないほどだったという。無論、それだけ落下しても崩れないくらい頑丈な建造物なんぞ、あるはずもない。尤も、これは僕が事前に被害状況を知ることができた、或いは予測できたことが前提となる。

実際僕は、あのビル周辺の被害が最も大きい、と明美から聞かされていた。だから崩れることを見越してあそこに絵を残したのは事実だ。しかし、そんなもののために命を賭《と》すほど僕は狂ってはいない。死んだのは純粋なる、へまだ。というよりは、それまで死なずに済んでいたこと自体が幸運だったのだろう。

ある日突然東暁は沈み、僕は死んだ。それだけでは駄目なのだろうか。絵を描いた理由なんて、死んでしまった今は僕自身ですら定かではない。

白は、何やらようわからんが、と前置きをしてから客人に言った。

「そねえに知りてえならあ、兄の記憶を一遍見てみるかいね」

「持ってるんですか」

「ああ」

「どうやって手に入れたんですか。マニアが血眼になって探しても、情報洋にはカスしか残ってなかったのに」

「兄のオリガミを持っとるけえねえ」

「そんな物があったとは」客人は目玉を引ん剝いて白を見つめた。「何故、いや、誰が持ってたんですか」

「兄の知り合いじゃあ。これでも一応遺族じゃけえ」

「どんな人でしたか」

「よう肥えたあ女じゃったあ」

客人は立ち上がり、オリガミを取り出して手のひらで弄んだ。

「記憶があるなら初めから見せて下さればいいのに。意地が悪い」

「残念ながら、兄の人生は決して他人様に誇れるようなもんでのおてなあ」

白はぐるりと部屋を見回し、兄の記憶はこの中に入っている、と言った。仮想空間から現実にそのまま移設したような部屋の青い明かりが、白の気分に呼応して暗くなる。

客人は白の背後の壁にある接続口まで歩み寄り、部屋との接続を試みた。

「一応訊きますけど、本当に洗脳されたりしないでしょうね」

白は質問には答えず、ただ不敵に笑ってみせた。それが客人の疑念を煽った。

「何故お兄さんのオリガミ情報を見せる気になったのですか」

「何となくじゃあ、いけんかいね」

「納得できません」

「ふうむ」白は腕組みをし、紺色の壁に白い斑点《はんてん》が浮かび上がる。「あんたじゃったらあ、兄の気持ちを汲《く》んでくれるう思うて。それだけじゃ」

確かに客人の推理は的外れなものだったが、着眼点は悪くない。こいつだったら僕のひねくれた性格を理解してくれるのではないか。少なくとも全くわかろうとしない白よりはましなのではないか、と思った。尤も、わかったところで僕の魂が浮かばれるわけではない。そんなことを願うには、僕は人を殺しすぎた。


僕は先生の創作活動を一人前に補助できるようになっても、人殺しを続けていた。もう殺しをしなくても一人で暮らしていくには困らないだけの分け前を、かあちゃまから貰っているにもかかわらず、である。大義どころか、効用も依頼主もわからぬまま始末し続けているくせに、気づかぬうちに組織の末端に組み込まれているような感覚になっていて、抜けると言い出せずにいたのだった。偽造通行証と他人の身分証でここにいるのだから、組織に庇護してもらわねばならぬのだと、自分自身に言い聞かせていた。

日雇いの仕事もなるべく入れた。建築モジュールの交換や地下水脈工事といった過酷なものを進んで選んだ。その分、妄想カフェに行く回数は減ったが、行けば長く入り浸るようになった。酷いときは開店から閉店直前までだ。

エネルギーパネルの取り換えは夜からだったので、カフェから現場に向かった。夕闇の東暁は霧で白く濁り、その中を勤め人が、まるで蠅の腹を潰して見えてくる蛆虫《うじむし》のようにわらわらとビルから湧き出て、集まり、巨大な一塊になって流れを作っていた。僕はその緩やかだけれど暴力的な流れに、どうにか飲み込まれないようにしながら逆らい、同じように逆らっている日雇いを探しては彼らの背中に引っついて掻き分けてもらい、進んでいった。人避《よ》けに使った日雇いの中には、これから無宿者狩りだ、とか、若いほうが売れるけれど狙いは年寄りだ、とか、物騒なことを笑いながら語り合っている者たちもいた。一応かあちゃまに伝えておこうかと考えもしたが、余計なお世話だろうと思い直した。というよりは人ごみに揉まれ、思考をオリガミに接続させる余裕すらなかったのだ。そんな中で果たして目的地は見つかるのかと若干不安になったが、近くまで行けば目的地はすぐにわかった。そこだけ建物を取り巻く広告映像が消え、黒い肌を剝き出しにしているからだ。僕が着いたときには、建物の裾で点呼と作業着の受け渡しが行われていた。早速僕も列に並び、作業着を受け取ったが、ヘルメットは足りないということで貰えなかった。

四人がかりで地面に置かれた巨大なパネルを起こして運び、クレーンの先に引っ掛けるまでが僕の仕事だった。周囲の建物から漏れる明かりを頼りに、パネルの裏表と上下を判断するのだから結構重要な役回りだ。ここで間違えれば、全て終わった後で全部張り替えなどということになりかねない。

僕と他の三人は、声をかけ合い、黙々と作業を続けた。僕以外の三人は知り合いのようだったが、必要以上は喋らなかった。パネルの方向を確かめて、二人ずつでパネルを挟んで起こし、運び、クレーンに吊《つ》るす。その単純作業を夜の間、何往復も行った。

東の空の千切れ雲が紅く染まりだした頃、僕と一緒の方向からパネルを持っていた男が手を滑らせてパネルの下敷きになった。僕はパネルが傾いてきたとき、咄嗟《とっさ》に身を翻して避けたので、助かった。僕は自分が手を放したせいで事故が起こったのではないかと、しばし呆然となり、下敷きになった男を見下ろした。助けるぞ、という反対側からパネルを支えていた男たちの叫ぶ声で正気に戻った。

男は気を失っていた。僕たちはパネルを持ち上げ、男を引き摺り出した。一人が男の腹に手を当て、内臓が破裂しているかもしれないと言った。倒れてきたパネルの角に当たったのだろう。騒ぎを聞きつけてやってきた現場の責任者は恨めしげに僕たちを睨み、それから救急車を呼ぼうとする日雇い労働者の一人を怒鳴りつけて止め、同僚に病院を指定して、そこまで車で運ぶよう指示した。

僕たちは事務所に呼ばれ、責任者に状況を報告するよう言われた。しかし僕は最も近くで男を見ていたはずなのに、男の様子なんぞまるで覚えてなかった。運んで吊す、という単純作業に気持ち良くなっていたからだ。責任者は僕の説明を聞くと、虫の死骸でも見たかのような顔をして舌打ちをした。

「あいつはいつも仕事しながら妄想するくらい、重度の中毒者でした。今回も妄想に気を取られて手を滑らせたのだと思います」

と僕の反対側からパネルを支えていた男のうちの眼鏡をかけているほうが言った。もう一人の鼠のような出っ歯も、前にもこういった事故を起こしかけたことがある、と付け足す。それを聞いて責任者は若干安堵した様子で、そうか、と頷いた。

もし本当に妄想が原因で男が事故を起こしたのだとすれば、僕も同じようなことを起こす可能性があるということだ。日雇いの仕事を妄想しながら、ということはまだないが、先生の創作活動の下準備のときには、よく美香子をあっちで殴りつけている。ただ言い訳にもならないだろうが、快楽を享受するときはカフェで、と決めている。

僕たち三人が事務所から解放されたときには、太陽はほぼ真南にまで来ていた。

「災難だったな」と眼鏡が言った。「あいつとは誰も組みたがらなくてな」

「忘れろって」出っ歯が慰めるように僕の肩を叩く。「友人として飯をおごらせてくれ。迷惑料だ」

「その友人が怪我したってのに、心配しないのか」

僕は眼鏡と出っ歯に目を遣り、何となく三人の関係が気になった。日雇いは、しかもエネルギーパネルの交換などという力仕事は、友達同士でわいわいしながら申し込む類のものではない。偶然三人が同じ仕事に申し込んだ、或いは事故を起こした一人だけが偶然だった、とも考えられるが、見ているとどうにも申し合わせているような印象を受けて仕方なかった。

僕たちは出っ歯の見つけた手近な定食屋に入った。そこで眼鏡が世間話をするように言った。

「最近、雨降らないよな」

出っ歯が相槌を打ちながら、オリガミを開く。もう一月以上降ってない。僕は驚いた。そんなに降ってないのか。実感として受け止めているわけではないが、水不足は何だかやばそうだ。水はあらゆる場面で必要だと、龍と呼ばれる老人に聞いたことを思い出した。今さっきまで運んでいたエネルギーパネルの維持にもだ。だが、まさかそういった事態には陥るまい。そうでないと、ビルの最上階でふんぞり返っている龍の存在意義がなくなる。

楽観的な僕とは対照的に、眼鏡は最近の地盤沈下事故の多さから、水不足は深刻だと分析した。

「これは要するに、地下水脈にまで手を付け始めてるってことだろう」

検索してみると確かに地盤沈下による事故は増えていた。

そんな馬鹿な真似をするはずがない、というのが出っ歯の意見だった。学のない日雇いだって、地下に手を付ければやばいことくらいはわかる。識者ならばなおさらだろう。

「ならば多発する地盤沈下をどう説明する」

僕は返答に窮する出っ歯を見ながら、地盤沈下が増えていることに気づかなかった自分について考えていた。知ろうともしなかった。知っていたとしても、眼鏡の説明を聞くまで何も思わなかっただろう。これが先生の言っていた、刺激というやつか。

ぼんやりしていると出っ歯と視線がかち合った。出っ歯が愛想笑いをして目を逸《そ》らす。その一連の仕草を僕は何処となく怪訝に思った。テーブルに視線を落とし、もう一度顔を上げる。今度は眼鏡が僕を観察していることに気づいた。眼鏡は僕が顔を向けても表情一つ変えずに、僕を見続けていた。

「お前ら、はめたな」

出っ歯が口を開こうとするのを眼鏡が制した。

「はめてない。はめるような罠も計略も持っちゃいないよ」

ならば何故僕にそのような目を向けるのか。僕が彼らと組んでパネルを運ぶことも、事故も、ここで一緒に飯を食べることも、全て仕組まれていたのではないか。いや、それ以前に、僕がこの仕事を選ぶこと自体も仕組まれていたのではないのか。僕は冷徹に観察を続ける眼鏡を睨みつけた。

しばらく無言で僕と眼鏡の視線がぶつかり合い、出っ歯が緊迫感に耐えきれなくなったように口を開いた。

「あの事故はわざとじゃねえって。貴重な同胞にあんな大怪我負わせるなんて考えらんねえよ」

「てことは、事故以外はそちらさんの計算通りってことか」

「そんなことはない。むしろ予想外だった」眼鏡はずれた眼鏡を上げて言った。「まさかお前が現れるなんて」

僕のことを知っているような口振りだ。気に食わない。僕はこいつらのことなんか全然知らない。殺し関係かとも思ったが、そういった人間が日雇いで汗を流すとは思えなかった。

「手前ら、何者だ」

「まあそれは飯を食ってからにしよう。おごると言ったが、これに裏はない」

僕たちはそれから一言も言葉を発さずに黙々と飯を食い、奴らにカネを払わせて外に出た。眼鏡の先導でしばらく歩き、人気のない公園に入っていった。

出っ歯が周囲をきょろきょろと眺め回し、近くに人がいないことを確認して言った。

「真紅の鷲って知ってるか」

僕は、ああ、と思った。まさに、ああ、だ。それ以外の感想はない。

「で、その犯罪集団が何の用だ」

「冷たいな。前は協力的だったと聞いているが」

「前は前だ。状況が違えば態度も変わる」

「そりゃそうだ」と眼鏡は笑った。「こっちも前とは状況が違うんだ」

「早く言え」

「だな、時間を取らせちゃ悪いね、蓮沼健君」

僕は心臓を鷲掴みにされたような心地になった。しかしそれを面に出してしまうほど、僕は愚かではない。表情を変えぬまま黙っていることくらいはできた。

眼鏡は僕の反応を充分に観察し、言った。

「あんた、殺し稼業やってるよな。主義主張問わずの」

「ああ、だが客は豚みたいな成金か政治家だ。だから空から農薬ぶち撒けるような悪《いた》戯《ずら》馬鹿に用はねえ」

「それが最近うちの頭目が替わってね。その方がちょっと過激な考えをお持ちで」

「厭だ」聞くまでもないことだった。「確かに誰でも殺すが、お前らは別だ。龍にばれたらただじゃ済まないからな」

僕が殺すのは水資源に集《たか》る蠅どもの利益を損なわない限りにおいて、だ。水を公共資源と考える連中に加担できるわけがない。

「そう、あんたがいつもしてる仕事より随分危険だ。だからこちらもいろいろと考えた。報酬は何が喜ばれるか、ね」

「無駄だ」

僕は身体の向きを変えて、来た道を引き返す。

「弟、白君だったかね」眼鏡が僕の背中に言った。「仕事を引き受けてくれたら、白君の視力と聴力を報酬にしようと思っている」

「本当か」僕は振り返って歩み寄る。「お前じゃ信用ならん」

「本当だ。昨夜、仕事前にあんたを発見したとき、上の了承を得た」

眼鏡はその会話の録音を僕に聞かせた。嘘ではなかった。

「もし引き受けなかったら」

「安心しろ。これは脅しじゃない。重ねて言うが、我々は同胞を傷つけるような真似はしない」

　この言葉は僕の最後の気力を奪った。同胞と聞かされてはもはや何の抵抗もできない。僕は神妙に彼らに従うしかなかった。

　日時と標的は追って知らせると言い残して、二人は去っていった。僕は残された。白のことを聞かされたせいか、僕は今の自分を酷く孤独で惨めな存在のように思え、噴水の舞い上がる池に群がる男女や親子に、無性に腹が立った。水不足だということも知らないで馬鹿みたいにはしゃぎやがって。池に突き落としてやろうか。

　肉体も精神も疲れ果てていたが、そのまま帰って寝る気にはならず、かといって妄想カフェに行く気にもならなかったので、僕はその足で風道に潜った。

　僕はしばらく知らない場所をうろうろと歩き回って心を落ち着かせ、補助通路を使って風道から風道へと移動を繰り返した。見覚えのある場所に出ると、足は自然と強風発電区域に向かった。

倉庫では無宿者たちが先生の描いた図面を床に広げ、塗料の調合や自転車の点検を行っているところだった。いつもやたらと大声で指揮しているかあちゃまの姿がない。せわしなく動き回っている無宿者の一人を捕まえて訊くと、かあちゃまは外でごみ拾いをしているという話だった。裏側の汚れは表側から、というのが彼女の信条なのだと無宿者は言った。

「それは随分と殊勝だな」

するど聞いていた別の無宿者が塗料を零しそうになりながら、けたたましい笑い声を上げた。

「殊勝なことあるもんか。あいつはな、金貸しに行っただけだ」

ごみ拾いなんかに集まる連中は大抵カネに困っている。そいつらに高利で貸しつけてむしり取るだけむしり取って、首が回らなくなれば別の貧乏人を紹介させる、のだそうだ。

糞だ。言葉には出さなかったが、顔には出ていたのだろう。無宿者は真顔になって、何が悪い、と吐き捨てた。

創作活動の準備が粗方終わり、塗料の空き缶を片づけているときにかあちゃまは戻ってきた。缶を放り捨てて振り返った僕はぎょっとした。かあちゃまは目を覆い隠すくらい大きなあざを作り、口の周りにはこすった血の跡をべったりと付けている。そして針金のような髪からつま先に穴の開いた靴まで、全身がびしょびしょに濡れていた。無宿者たちはまるで獣から逃げてきたかのように息を切らして肩を上下させるかあちゃまに駆け寄り、何も言わなくても見ただけで一切を悟ると、着替えを用意し、怪我の手当てを始めた。

「何があったんだ」

と僕が訊けば消毒中のかあちゃまは顔を歪めて、拭く布を持ってきた無宿者が忌々しげに、糞餓鬼だ、と言った。最近大人から、この地域に住む無宿者のほとんどに生存権の欠損があると聞いて、集団で暴行するようになったらしい。特にかあちゃまのように容姿の目立つ無宿者は恰好の標的となり、見つかればこの有様だ。もう何人も被害に遭い、命を落とす者も出てきているのだと、その無宿者は吐き捨てた。

「警察は動かないのか。人殺しは罪だ」

「動いても所詮俺らはモノ扱いだ」

それでもかあちゃまは表のごみ拾いも金貸しもやめない。果たしてそれが、本当に生きていくためなのか、僕には甚だ疑問だった。たとえ危険であっても、少しでも表の世界と繋がっていたいのではなかろうか。金貸しはそのための方便に過ぎないのではないか。そう考えるほうが、僕には自然なように思えた。

このときに準備した創作活動は、それから五日後に行われた。見物客は五人。いずれも職業、年齢ともに不詳、うち一人は性別すら判別できなかった。全身から怪しさを醸し出しているような奴らで、かあちゃまが受け取った現ナマは何処で作ってきたのかと疑いたくなるほど、皺くしゃで薄汚れていた。かあちゃまはこびりついた乾いた泥を落として偽札でないことを確かめると、こちらに合図を送った。

この日も先生の創作活動は大胆且《か》つ優美であった。先生は僕たちの点検した羽付き自転車に乗って、僕たちの手入れした筆を振り回し、一面にエネルギーパネルが張られた深緑の壁に色を付けていく。僕は先生から筆を受け取り、壁に張りついて次の配置に移動しながら、生存権について考えていた。生存権を放棄したからこそ、無宿者は法の枠を飛び越えることに躊躇いを持たず、先生の影となる。優雅に舞う先生の傍らには、常に数人の無宿者が寄り添い、先生と同じように舞っているのだ。僕は遠くで作業を見守る米粒ほどの大きさのかあちゃまに目を遣り、込み上げてくる奇妙な感慨と共に目を逸らした。

数日後、僕は辛うじて欠損のない生存権を享受している連中と一緒になって、その壁に張りついていた。落書きされたことを受けて、持ち主がエネルギーパネルを全て取り替えることにしたのだ。僕は仕事場がそことは知らずに、ただ真紅の鷲に言われるがまま日雇いを申し込んだのだった。

眼鏡と出っ歯は僕を無視し、他の人間と組んでパネル運びの仕事を選んだ。僕は彼らと接触を持たないほうがよかろうと思い、壁に張りついてクレーンで上がってきたエネルギーパネルを接着剤でくっつける仕事に就いた。

これは、社員が安全な場所から操作するロボットの下で働くという、不快極まりない役割だった。ロボットがパネルと壁との接合面に接着剤を塗り、貼りつけ終えると、僕たち日雇い労働者が巨大なこてをパネルに押しつけて微妙な修正を加え、ロボットに向かって作業完了の合図を出す。すると無言のロボットが次の面に接着剤を塗り始める。ひたすらこれの繰り返しだった。人と声を掛け合って、パネルを運ぶほうがずっと楽しい。

太陽が東の空に昇り始める頃には、先生の芸術は元の無機質な深緑のパネルと全て入れ替わっていた。いつもやっている先生の補助では幾ら壁に張りついていても疲労感なんぞまるでないのに、この張り替え作業が終わったとき、僕の両腕は肩より上に持ち上がらなくなっていた。

眼鏡と出っ歯とは、以前に利用した定食屋で落ち合うことになり、店に入ると彼らは如何にも労働者風の粗暴な笑顔で僕を呼び寄せた。彼らは調理場の陰になって見えにくい奥の座敷にいた。どうやらこの定食屋は真紅の鷲の息がかかっているようだ。

それでも一応、耳をそばだてている者がいないか確かめるために、眼鏡は他愛もない話から入った。

「お前、何処の持ち場だった」

「貼りつけだ。ロボットの手先となって、最悪だった」

「それは大変だったな」

僕たちは飯を食いながら、楽しげな会話を繰り広げた。エネルギーパネルに鳥の死骸をくっつける悪戯が頻発したが、パネル専用の接着剤を売っている問屋から足がつき、簡単に星が割れたという話や、風道などを照らしている太陽光エネルギーや、建築モジュールの同化に用いられる有機エネルギーは、電気のような大量の蓄積が不可能だから、地下の穴掘りに利用されるようになり、だいぶ作業員の労苦が緩和された、という話だ。しかし今度はエネルギーの暴走を制御できず生き埋めになる事故が頻発している、と出っ歯は笑った。

「だから俺は怖くて最近は穴掘りに行ってねえ」

「だが相変わらずいいカネになる」

出っ歯は、命には換えられねえよ、と肩を竦め、眼鏡に言った。

「俺はお前を尊敬するよ。俺はたとえ大義のためであっても地下に潜るなんて無理だ」

「どういう意味だ」

そう僕が訊くと、途端に眼鏡と出っ歯は揃って口を噤《つぐ》んだ。それから気まずい間があった後、眼鏡が箸を置いて本題を切り出した。

「そろそろ仕事の話に移るか。まず報酬は弟の視力と聴力だけで構わないんだな。こちらとしてはお前にも幾らか都合を付けることはできるが」

「いらない」

「わかった。ではお前の任務完了後に、こちらから白の映像を送ることにしよう。初めに断っておくが、治療しても元通りになるわけではないからな」

つまり白の見える世界は僕の見ている世界とは異なるし、白の聞こえる音も僕の聞いている音と異なるわけだ。どのように見えるのか、どのように聞こえるのか、全く僕の想像は及ばない。

「いや、白の映像はいらない。母親の映像で結構だ」

僕は新たな視力と聴力を手に入れた白を見ることが、何故か怖かった。いや、ただ単に成長した白を見たくなかっただけかもしれない。いずれにせよ、僕は怖気づいていた。

「了解した。母親の映像を送ろう」

それから僕は標的の画像を受け取り、名前と職業と家族構成を聞いた。どうやら真紅の鷲の元構成員らしい。頭目が替わったときに抜けたそいつは今回の計画を知っていて、邪魔する可能性が高いから始末するのだと、眼鏡は言った。しかし得物も殺害場所もこちらで用意しろという話だった。つまり、今までとは違い、命令されるがままに行動するだけでは駄目だということだ。標的の性格や行動類型を自分で調べ、自分で逃走経路も確保しなければならない。その面倒さに僕は気が滅入った。

だが実際に行動を起こしてしまえば、あっという間だった。念入りに調べ上げたことなんぞ九割は役に立たない。玄関前で待ち伏せし、家から出てきたところを至近距離から銃でぶち抜いてやった。玄関の扉に血の花が咲くと、僕は標的の死を確認もせずにその場から逃げ出した。調査で役に立ったことといえば、毎日家を出るのが人気のない早朝だということだけだった。

僕はそれからも依頼を受け、真紅の鷲の元構成員を殺し続けた。僕が一人殺すたびに、映像の中の母は身形がよくなっていった。ぼさぼさの髪に櫛が入り、色艶の悪い唇に紅が乗り、着ている服が真新しくなり、首から装飾品がぶら下がるようになり、といった具合だ。母は相手が僕だと知らずに、架空の支援者に向かってひたすらに礼を言い続けた。僕はそれを見て、白の待遇が良くなっているのだと思い、殺人や殺人のための調査に意欲を燃やしたのだった。


僕は暇さえあれば倉庫の隅に寄りかかって母の映像を見るようになっていた。恋しいわけではなく、憎いわけでもなかった。懐かしさはあったが、だから見ているというわけでもなかった。映像を見ながら何となく、母と大ババと小ババと白の暮らしを想像するのが楽しかった。

ある日、筆の手入れを終えていつものように映像を眺めていると、先生がやってきて僕に声をかけてきた。

「最近、暇そうだな」

僕はオリガミを閉じて、そうでもない、と答えた。むしろ、殺しの依頼が増えたことで忙しくなったくらいだ。しかし先生はそういうことを言っているのではなかった。

「行ってないじゃないか、あそこに」

そういえばしばらく妄想カフェに足を運んでない。美香子からの催促があり共同部屋に行くことはあったが、カフェの存在はすっかり頭から抜け落ちていた。

「今はそういう気分じゃないんです」

「そうかそうか」先生は満足げに頷き、僕に立ち上がるよう促した。「ちょっと来い」

「何ですか」

「いいところに連れて行ってやる」

僕は半信半疑のまま、先生についていった。風道を抜けて表に出る。夜だった。繁華街は煌びやかに輝き、化粧臭い女や目をぎらつかせた男が足早に雑踏を行き交っている。先生は彼らの間を器用に通り抜け、古びたビルの階段を下りて行った。

受付で硬貨を二枚、先生と僕の分を払って奥へ進む。立てかけてある裸婦の描かれた看板を見る限りでは、そこは映画館であるようだった。先生は、広間の一角に座り込んで煙草をふかす白髪の痩せ老人に手を上げて軽く挨拶すると、重い扉を開けて中に入っていった。

入ってすぐ、すえたような臭いが鼻をついた。あまりの臭さに胃が痙攣《けいれん》し、内容物を押し出そうとする。僕はぐっと堪え、辺りを見回した。

スクリーンには裸の女が疑似男性器を丹念に舐めまわしている姿が映し出されていた。客は座っている者がちらほら、一番後ろの映写機側で、立って手すりに寄りかかっている者が横一列に並んでいる。脇の通路でもぞもぞと動き回っている人間もいた。

先生が、行くぞ、と僕の服の袖を引っ張った。と、そのとき僕の後ろを男が通る。ふわっと撫でるような感触が尻にした。

それは気のせいではなかった。すれ違うたびに相手は僕の尻を撫でていく。おぞましさに悲鳴も出なかった。そして、そうと知って考えてみると、この強烈な臭いの正体にも気づいた。僕はかつてこの臭いを嗅いだことがあった。ここではそれが強すぎてわからなかったのだ。

これは肛門の臭いだ。僕はあの日の川のせせらぎや肌の温もりを思い出し、懐かしさを覚えた。先生は僕の手を引いて人混みを掻き分け、やや前のほうの、スクリーンから真正面の席に着いた。

意図も把握できずに、僕は疑似男性器を股間に持っていく女を眺めていた。すると暗がりの中にこちらへ向かってくる人影を二つ、視界の隅で捉《とら》える。そのうちの一人は先生と向かい合って先生の股に身体を入れ、そのまま腰を落とし、もう一人も僕の股に身体を入れて同じ姿勢になった。二人は僕たちのベルトを緩め、ズボンを脱がしにかかる。

「ふざけんな」

と、もがこうとする僕を、先生がそっと手を添えて止める。目が合い、首を振った。

「任せろって」

「でもこいつら」

「妄想よりはずっとましだろう。あんなの、男でも女でもない。刺激するだけの単なる機械じゃないか」先生はスクリーンを指差した。「下は見ないで、あの女が舐めてると想像するのがコツだ。こっちのほうがずっと健全な妄想じゃねえか」

「あそこでもこういったことはしてない」

と反論しても無駄だった。既に僕のズボンは脱がされ、男の指が下着にかかっていた。

「一回試してみろって。そんじょそこらのよりはずっとうまいから」

僕は席を立とうとしたが、男のもの凄い力に押さえられ、びくとも動かなかった。下着を剝ぎ取られ、ごつい指が太腿から絡みつくように駆け上っていく。

先生の言った通り、いや、それ以上だった。かつて受けたことのない刺激を下腹部に受け、正面さえ見ていれば、その指や舌が筋肉質の男のものだということは忘れられた。

確かに、妄想部屋ではこの種の快楽はどう逆立ちしても得られそうにないし、妄想部屋で得られる如何なる快楽にも勝るだろう。舌先の生温かい超絶技巧は快楽中枢以外の部分からそこに向けて、取り巻くように、もどかしく、じわりじわりと攻めてくる。ほんの少しだけ強い刺激を股間に受けるとそれが瞬く間に後頭部まで駆け巡り、快楽は崖《がけ》っ縁に立つ僕の背中を突き落とすようにして押し出された。男が綺麗に舌で掃除してくれている間も、僕は目を下に遣ることができず、スクリーンをじっと見つめていた。

事を全て終えると、二人の男はそそくさと脇の通路へ離れていった。先生は僕のほうを見て、なっ、と言った。僕は返す言葉を何も思いつかなかった。

広間に出て、煙草の煙だけがほのかに香る空気を吸い込み、伸びをした。嗅覚がすっかり映画館の中に馴染んでいたため、そこの湿気た空気すら新鮮なものに感じた。入ったときと同じ姿勢で広間の一角にいる痩せ老人が、先生に声をかけた。

「今度ごみ拾いするときは、余った弁当を持っていくから楽しみにしとけと、かあちやまに伝えてくれ」

「言っとくよ」

繁華街は映画館とはまるで別世界であるかのように明るくて、賑やかであった。若い男女が肩を組み、女同士が姦《かしま》しくお喋りを楽しみながら、看板だけは豪華な、薄汚れた建物に入っていく。これから夜を楽しもうという雰囲気の男性同士もいた。顔も見えない暗がりで知らない男の股間をまさぐる必要のない、真っ当なつがいだ。彼らを見て、僕は妙な罪悪感を覚えた。

舞台の下見に行くという先生と別れて、僕は夜風を楽しんだ。新鮮な水分を含んだ空気を顔に感じながら、僕は映画館の異臭を思い出していた。まさかあんな場所で故郷を懐かしむことになろうとは思いもしなかった。最近母の映像をよく見ているから、その影響だろうか。

繁華街を離れ、山と呼ばれる立体都市を上へと登っていく。団子になったミミズがのたうち回っているように入り組んだ道路が頭上にも前方にも走っている。天を衝《つ》く建造物と縦横無尽に空間を切り裂く道路を見上げ、見下ろし、僕はその美しさに圧倒された。これが美も機能も考えず、ただ無計画にカネの旨みを食い散らかした結果だとは、とても信じがたい。僕は漠然と、一点の曇りもない芸術と醜さの中で輝く芸術について考えていた。先生の絵も、このなすがままの欲望によって生まれたキャンバスがあってこそだ。

この街で気に食わないのは監視カメラくらいだろう。とはいっても、恐れているからではない。確かに東暁に来たばかりの頃は、街の至る所に設置された監視カメラに映り込まぬよう細心の注意を払っていたが、今では大手を振って歩いている。以前よりも注意せねばならない存在になっているにもかかわらず、だ。気に食わないのは街に溶け込んでないからだった。こいつらだけが機能的に配置されている。

ただ、異変を見逃さないために機能的に配置された監視カメラだけが、あの日唯一、僕のクラゲリラを捉えていた。そこに映されていたのは、一瞬にして東暁中の建造物を取り巻いている広告映像が消えて、水神ビルに貼りついたクラゲリラの絵が露わになり、一呼吸の静寂の後、地響きを立てて沈み、崩れ落ちていく東暁の有様の一部始終だ。とりわけ地下に沈んだ水神ビルは、砂の建物が風に吹き飛ばされるようにして、上のほうからぼろぼろと崩れ落ちていった。壁のクラゲリラも同時に、細かく砕かれ、瓦礫《がれき》となって地下の奥深くに積もっていく。その映像が後に世界中で流され、観た人間を興奮させ、馬鹿げた陰謀論や推理を展開させるとは思いもせずに。

客人は僕の思考と記憶を全て受け取ると、接続を切り離して白を見つめた。

「ありがとうございます。何となくですが彼の考えがわかりました。なかなか感動的だ」

そうだろうか。当の本人は実に下らないと思っている。あんなものは一時の感情を形にしただけに過ぎない。夜に書いた手紙のようなものだ。誰に宛てたものかと問われれば、勿論決まっている。

客人はオリガミを手の中で弄びながら、でも、と言った。

「蓮沼健の考え、記憶、についてはよくわかりましたが、本当にそれが蓮沼健に関する事実なのかは甚だ疑問です」

白の背後にいても自分が白の視界に入っていることを、客人は感じ取っていた。

しかし白の聴覚がどのように自分の声を捉えているのか、客人にはわからない。

「今、この部屋に存在している蓮沼健の情報は、彼が東暁で購入したオリガミに入っていたものとそれ以前から持っていた飛ばしのオリガミに入っていたものとを統合したものです。しかしおそらく大部分において、構築の基礎となったのは東暁で買ったオリガミでしょう。飛ばしのオリガミには蓮沼健の外形的事実しか入ってないけれど、正規のオリガミにはそれだけではなく、彼の記憶や思考がごっそり入ってますからね。

しかし記憶などというものが正しく記憶されていることなんてあるのでしょうか。例えば、視力と聴力を手に入れたあなたを見るのが怖くて、だから見てないと彼は主張している。でも検索すれば、幾らでもあなたの情報は入ってくる。蓮沼健はそれを本当に我慢できたのか。そうは思えない。何故なら真紅の鷲の構成員に、治療しても元通りになるわけではない、と言われただけで、それを見える世界や聞こえる音が異なることだと解釈するとは思えないからです。ちょっと飛躍しすぎです。新しい目や耳を得ても健常者くらいの視力や聴力までは回復させられない、とまず考えるのではないでしょうか」

したがって検索して白の状態を知り、敢えて見なかったことにしたのではないか、そう客人は考えたようだ。人が知りたい情報を選択するように、保存したい記憶を選択するのは決して稀ではない。しかもオリガミに敷き写しした記憶なんて、人間の脳に元々刻まれている記憶よりも容易に改竄《かいざん》できているに決まっている。都合の悪い皺は敷き写ししなければいいのだから。

それよりも他人から見える本人のほうが、より的確に本人を捉えるのだと、客人は白に主張した。本質なんてものは、中身を洗い浚い探したって見つかりはしない。実は、そいつの外形、仕草、一挙手一投足をつぶさに観察することで、朧に浮かび上がってくるものなのだ。だから蓮沼健と同化せずに最も近くの観察者であり続けた飛ばしのオリガミにこそ、装飾のない生身の彼が存在し続けているのではないか。

だが、今更そんなことを言っても後の祭りだ。確かに自伝には信用ならない部分は多いが、得られるものも少なくない。観察対象の如何なる真実を掬い上げるか、そこが観察者の腕の見せ所だろう。

客人が僕の観察者であったように、僕は東暁の観察者であり続けた。東暁暮らしは東暁を余すところなく知ることができるほど長くはなかったが、結局最後まで、僕は無宿者の仲間になって彼らの苦しみや喜びを体験することも、表の世界で真っ当な東暁人になることもなかったのだった。塗料の調合をしているときは無宿者の観察者であり、妄想カフェにいるときは流行り遊びの観察者であり、共同部屋にいるときは孤独な少女の観察者であった。無宿者と一緒に先生の影となって夜の建物に色を付けていても、僕だけが治安契約を結んでいたし、妄想快楽にどっぷり浸かっていても、それは母の映像を受け取ったくらいで抜け出せてしまう程度の偽りの中毒だった。東暁に同化してなかったからこそ、僕のところに殺しの話が次々と舞い込んできていたのだろう。

僕は人を殺しすぎた。真紅の鷲の依頼を受けるようになってからは特にだ。真紅の鷲の元構成員連続殺人事件として報道されるようになっても、それは変わらなかった。

映画館で凄まじい快楽に溺れてから、その熱気と興奮を覚まそうと夜風に当たっていたその日、僕が緩やかな上り坂を歩いていると電話がかかってきた。脳をオリガミに接続し、仮想空間に潜り込む。しかし相手はそこには現れず、音声のみを接続してきた。

「水資源活用決定権者、水神の龍の代理である」

「殺しの依頼だったら、わざわざ連絡してこないで、いつもの通り勝手に指定してくれ」

「違う。今日は逆だ」どういうことかと返答し倦《あぐ》んでいると、龍の代理は無機質な、だけど有無を言わせぬ迫力で言った。「鷲の連続殺人の件だ。あまり調子に乗るな」

「何のことだ」

「惚けても無駄だ。兎に角忠告しておく。これ以上派手にやるとこちらとしても何らかの手を打たねばならない」

それだけ言って、龍の代理は電話を切った。

以前から、そうなるだろうと思っていた。この連絡が遅すぎたくらいだ。殺人が表沙汰にならぬよう、これまで彼らがどれほど腐心してきたか、想像に難くない。もっといけないのは、表沙汰になったことよりも関連づけさせてしまったことだ。同一犯による手馴れた連続殺人。そこから警察の捜査の手が自分のところまで伸びる可能性を見すごせるほど、龍は楽観主義者ではない。

選挙は近い。今までの殺しは、そこで特区の恩恵が廃止されるにしても、そのまま存続するにしても、水利権を守るためのものだ。せっかく死守できてもそのとき甘い蜜にありつけないのでは意味がない。龍の接触は遅いくらいだろう。

それでも僕は真紅の鷲の手足となって動き、殺人を続けた。僕が依頼を断ることで、家族への扱いが悪くなることを、いつの間にか恐れるようになっていたのだ。映像の中の母は殺しを重ねれば重ねるほど、僕に感謝し、深々と頭を下げた。

クラゲリラを描きたい、と思ったのはこの頃だ。水神ビルの壁に貼りつける、という具体的な構想があったわけではないが、僕は倉庫の奥の使用許可をかあちゃまから得ると、紙を大量に仕入れ、余った塗料を先生から貰ってその一枚一枚に色を付けていった。初めのうちは無宿者が物珍しげにやってきては、先生の真似事か、とからかってきたが、画面に没入してばかりで乗ってこない僕にしらけ、やがて誰も寄りつかなくなっていった。僕は僕で、先生の手伝いもしないで倉庫の奥に籠るだけの日々が続いたので、無宿者たちとはますます疎遠になっていったのだった。

倉庫で夜を徹し、朝、勤め人が働きに出る前に、木賃宿に戻って軽く睡眠をとるような生活が続いた。早朝は東暁が最も静かな時間であり、僕が最も好きな時間でもあった。殺しをするのも早朝が多かった。

人気のない早朝には、まるでハイエナの食い残しのようなごみが散らばっている。紙もガラスも炭素材も、腐った臭いを放つが、不思議とそれが不快ではない。冷たい朝露が不快を感じる僕の神経を麻痺させてくれるのだろう。ごみがごみとしての存在をこれほど際立たせている時間帯はないはずなのに、僕にはごみの存在が全く気にならなかった。

だからかあちゃまはこの時間を選んでごみ拾いをしているのだろう。最もごみを発見しやすく、最もごみが不快でなく、最も糞餓鬼に暴行される可能性が低い時間帯。

風道から道路に出て、しばらく歩いていると、かあちゃまが十人ほどの仲間と腰を屈めて、道のごみ拾いをしていた。その中には映画館の広間で見た痩せ老人もいる。会話は聞き取れなかったが、おそらく無言だろう。皆、気負いも押しつけがましさも全く見られない、くつろいだ眼差しを地面に向け、摘んだものを袋に入れている。幸せな時間を過ごしているように感じられた。声をかけようかとも思ったが、車道の向こう側にいたのでそのまま通り過ぎることにした。

が、そのとき見すごすことのできない事態が発生した。けたたましい笑い声を周囲に撒き散らしながら、僕よりも少し幼いくらいの三人の餓鬼が路地から現れ、ごみ拾いの集団に絡み始めたのである。奴らは足腰の弱った老人の前に唾を吐き、老人がそれを避けると手を叩いて笑い、無視してごみ拾いを続ける集団のすぐ脇で立ち小便を始めた。こちらからでも奴らが酔っていることは一目瞭然だった。

三人の糞餓鬼はかあちゃまを見つけるとひそひそと耳打ちをし、標的を彼女一人に絞った。針金のような髪を摑んで振り回し、足を引っ掛けて転ばせた。その拍子に袋の中身が地面に零れ、餓鬼どもが悲鳴のような笑い声を上げる。奴らの一人が袋の底を持って、中のごみを全部ぶち撒けた。

餓鬼から袋を取り上げたかあちゃまは無言でごみを袋に入れ直す。無言であることが余計痛々しく感じられた。餓鬼どもの行為は次第に過激になっていき、かあちゃまは投げられ、背中を硬い地面に打ちつけられてもがいているところに蹴りが入り、仕舞いには懐から刃物が出てきた。

僕は慌てて車道の下を潜って向こう側に渡った。頰に刃物を当てられたかあちゃまは鼻血を流し、がたがたと震えていた。ごみ拾い仲間は手出しできるはずもなく、見て見ぬ振りをするしかない。当然、警察も当てにならない。

　僕は刃物を持つ餓鬼とかあちゃまとの間に割って入り、かあちゃまを抱き起こした。瘦せ老人を捕まえて、手当てするよう言いつける。三人の糞餓鬼は不服げに僕を睨みつけていた。僕のほうから奴らに歩み寄り、一人の手首を摑んで刃物を取り上げる。生存権に欠損のない僕を切りつける度胸がこの糞餓鬼どもにあるはずもなく、刃物はあっけなく餓鬼の手から離れた。

「正義の味方気取りかよ」

　と餓鬼の一人が興醒めしたように吐き捨てた。それから三人は、にやにやと笑みを浮かべながら僕を見つめ、何もせずに僕の横を通り過ぎたのだった。

　僕は奴らの背中と手に握られた刃物を交互に見つめ、奴らにつかつかと近づくと、刃を一人の背中に突き刺した。このとき何を思っていたのか、全く思い出せない。が、結果はこうなった。背中を刺された餓鬼は度を失って泣き喚き、僕は崩れ落ちる餓鬼の背中から刃を抜いてもう一度そいつの首を横から串刺しにした。

　餓鬼はあっけなく絶命した。

　残された二人は酔いも吹き飛んだのか、顔を青くし、うち一人が地面に倒れた仲間と血に濡れた僕の手を見つめ、何しやがる、と叫んだ。声は震え掠《かす》れていた。

僕は正気に立ち返り、やばい、と思った。片膝を突いた姿勢で二人の糞餓鬼を見上げ、始末すべきだという考えが脳裏を過る。振り返るとごみ拾い集団が棒立ちになって、一斉に僕に視線を浴びせていた。口封じするのは無理だ。観念するしかない。僕は二人の糞餓鬼に、さっさと消えろ、と言った。二人は金縛りが解けたかのように、こちらに背中を向けて一目散に退散した。

かくして僕の顔は、氏名も年齢も経歴も不明の指名手配犯として東暁中に知られることとなった。

勿論、もう先生の創作活動を手伝うことも、倉庫の奥を間借りすることもできない。僕は濡れた血も乾かぬうちに倉庫に戻り、手押し車を掻っ払って僕の作品を全てそこに載せ、引っ越しを始めたのだった。

僕はそれから四つん這いにならないと通れないほど狭い風道で、寝泊まりするようになった。指名手配犯らしく、一丁前に隠れ家を持ったわけである。そこは風が強く、呼吸にすら難儀したが、無宿者や犯罪者すら避けるような場所であったため、安心して寝ることができた。作品は風に飛ばされぬよう束にして纏め、壁に穴を開けて、壁の裏と配線との間に隠した。

外に出るときは夜明け前の数十分と決めていた。夜の遊び人がいなくなった直後、夜勤の労働者が帰路に就く直前である。僕はその間に髪を洗って全身を拭き、ごみ漁りをして食料以外でも使えそうなものは何でも拾った。例えば女性用のかつらや眼鏡、剃刀《かみそり》、筆記具、使い終えた化粧品、雑誌、財布、ライター、兎に角何でもだ。どうしても昼間に外出しなければならないときは、女装をしてから出かけた。

当然正規のオリガミは起動を停止させ、情報は専ら飛ばしのオリガミから得た。だから真紅の鷲とも水神の龍とも連絡を取れず、殺し稼業も自動的に廃業となった。

人と顔も合わせられないそのような生活は、まもなく行き詰まった。たとえ完璧に変装していても買い物の支払いが電子情報ではすぐに足がつくし、現ナマを取り扱うような店の主人は指名手配犯なんぞを見つけたら嬉々として通報するような目立ちたがりばかりだ。東暁を出ればもう少しまともな暮らしができるのだろうが、残念ながら通行証がない。僕は東暁という巨大な袋小路で、ただ飢え死にするのを待つしかなかった。

この最悪の状況を打開したのは全くの偶然の産物だった。

僕がうつぶせに寝そべって、夜明け前の公園のベンチの下に落ちていた硬貨に手を伸ばしていたときに、いきなり背後から声をかけられたのがきっかけだった。

「あなた、清信守さんでしたよね」

木の葉から落ちる雫《しずく》の音にも負けそうな声に振り向くと、屋外灯に照らされた明美がいた。明美は軍事特区の建築現場で遇ったときと同じように長い髪を結わえて頭に纏め、相変わらず地味な顔つきをしていた。

僕はしばらく返事できずにいた。彼女の正体には気づいていたが、敵か味方か、判断し倦ねていたのである。尻餅をついて訝る僕に対し、明美は微かに口角を上げて笑い、警察に売る気はない、と言った。

それから僕は明美の住まいに転がり込むことになった。風通しの悪い地下街の路地にある、アパートの一室である。多少かび臭くても、強風で呼吸困難になるような場所と比べたら極楽浄土だ。食い物の心配をすることがなくなった僕はそこで、まるで飼い猫のように気ままに過ごした。

頭目が替わったことで、明美も真紅の鷲を抜けていた。つまり、依頼されていれば僕の標的になり得たということだ。しかし生憎《あいにく》僕は、明美の殺害依頼を受けてはいなかった。依頼されていれば即刻明美の眉間に風穴を開け、それを手土産にして組織に匿《かく》まってもらうだろう。ここよりはずっと心強い。

「あいつはどうなった。あの馴れ馴れしい筋肉男は」

ある日僕はふと思い出して、訊いてみた。

「亡くなったみたいですよ、事故に巻き込まれて」

仕事から帰ってきた明美は服を脱ぎ、下着姿になって答えた。

「本当か」

「亡くなったのは本当です。だけど事故死だったのかは知りません。家族にもご遺体が届けられなかったようですから」

事故死ではないと言っているかのような口振りだった。遺体を隠されたら僕でもそう思う。

「ご愁傷様」

と寝転がった体勢で言うと、明美は不愉快そうに眉を上げ、僕を睨んだ。初めて見せる強い感情の一端に、僕はそそられるものを感じた。

「もしかしたらわたしたちのお迎えも近いかもしれません」明美は下着姿のままで冷蔵庫を開けてビール缶を取り出した。「半月後には東暁は壊滅しますから」

「そりゃあ大変だ」

僕は全く取り合わなかった。随分とつまらない冗談を言う女だ、と思っていた。

「組織からあなたへの暗殺の依頼、あれもその日を邪魔されずに進行させるための下準備です」明美はビールを流し込み、喉を鳴らした。「わたしは計画を阻止しようなんて考えは毛頭ありません。尻尾巻いて逃げます。もう通行証も取りましたし」

「その東暁を壊滅させる計画とやら、聞いてやるよ」

明美は缶をテーブルに置き、冷蔵庫を開けてサラミの袋を手に取った。それを乱暴に破り、数日間流し台の横に置きっぱなしになっている皿の上に中身を出す。勧められたが食べる気にはならなかった。

「放出される太陽光エネルギーや有機エネルギーを地下の二十ヶ所で爆発させる計画です。何処を爆破すればより効果的か、彼らはもう知っています」

「地下を二十ヶ所爆発させる程度で東暁が壊滅するとは、ちょっと大げさじゃないのか」

「ええ、本来ならばそうなのでしょう。でも今、東暁は水不足で地下水脈が空洞だらけの状態です。少しの衝撃で崩れ落ちる状態になってます。大きな爆発が起これば間違いなく東暁は沈没する」

眼鏡と出っ歯がそのような話をしていたことを、僕は思い出した。世間話を装ってわざわざ奴らから勝手に言い出してきたことだ。仲間に引き込めるか探っていたのか、無知な僕をからかっていたのか、或いは単に言わずにはいられなかっただけなのか。

知っても仕方のないことだが、もし僕がもう一度奴らに会えたならば、一発殴って問い質《ただ》すだろう。あれだけ手を汚させておいて、使い捨てか、と。

「しかしそんなことになっていて、何故龍たちは何もしない」

「自分たちが東暁の水量を完璧に制御できていると印象づけるためです。今不備が露見すれば選挙の大勢に影響しますし、権利を剝奪されるかもしれない。だから未だに周囲には防護霧が散布されていますし、東暁が乾燥しないよう町中で噴霧されてます。エネルギーパネルは相変わらずの湿度を保ってますし、生活用水が制限されることもありません。だから住民は何にも気づくことなく、普段通りに暮らしているのです」

「しかしそれは地下水脈から汲み上げた偽りの栄華だと」

「その通りです」

「で、地下爆破か。意味がわからない」

「わたしたちはずっと憤っていました。鈍感な国民に対して。例えば、高価な作物を輸出して安価な作物を大量に輸入するということが、どれだけの犠牲の上に成り立っているのか、何故気づかない。貿易路を確保するためにどれだけの犠牲者を出し、買い叩くことでどれだけの貧困層が飢えに瀕《ひん》するのか。それに無自覚でいられる国民の一員であることが悔しくて堪らなかった。勿論作物だけではない。全てに関してそれは言えます」

明美が、わたしたち、と言ったことを僕は聞き逃さなかった。明美にとっては、わたしたち、であり、国民の一員、なのだ。

「情報が行き渡り正しく判断されていることを前提とすれば、世界市場で自由競争に任せることは間違ってはいないだろう」

「その前提そのものが間違っています。自由競争を許容できるほど世界は安定した態様を示してはいません。個々人の印象や感情すら、オリガミを通じて収集、分析されるようになってもなお、情報の伝達と判断との間のずれを完全に埋めることはできない。何故なら経済活動そのものが、ずれを無くしてはあり得ないからです。開発と生産、販売と回収、上流と下流、金融と実体。なすがままに任せればあらゆるずれは広がり、人の命に対してすら、自由を名目に横車を押してくるようになる」

「それに対して全く無自覚な国民に嫌気が差した、ということか。ならば東暁を沈没させるなんてことはしないで、クーデターでも起こせばいい」

「国家が国民から独立した主体である以上、国家を掌握したところで、影響は皆無とは言いませんが、効果はそれほど得られない。骨折り損になる可能性のほうが高い。それより国民に自覚を促すほうが先決です。国民が目を覚まし、主権者たる地位を取り戻せば、国家も自《おの》ずから変化していく」

「爆破して沈めてやれば、国民とやらが目を覚ます、と考えているのか」

「わたしはやりすぎだと思います。刺激が強すぎるとむしろ目は外に向かなくなる。しかし今組織にいる人たちの考えは違います。このままでは内側で守られている人間がカーテンに映された影を注視することはない。同じ経験をし、居心地が悪くなって初めて、内側の人間はカーテンを開けようとする。そう考えています」

「それを内側の人間がやるのは傲慢《ごうまん》だと気づかないのか」

「外側の人間はカーテンを突き破ろうと思ってもできないのが現状です。なまじぬるま湯に浸かっているため、外からの干渉には過敏に反応しますからね。心象と同じように、ここが世界と完全に隔絶されていれば、反応することもないのでしょうけど」

　多くの人間は見ないようにしているが、確実に存在していることを知っている。子供が間引かれるような貧しい農村があることも、密輸と人渡しで成り立っている港町があるということも。名前も場所も知らなくても、確実に存在していることを知っている。

　だから目の前に曝け出すんだ、と息巻く組織。そんなことで世界が変わると信じている無垢な過激派。

変わるだろう、と僕は思った。だけど舐めるな。手前らの思い通りに動くと思ったら大間違いだ。世界はそれほど単純じゃないし、わざわざ曝け出してもらわなくても常に曝された状態にある。

「どうしますか、警察に言いますか」

と明美はできないことを知っているくせに言った。捕まりに行くようなものだ。

「誰が信用する。せいぜい農薬を散布する程度の抗議活動しかできなかった連中が、東暁を壊滅させるくらいの爆破事件を起こすなんて言っても、笑われるのが落ちだ」

「じゃあ、雨が降るよう祈るしかありませんね」

明美は底に残った一滴まで飲み干して、空き缶をごみ袋に投げ入れた。外に目を遣る。が、地下にいては天気なんかわかりはしない。白い光を放つ照明が見えるだけだ。

明美は面倒そうに立ち上がって、窓までゆらゆらと歩き、カーテンを引いた。

次の日、僕は明美の財布から抜き取った数枚の札をポケットに入れ、抽斗《ひきだし》に入っていた化粧品とサングラスで完璧な女装を施して外に出た。心臓が胸を食い破って出てきそうなくらい緊張したが、取り越し苦労だった。女であろうと女装した男であろうと気にかける者はなく、僕は堂々と街中を歩けた。

まず僕は調べておいた問屋に行って、缶入りの接着剤を二つ購入した。店の者は声を一切出さずメモ書きを示す僕を見ても、怪しむ様子を見せることもなく、接着剤の用途を訊ねることもなかった。それから重い缶を両腕にぶら下げて、なるべく人気のない風道の入り口までよたよたと歩き、そこから作品の隠してある場所まで行って、缶を置いてからかあちゃまのいる発電区域へと向かった。

無宿者の居住区域に入る直前の風道で、彼らの一人が僕を見つけ、眉を顰めた顔で歩み寄ってきた。

「今更何の用だ。帰ってくれ」

「かあちゃま、いるか」

「帰れよ」

無宿者は、お前のせいだ、と叫び、両手で僕を、消えろ、と突き放した。

僕が指名手配犯になってから警察が度々やってくるようになり、それぞれの理由をこじつけて仲間の何人かをしょっ引いていったのだと、そいつは語気を強くして語った。今では先生の創作活動に支障を来すくらい人数が減ったらしい。無宿者は肩を震わせ、殴りかかろうとする衝動を必死に抑えつけているようだった。何とか言え、と彼は叫んだ。

僕はそんな彼の高圧的な態度が気に食わなかった。確かに僕が人殺しをしたせいで警察が来たのかもしれない。だが、治安契約を結んでおかなかったのは無宿者たち自身ではないか。つけを払わねばならなくなったきっかけが僕だからといって、八つ当たりされたら堪らない。つけはつけだ。

文句の一つでも言ってやろうかと思ったが結局、僕は無言のまま無宿者の脇を通り過ぎ、発電区域に下りた。かあちゃまは自分の住まいで横になっていて、青い防水布から覗く僕を認めると目を丸くして上体を持ち上げた。

「あんた、よくここに来られたね」

「ちょっと頼みがあるんだが、いいか」

周囲のテントからぞろぞろと無宿者が出てきて、僕はあっという間に取り囲まれた。無宿者は敵意丸出しの視線を向け、口々に悪態をつく。倉庫にいた者も騒ぎを聞きつけ、こちらにやってきた。

何がきっかけで暴動となるかわからない状況となり、僕は迂闊に口を開くこともできなくなっていた。テントの中のかあちゃまに目を遣ると、彼女は、やれやれ、といった様子で溜め息をついた。

この場を収めるためにテントから出てきたかあちゃまは仲間に、散れ、と命じた。が、彼らは動かない。その中の一人は、逃がしちゃおけねえ、と息巻いている。消えろと言われたときに消えていたほうがよかったようだった。

「うるさいね。こいつはわたしに用があって来たんだ。あんたたちは呼んでない」

「だったらその用事が終われば、好きにしていいんだな」

「それはこいつ次第だね。約束はできない」

「じゃあ俺たちもここで聞く」

僕とかあちゃまを中心に輪を作った無宿者たちは、次々とその場に腰を下ろし始めた。かあちゃまは苦笑し、僕に言った。

「どうやらここで始めるしかないようだ」

「そうだな」

疎まれることはある程度考えていたが、まさかここまで恨まれているとは思いもしなかった。警察に余程の酷い仕打ちを受けたのだろう。でもそんなの、僕の知ったことではない。まあ兎に角、これで改めて僕は彼らの仲間ではなかったということを実感させられたわけだ。

僕は率直に、手伝ってほしい、と言った。聞いていた無宿者たちは、お前は先生のつもりか、と野次を飛ばし、かあちゃまは僕の話を最後まで聞いて、首を傾げた。

「地味だね。カネが取れない。残念だが協力できないね」

「先生みたいに創作過程を魅せる類のものじゃないからな」

「ならばどういう類のものなんだよ」

勿論、答えることなんてできやしなかった。このときは自分自身でさえ、何を意図したものなのか、全くわかってなかったのだから。

しかしここでおめおめと引き下がることもできなかった。

「交換条件というのはどうだ」

「何だい。何と何を交換しようってのさ」

「これから言う情報とだ。役に立つと思ったら手伝うと約束してくれ」

一斉に無宿者たちの罵声が飛び交う。かあちゃまは彼らを睨みつけて黙らせた。

「言ってごらん。聞いてやるよ」

「一月以内に東暁で爆破事件が発生する」

かあちゃまも無宿者たちも、黙り込んでしまった。恐ろしい事実にではなく、話の馬鹿馬鹿しさにだ。そうだろうとは僕も思っていた。

「その冗談を信じて、わたしたちは一銭にもならない余興を手伝わされるのかい」

「嘘じゃない。奴らの計画では爆破によって地下が潰れ、東暁は沈没する」

そのために僕は人殺しを散々やらされた、と喉まで出かかったが、思い直した。

「馬鹿馬鹿しいね。やめだ、やめ」

防水布を捲ってテントに戻ろうとするかあちゃまを、待てよ、と叫んで引き止めた。

「あんた、見てたんだろ。餓鬼を刺し殺したとき」振り向いて、だから何さ、と言うかあちゃまに、僕は腹を据えて訊ねた。「あれを見てどう思った。初めてには見えなかっただろう」

「ここには軍人崩れがたくさんいるんだ。人殺しなんぞ珍しくも何ともない」

「軍人ならばそうだ。でも軍人じゃない人殺しは珍しいはずだ」僕は自分で言っていて、気が滅入った。「全部言わせないでくれ。何故今この話をしたのか、察してほしい」

かあちゃまは僕の目をじっと見つめて何かの判断を下し、溜め息をついた。

「あんたの言う奴らってのは、何者だ」

「真紅の鷲だ。最近頭目が替わって過激になった」

かあちゃまは、知ってるか、と周囲を見回した。その中の一人が、やばい噂は聞いている、と応答する。

「あんたはそいつらの手足となって、その計画の邪魔になる人間を始末してきたわけだね」

僕は頷いた。だから当然この場所も危険だ。いや、東暁に安全な場所なんてなくなる。

「どうだ、無益な情報じゃないはずだ」

「そうだな」と呟いたかあちゃまは、まだ訝っていた。「でも本当にそれが嘘じゃなければ、何故あんたはこんな馬鹿馬鹿しいことをしようとする。今すぐに東暁を出る支度をしなければならないはずじゃないか。こちらとしてもあんたの余興に付き合っている暇はない」

痛いところを突かれた、と思った。実のところ、僕も全面的に明美の言葉を信じたわけではない。もし本気で信じているならば、たとえ警察に捕まる危険があろうと、通行証の入手に乗り出している。でなければ、貨物列車に潜り込んで、軍事特区まで働きに出ている。

僕が言い返せずにいると、かあちゃまは肩をすくめて、交渉決裂、と言った。今度こそかあちゃまはテントに入り、防水布は下ろされた。

僕を取り囲んで座っていた無宿者たちがゆっくりと立ち上がる。

僕は怯えた。殴り殺される。が、彼らは向かってこなかった。興醒めしたように、散り散りになり、それぞれの持ち場に戻っていく。中には憫笑を浮かべて去っていく者さえいた。

　取り残された僕を最後まで座って見上げていたのは、先生と美香子だった。

「なかなか面白い対決だった」

　と言って先生は拍手した。いつからいたんだ。途中から、と美香子は笑い、僕の化粧と口紅をからかった。

「全然連絡くれなくて、寂しかったよ。まあ、指名手配されてんじゃしょうがないけど」

「何故お前がここにいる。養子になったんじゃないのか」

「ああ、あれね」美香子は苦笑いを浮かべた。「断っちゃったんだよね」

　信じられなかった。この年齢で、あれだけの好条件だ。断る理由がわからなかった。

「じゃあ施設に行くのか」

「行かない。わたしね、ここで暮らすことにしたの」

　僕は自分の耳を疑った。もし耳が正しいのであれば、こいつは何かの冗談だ。裕福な暮らしも、施設での共同生活も拒否して、無宿者になるだと。

「戻って社会福祉士にまともな職業を紹介してもらえ」

「先生の絵を手伝うのも、仕事でしょ」美香子は立ち上がって尻の埃を払い、正面から僕を見据えた。「それに、東暁がなくなっちゃったら職業なんか意味なくなるし」

　黙って僕らを見ていた先生がくすくすと笑い出し、二連敗だな、と言って立ち上がった。


「手伝ってやるよ、面白そうだ」

「ありがたいが二人だけじゃ人手が足りない」

二人じゃなくて三人だと、美香子が口を挟んできた。同じことだ。いずれにせよ美香子は頭数に入れてない。

「折を見て声をかけてみるよ。今は頭に血が上っているから取りつく島がないけれど、気持ちが落ち着けば協力してくれる人も出てくるだろう」

　そうだろうか。今、連中の間に存在しているのは仲間意識ではなく、僕に対しての排除意識だ。時間が解決してくれる類のものではなかろう。むしろ、時間の経過は排除意識をより濃くするはずだ。

　先生はかあちゃまのテントの防水布を捲り上げて言った。

「お前は絶対に参加しろよ」

「厭だね。カネにならないことのために身体を動かす気にはなれないよ」

かあちゃまは寝転んだ姿勢のままで、こう吐き捨てた。

「でもお前はこいつに借りがある」

「何だい、そんなのないよ」

「こいつが助けてくれなければ、死んでいたのはあの少年ではなく、お前だったかもしれない」

「そんなことあるもんか。わたしはね、ああいうのには慣れてるんだ」

「刃物を突きつけられたのは初めてだろう。ああ、そうか。酔っ払いに絡まれるなんて事故みたいなものか」先生は首をテントに突っ込んで、言葉を区切って強調した。

「じゃあ、事故死、だな」

かあちゃまは何か言い返そうとしたが言葉に詰まった。それから煩わしげに、そうかい、とだけ言って先生を突き放し、防水布を下ろしてしまった。


当日の夜は天井の白い防護霧に透けた三日月の輪郭がくっきりと見えるほど、空気が澄み渡っていた。女の恰好で、僕はなるべく人気のない道を選んで歩いて行く。服や装飾品の持ち主であった明美の姿は、三日前から見ていない。借り主のいない部屋で僕はこの日のために存分に計画を練っていた。無論、行くまでの道筋も計画のうちに入っている。

道は一旦地下に潜り、貧民街に至った。家と家族を持ってしまったばかりに、無宿者よりも厳しい生活を強いられてしまった者たちの巣窟《そうくつ》だ。そこは歩いても歩いても、誰ともすれ違うことなく、水を打ったように静かだった。縛られた契約によって、追い剝ぎをする気力すら奪われてしまったのだろう。

貧民街を抜けると道は再び地上に出て、いきなり巨大な高層建造物群が僕の前に立ちはだかった。緩んだ包帯のように壁面の周囲に張り巡らされた広告映像が僕の頭上でちかちかと輝いている。まるで威嚇《いかく》しているみたいだ、と思った。爪に火を灯すような生活をしている人たちの隣ということを考慮すると、むしろ挑発か。なかなか近づいてこない景色に向かって歩いていると、そこが蜃気楼《しんきろう》であるかのような感覚に一瞬陥る。

が、蜃気楼に辿り着いてからのほうが道のりは長かった。兎に角、一つ一つの区画が信じられないほどでかい。外から見ている分にはひょろ長いビルも、真下に来ると押し潰されそうな圧迫感だ。見上げてもここでは三日月どころか防護霧すら見えず、映像粒子ばかりがあった。

巨大な建造物の中にあっても際立って大きい水神ビルの前には、先生と美香子とかあちゃまの他に、五、六人の無宿者も集まっていた。彼らの脇には既に荷物も置かれている。

「遅いよ」と美香子が人懐っこい笑顔で言った。「君が最後」

まず持ち場の確認を行った。美香子が見張りと落ちてきた作品の回収。かあちゃまが道具の運搬。残りが貼りつけだ。

先生が、水神ビルは最大の難所なのだと言った。下層階では人が行き交うので作業ができず、中層階では風が吹き乱れているので自転車に乗って筆を振り回すなんて不可能だ。高層階に行くと周囲に建物がないので足場を組むことができない。

「まさかお前に先を越されるとはなあ」

僕は監視カメラの映りが良い、中層階を選んだ。壁を登る前に、かあちゃま以外の皆で紙に補強液を塗って硬くする。風で煽られないようにするためだ。かあちゃまは補強し終えた紙を重ね、それを紐で結わえて背負い、ひとまず先に壁を登っていった。現場に着くとそれを壁に引っ掛けてぶら下げ、戻ってきて同じことを繰り返す。テントで横になっている普段のかあちゃまからは想像できない働きぶりだ。初めて参加する美香子は楽しそうに鼻唄《はなうた》を歌いながら作業していた。

僕はそんな美香子を呼んで、オリガミを二台とも預けた。

「落としたら壊れるから」

「二台も持ってたんだね。知らなかった」

僕たちは湿った壁によじ登り、接着剤を塗り、エネルギーパネルと同じ大きさの紙を次々と貼りつけていった。ジグソーパズルのピースが埋まり、全貌が明らかになると先生は呆れたような声を上げた。

「これ、ちょっと前にテレビでやってた、子供向け番組のやつだよな」

無宿者たちが、よく知ってるな、と先生をからかう。現場に和やかな空気が流れた。何往復もして疲れきっているかあちゃまが苛立ち、笑ってないで手を動かせ、と怒鳴りつけた。

僕は身体ができていくクラゲリラを見ながら、白のことを思い出していた。最後に会った、施設での白ではない。僕に懐き、苛められては泣いていた故郷の白だ。よくクラゲリラを描いてやった。そしてあいつの気に入った絵を目の前で破り捨てたっけ。僕は白の笑い顔も好きだったが、潰れた喉をげひげひと鳴らしてしゃくり上げる白が一等好きだった。

今回の絵は気に入ってくれるだろうか。

気に入ってくれるといい、と思った。

ビルとビルの間から覗く東の空が白み始めてきた。急ぐぞ、と掛け声がかかる。残りは上からこてを当てて皺を延ばし、乾かすだけだった。無宿者の一人が感嘆の声を上げる。

「こんなにでかい絵がまさか本当に完成するとは思わなかった」

「でもこんな地味な作業じゃ、カネが取れないから駄目ね」

「そうかな」と先生が反論した。「ジグソーパズルの見せ方によっては、面白くなるんじゃないか。何より、こっちのほうが手間も時間もかからない」

それから黙って作業を続け、太陽が昇りきる前にどうにか完成させることができた。僕は監視カメラに向かって手を振った。先生とかあちゃまも僕を真似て手を振った。

壁を降りると美香子が、御苦労さま、と言って迎えてくれた。

「楽しかった」

僕は興奮を抑えきれず、美香子を抱きしめて泣いた。情けないことだが、恥も外聞もかなぐり捨てて、声を上げて喚いた。美香子は困ったように棒立ちになり、かあちゃまは僕の肩を叩いて慰めた。

僕はひとしきり泣くと借りていた美香子の肩から離れて、ごめん、と謝った。美香子は笑みを返し、首を振った。

「借りは返したからね」とかあちゃまが僕に言った。「もう二度と手伝わないから」

「わかってる」

「じゃあそろそろ退散しましょうか。東暁が沈む前に」

僕がかあちゃまに目を遣ると彼女は、万が一よ、と付け足した。

「あれ、誰だろう」不意に美香子が目線を遠くへ遣った。「女の人がこっちを見てる。薄気味悪い」

僕は振り返って美香子の目線を追った。そして次の瞬間には女に背を向けて走り出していた。一区画向こうにいてもわかる。

蛸蛉だ。

だらりと垂らした右手には朝の光に当たって鈍く輝いた銃が握られていた。僕を殺しに来たのだ。間違いない。

ここで死んでたまるか。せっかく見つけたのに。初めての経験なのに。僕は大木の聳え立つ森に迷い込んだ気分になりながら、走り続けた。

振り返ると蛸蛉は二輪に乗って追いかけてきていた。ぐんぐん僕との距離が縮まる。絶望的な気持ちになった。これで全て仕舞いだ。僕は走るのを止めた。

畜生。秋兄の血を浴びてわんわん泣き喚いていたくせに。

やはりあのとき、とどめを刺しておくべきだった。今更後悔しても、後の祭りだ。

蛸蛉は僕の前に二輪を止めて、ゆっくりと降りた。顔の半分は変わらず、焼けただれている。僕は表情の動かないその部分に見入っていた。

「久しぶりね」蛸蛉は言った。「どれくらい会ってなかったのかしら」

「何しに来た」

「随分なご挨拶ね。せっかくこうやって会えたっていうのに」

「あの頃はちっとも会いに来てくれなかった」

「ええ、興味なかったもの」蛸蛉は顔の片側だけ笑ってみせた。「でも今は興味津々」

蛸蛉は銃を構えた。銃口はぶれることなく僕を捉えている。

「殺すのか」

「勿論。でも恨んでいるからじゃない。命令されたから殺すだけ」

「どういうことだ」

誰に命令されたのだろう。秋兄を殺したけじめだったら、蛸蛉を遣わすはずがない。

「あなた知らなかったんだっけ。そうね、教えてあげる」蛸蛉は一旦銃を下ろした。

「水神の龍さんにあなたのことを教えたのはわたし。あの人が殺されてすぐにね、わたし、会社に頼んで東暁に連れてってもらったの。で、まもなくして龍さんに会う機会があって、あの人、私のこと気に入ってくれた。使い捨ての駒が欲しいって言うから、あなたのことを紹介してあげたのよ。ぴったりだと思って、使い捨ての殺し屋さん」

僕は話を聞きながら、蜻蛉に跳びかかる機会を窺っていた。しかし距離が遠すぎる。

蜻蛉は話を続けた。

「なのに、あなたったらそれまでの依頼だけでは飽き足らず、新規の顧客を取ってきちゃうんだもの。揚句の果てには子供を殺して指名手配犯になるなんてね。そこまで性根が腐りきってるとは、流石に想定外だったわ」

僕の様子を心配した美香子たちが追いつき、駆け寄ってきた。

「この人、誰」美香子が恐れ混じりの声で訊いてきた。「知り合い、なんだよね」

「ええ、とっても知り合い」蜻蛉は冷笑を浮かべ、美香子に言った。「この人、わたしの恋人を殺した仇」

蜻蛉は美香子に銃口を向け、引き金を引いた。銃声と同時に美香子の胸に穴が開き、倒れた。かあちゃまが美香子を抱きかかえる。

「これでお相子《あいこ》」蜻蛉は再び銃口をこちらに向けた。「安心してあなたを殺せる」

そのとき、先生が蜻蛉の腰に組みつき、尻餅をつかせた。その拍子に銃が蜻蛉の手から離れ、道路を滑る。先生は身動きの取れぬよう、うつぶせに後ろ手の状態で蜻蛉を押さえつけ、僕は銃を拾った。

かあちゃまのほうに顔を向ける。

「駄目。死んでる」

僕は蜻蛉に二発の銃弾を撃ち込んだ。一発は背中に一発は頭にだ。

先生は立ち上がり、顔に浴びた血を袖で拭った。

「行こう」

先生の後をかあちゃまが続き、無宿者たちがついていく。美香子は無宿者の背中に乗っていた。

僕は美香子の小さな背中と頭の潰れた蜻蛉を見比べ、愕然とした。先生たちについていく気にはなれなかった。だから一人で大木の森を抜けて貧民街に入った。人が起きだし、玄関先の掃除を始めていた。僕はその中を早足で歩いていく。

僕は歩きながら、なるべく美香子のことを考えないようにしていた。少しでも思うと蜻蛉のことも同時に頭に浮かび、胃がせり上がってくるような感覚に襲われた。だから僕は貧民街を抜けてからも、風道に入ってからも、ずっと、白、白、と頭の中で言い続けていた。

明美のアパートにも、発電区域にも行く気になれず、僕は狭い隠れ家に戻って寝転んだ。目を瞑れば簡単に眠りに就くことができた。

深い眠りから目を覚ましても風道は変わらず明るかった。どれくらい眠ったのだろう。ポケットを探るがオリガミはない。僕は二台とも美香子に預けていたことを思い出した。

白。白。僕は美香子の存在を慌てて頭から追い出し、白のことを考えた。

そのとき、世界が引っ繰り返るのではないかというくらいの地鳴りがし、上下に激しく揺れた。それでも僕はひたすらに白のことを考えていた。

揺れは収まるどころかますます激しくなり、天井にひびが入る。

僕は腹の底から、笑いが込み上げてきた。それはやがて声になり、僕はその場でもんどり打つようにして笑い転げた。

どうだ、びりびりに破いてやるんだ。見てろよ、白。泣き喚け。

そう心で強く思いながら、僕は東暁に潰されて死んだ。肉が溶け、記憶が白の手に渡った今も、僕の骨は復興した東暁の下で埋もれ続けている。後世の人間が思い描いているロマンなんぞ、何処にもありはしない。ただ、美香子と蜻蛉の死を目にした衝撃で、東暁沈没がすっぽりと頭から抜け落ちていただけだ。

後悔はしてない。掃き溜めのような人生だったが、掃き溜めなりに、僕は好き勝手に生きた。唯一の気がかりはあの日、白を拾うべきだったのか。拾われた白は幸せだったのか。それだけだ。

それは白も同じだった。白もずっと僕のことを気にかけていた。あれから一世紀近く経ったにもかかわらず。

「兄ゃあ死によったんはあ、わしんせいじゃあ」

全てを知って、自分の正面の席に戻ってきた客人に、白は言った。自分を拾わなければ兄は苛められずに済んでいた。村を出ることもなかった。人を殺すこともなかった。当然、水神ビルの壁にクラゲリラを描くこともなかったし、東暁に潰されて死ぬこともなかった。元凶は自分にある。そう白は投げやりに主張した。

「あなたは拾われないほうがよかった、と」

「かもしれん」

室内が暗く沈む。客人は目を細めて暗がりの中の白を凝視し、訊ねた。

「では、拾ったお兄さんに対しては、どのような感情をお持ちなのですか」

「そりゃあ」白のオリガミは言い淀み、答えた。「感謝あ、しとるわ」

客人にはそれが本心から出た言葉なのか、判別できなかった。というよりも、端から諦めていた。十五年も耐えて幹部にまで上り詰め、内部から真紅の鷲を壊滅させ、それを足掛かりにして財界の裏を暗躍し、とうとう水資源活用決定権者の椅子まで手に入れたというのに、ある日突然、東暁のど真ん中に全能の部屋をこさえて隠遁《いんとん》してしまう老人の考えなんぞ、常人に測れるはずもない。だから客人には引っ掛かったことは全部質問するしか、方法がなかった。本心なのか、も。

「何故あなたはこんな所に三十年以上引き籠って、人生を無駄に過ごしているのですか。既に、人生においてやるべきことはやり尽くしたということでしょうか」

客人に言わせれば、白の人生は死んだ僕に捧げられたものらしい。僕のために真紅の鷲をぶっ潰し、僕のために東暁の水を支配した。で、僕のためにできることがなくなったから、世を捨て、人を絶っている。

白は答えず、手元のオリガミを弄んでいた。客人はそれを首肯したものだと受け取って、強く訴えた。

「あなたが本当に、お兄さんに感謝しているのであれば、こんな風に過ごすべきではありません。確かに蓮沼健は弟のために生きたが、弟のためだけに生きたわけではない」

僕は白を思ってクラゲリラを水神ビルの壁に描いたが、白のためだけではなく、複雑な感情も絡み合っていたことを、客人は正確に読み取っていた。人殺しについてもだ。むしろこっちは白を言い訳にしていたという思いのほうが強い。僕が東暁で欲しかったのは、遠くの白や家族の幸せより、もっと身近なものだった。

だからあなたも自分自身のために生きるべきだと、客人は言った。僕の記憶を読み取った直後だからなのか、言葉に気持ちが籠っていた。

突然部屋が明るくなり、壁も床も天井も一面黄色に染まった。それから白のオリガミからくつくつと、堪えきれなくなったような笑い声が漏れ出す。客人はいきなりの眩しさから涙目になりながら、目の前の老人が喋り始めるのを待った。

オリガミはゆっくりと声を発した。

「あんたあなあ、こんなとこまで来よってえ、わしにしたら阿呆らしゅうて敵わん。それと同じじゃあ」

「蓮沼健の人生を追うことは私の生き甲斐です。引き籠っているだけのあなたとは違う」

そうではない。引き籠っているようにしか見えなくても、そうでないこともある。客人が僕のことを調べていることについても、傍から見ればただの道楽だ。誰も、それが生き甲斐だなんて思わない。

僕に感情移入した上、生き甲斐を阿呆らしいの一言で片づけられて興奮している客人を、白は半ば呆れ気味に宥めた。それから幼児をあやすように顔に笑みを湛え、両腕を大きく広げて言った。

「もう出る必要はあ、なあなったんじゃ。わしん人生の喜びはあ、こん中にい全部詰まっとるけえねえ」

今度は客人も、それが本心なのか、判別することができた。

この作品は、二〇一〇年一月に小社より単行本として刊行したものです。

この物語はフィクションです。もし同一の名称があった場合も、実在する人物、団体等とは一切関係ありません。

〈解説〉
現代社会や人間の本質を浮かび上がらせた作品

吉野 仁（書評家）

はじめにお断りしておく。申し訳ない。まったくもって申し訳ない。どうやら本作『トギオ』は読者を選ぶ小説のようだ。第8回『このミス』大賞受賞作と知って手にとり読みすすめたものの、どういう話なのか、なにが面白いのか、なぜ大賞に選ばれたのか、さっぱり理解出来ないという人がけっこういるらしいのである。もちろん、その一方で絶賛した選考委員同様、独自の魅力にとり憑かれ、強烈な興奮を覚えつつ読み、限りない賞賛を送る者も多いはず。この本を手にしているあなたが後者の側であることを切に願うのみだ。

もちろんこの『トギオ』がミステリの王道を行く作品とはとうてい思わない。殺人場面はいくつも出てくるが、いわゆる犯人探しや謎解きを中心とした探偵小説ではない。犯罪サスペンスとも違う。異世界クライムものと呼べばいいのか。まったくの異端な小説であることは間違いない。

思うに、これまで細かいジャンルにこだわらず「これが面白そうだ」と選んで何百何千もの小説を読んできた方ほど、本作の凄《すご》みに圧倒されるのではないか。それだけ独創的、個性的なのだ。裏を返すと「事件が起こり、探偵が登場し、意外な事実が暴かれ、犯人が捕まる」タイプの分かりやすいミステリをはじめ、ジャンルのお約束で成立したエンターテインメント作品しか読んでこなかった読者が戸惑うのも無理はない。ここでは、物語背景、人物の心理などがくどくど説明されていないからだ。読者それぞれが文章を読み込み、じっくりと味わい、その行間を読み解かねばならない。むしろ読書にそうした深みや高みを求める者にとって、この上ない興奮を感じさせる小説なのである。

手前味噌《みそ》ながら、もしかすると書評家が予選から最終まですべての選考をつとめる『このミス』大賞だからこそ選ばれた小説なのだろう。売れっ子作家もしくは編集者が賞の選考に大きく関わる他のエンターテインメント小説賞では、まったく評価されなかった可能性も十二分に考えられる。

選評では、「読みはじめて、度肝を抜かれた。まるで読者の存在を忘却したかのように、一切の説明がない文章。冒頭から異様なまでの牽引《けんいん》力に満ち、読み手の心を捉《とら》えて話さない。(中略)一言で言って、ものが違う、と感じさせる異彩ぶりだった」(茶木《ちゃき》則雄《のりお》)、「荒々しい遍歴譚《へんれきたん》の魅力に溢《あふ》れています」(香山《かやま》二三郎《ふみろう》)、「冒頭の一行から尋常ではない。(中略)オリジナリティと文章力は一級品」(大森望《おおもりのぞみ》)といった長所をたたえるコメントが寄せられた。その一方、ディテールの粗さ、ストーリーの弱さなども指摘されていた。それでもあえて『このミステリーの枠を超えてすごい!』作品」(吉野仁)とわたしが評したとおり、欠点弱点をうわまわる魅力があったからこそ、堂々の大賞となった次第である(中山七里《なかやましちり》『さよならドビュッシー』と同時受賞)。

本作は、大森望が「冒頭の一行から尋常ではない」と選評で指摘しているとおり、まずは次のごとく特異な書き出しにより幕を開ける。〈結局、僕よりも白のほうが長生きした。僕すぎた人物が語るストーリーなのである。

物語は、約百年前に死んだ〝僕〟こと蓮沼健が、〝白〟と〝客人〟との対話を聞きながら、昔を回想する形で展開していく。〝僕〟は山に捨てられていた幼い白を拾い、家に連れていったものの、そのせいで村八分の扱いを受けたり、学校でいじめにあったりする。白は口減らしのための捨て子だったのだ。

冒頭から地方の貧しい村の様子とともに、陰湿な暴力が支配する日常が描かれている。捨てられた白にとり実の姉にあたる香里は、卒業と同時に料理屋に売られることが決まっていた。やがてある事件をきっかけとして〝僕〟は村を出て港町で暮らし始めたのち、憧れの都、東暁へと向かう……。

第一部「山村」は、あたかも暗黒青春版「日本昔ばなし」といった展開に終始している。つづく第二部「港町」は裏社会を生き抜く渡世人の物語にも思え、第三部「東暁」となると、妄想快楽にひたる主人公の姿はどこか政治社会運動の地下組織に属したチンピラのような雰囲気が漂っている。昭和よりも昔の匂いがするのだ。

刊行時の帯に、〈『ブレードランナー』の独創的近未来、『AKIRA』の疾走感、『時計じかけのオレンジ』の暴力。〉とあったが、わたし個人は、そうした現代SF傑作に見られる鮮烈さよりもどこか古い日本映画にありそうな、ほの暗いセピア色の雰囲気が作品全体を支配していると感じたものだ。

そして第四部「真紅の鷲」では、殺人を重ねる主人公が東暁そのものを壊滅させようとする。はたして蓮沼健は巨大な龍に立ち向かう騎士《きし》なのか、それとも単なる組織の駒にすぎない殺し屋なのか。貴種漂流譚と破滅転落型ストーリーがないまぜになったまま、意外なクライマックスが待ち受けている。

また、〝オリガミ〟という携帯電話のような機器が扱われていたり、クラゲリラという子供向けの戦隊もののシリーズが登場したりするSF風な要素もたしかに見逃せない。あくまで現実とは違う異世界の物語でありながら、〝東暁〟がすなわち東京を指しているとおり、ずれた現実社会を映し、ディフォルメしている作品なのである。

なにより本作を高く評価する理由のひとつは、独特のセンスにより描かれているところだ。とりわけ物語中さりげなく言及された箇所に作者の鋭敏な感性が感じられる。

たとえば、学校での持久走大会に対して次のように書かれている。〈学校を放り出され、糞《くそ》寒い中を体操着で村中を走らされ、見世物にされる、あれだ。速けれ《せ》ばしょうもない行事に張り切るなど嘲《あざけ》り笑われ、ちんたら走れば公衆の面前で教師に急かされ、注目を浴びる。しかも下から三番に入る英雄には惜しみない拍手が送られ、見下されるのだからたまったものではない。要は、ここには入りたくないだろう、とせっつかれているような、劣っているけれど懸命に生きている感動的な人間を学年全体で観賞するような、趣味の悪い行事だ。〉（本書五五頁）

もしくは、〈おぼこだろうと枯れていようと、女というやつは詮無《せん》いことを兎に角喋る。

こちらの言うことなんぞ聞いちゃいないし、聞く必要もないのだろう。ありもしない問題解決の糸口を見つけるなんぞ生まれたときから諦めていて、それよりは共有したり、攻撃や防御をしたり、敵味方を探ったりすることを純粋に楽しんでいるようだ。〉（本書六六頁）という風な女性観が書かれている。

かと思えば、経済に関する次のような指摘はどうだろう。〈カネが速く回れば回るほど、経済学的には正義なのだという理屈はわかる。一日に一枚の万券が二回使われる社会では一枚で二人しか幸せにできないが、四回使われる社会では倍の人数を幸せにできる。ならば当然、現ナマよりは電子情報のほうが、速く移動できて地理的な制約も小さい分、多くの人間を幸せにできるのだろう。すると同じ電子情報であっても、カネを行き来させるより信用取引のほうが、速度は同じでもより大きな額を行き来させられるということで、より正義だということになる。（中略）しかしながら、それで本当に経済学的な幸せが多くの人間に巡るのかといえば、決してそういうわけではない。凄まじい速度で動き回るカネは、信用という資格を有する人の間を行ったり来たりしているだけだ。〉（本書九九頁）

建前や偽善、うわべを繕ったものや行為に対する批判、人間観察、そして社会の仕組みに対する考察が随所に記されており、すこぶる興味深いものだ。

とりわけ第四部「真紅の鷲」のある箇所では、〈本質なんてものは、中身を洗い浚《ざら》い探したって見つかりはしない。実は、そいつの外形、仕草、一挙手一投足をつぶさに観察することで、朧《おぼろ》に浮かび上がってくるものなのだ。〉という言葉が書かれているではないか。本作は〝僕〟こと蓮沼健自身の回想仕立てになってはいるが、ある意味どこまで正しく本人のことを伝えているか定かではないという指摘を含んでいるのだ。さらに文章は続く。〈だが、今更そんなことを言っても後の祭りだ。確かに自伝には信用ならない部分は多いが、得られるものも少なくない。観察対象の如何なる真実を掬《すく》い上げるか、そこが観察者の腕の見せ所だろう。〉

すなわち本作は、蓮沼健の半自伝的物語であると同時に、ある時代と場所における観察者の記録なのである。つぶさな観察により現代社会や人間の「本質を朧気に浮かび上がらせた」フィクションといえるのかもしれない。いや、すごい書き手が登場したものだ。まだまだ粗削りで力不足の部分もあるが、優れた才能を充分に発揮したデビュー作である。

作者の太朗想史郎は、一九七九年和歌山県生まれ。一橋大学商学部卒業後、就職せずにそのまま自宅でいわゆるニートとして生活を続けてきたという。小説を本格的に書きはじめたのは大学四年のとき。『このミス』大賞には四回目の応募で栄冠を手にした。

作者にお気に入りの作家を尋ねたところ、伊坂幸太郎《いさかこうたろう》や半村良《はんむらりょう》の名を挙げていた。たしかに「ビルの壁にクラゲリラを描く」という発想は伊坂幸太郎、田舎《いなか》の山村から出て行った少年の物語にSFのアイテムを加えるあたりは半村良を連想させられるかもしれない。もちろん他の作家や作品の影響を受けて書かれた部分もあちこちに含んでいるはずだ。

太朗想史郎は受賞後の第一作として、書き下ろし短編「少年カルト」を『このミステリーがすごい！』二〇一一年版に発表している。〝神〟とされる少年の警護班となった主人公の物語である。ここには戦前の日本を思わせる不気味なカルト社会が描かれている。もちろん『トギオ』とは異なる世界の話であるばかりか、これまた他の誰も書かないテーマと内容の作品だ。書かないというよりも、書けないと言ったほうがいいだろう。なんとも恐ろしい作家である。

冒頭で「読者を選ぶ小説」と紹介してしまったが、それは「エンタメ作品として失格である」という見方も確かにあるだろう。しかし、たとえば伊坂幸太郎のデビュー作『オーデュボンの祈り』が世に出た当時、ネットでの評判は「なにが面白いのかさっぱり理解出来ない」といった否定的なものばかりだった。それが二作三作と刊行を重ね人気を得ていくと世間の評価もたちまち変化していった。世評などそういうものである。

いずれ太朗想史郎が文句のつけようのない傑作を書きさえすれば、本作を評価する声もまた変わっていくに違いない。しばしば言われるとおり処女作はその作家の原点であり、すべてがつめこまれているのだ。もちろん「本質なんてものは、中身を洗い浚い探したって見つかりはしない」。おそらくこれから発表される作品を読むことによって、太朗想史郎の本質が朧に浮かび上がってくるだろう。

待望の長編第二作の刊行は残念ながらもう少し先になるようだ。現在、執筆中だという。はやく二作三作と新たな世界を物語ってほしい。なにより、もてる才能を全開して書きまくってくれることを期待してやまない。

二〇一一年二月

宝島社
文庫

トギオ
（とぎお）

2011年3月18日　第1刷発行
2022年2月 1 日　第2刷発行

著　者　太朗想史郎
発行人　蓮見清一
発行所　株式会社 宝島社
〒102-8388　東京都千代田区一番町25番地
電話：営業 03(3234)4621／編集 03(3239)0599
https://tkj.jp
印刷・製本　中央精版印刷株式会社

First published 2010 by Takarajimasha, Inc.
ISBN 978-4-7966-8010-3